# Die Liebe der Erika Ewald

# 艾利卡·埃瓦尔德之恋

上海译文出版社

斯特凡·茨威格 / 著　　高中甫 等 / 译

# 目录

# 雪 中

这是一座中世纪的德国小城，紧邻着波兰，方方正正、宽宽大大的样子，颇有十四世纪建筑之风。小城平日里一直是有声有色、生气盎然，如今却浓缩成一种单一的景象——高高积压在宽阔城墙和塔楼顶端的晶莹耀眼的白色。城墙和塔尖已让夜色罩上了一层朦胧的雾纱。

夜晚倏忽而至。街道上的喧闹嘈杂和众人的忙碌奔波渐渐低弱下去，变成某种仿佛来自远方的、细如游丝的声响，打破这种声响的，只有晚钟那在有节奏的间歇中发出的单调的鸣响。倦怠瞌睡的手艺人开始享受收工后的闲暇，灯光渐次稀落，不久便一团漆黑。小城像天地间唯一有力的生物昏昏入睡。

每一点声响都死去了，原野上颤抖的风声也唱着温柔的催眠曲，渐渐没了声息。耳边只有上下飞舞的雪片漫游到目的地时发出的细微的沙沙声……

突然间有个低低的声音响起来。

听来像是远方传来的紧促的马蹄声，声音愈来愈近。睡眼惺忪的守门人吃了一惊，慌忙走到窗前，去听外面的动静。没错，是有人骑着快马朝城门奔来，不多时便有个让寒气冻得僵硬的、嘶哑的声音叫门，要进城。城门开了，有个人走进来，他把一匹浑身冒着热气的马牵到一边，递给守门人，匆匆说了几句，付了一大笔小费，打消了守门人的顾虑，然后就三步并作两步，穿过孤零零的映着雪光的广场、静寂的小巷和白雪皑皑的街道，向小城的另一头走去。他的脚步没有半分迟疑，显然在这里是轻车熟路。

小城的那一头立着几处小小的房子，紧紧挨在一起，仿佛彼此间需要互相扶持。每幢房子都朴实无华、毫不起眼，烟熏火燎又歪歪斜斜，一直悄然无息地隐没在幽深的小巷。它们仿佛从未见识过欢歌笑语的富贵繁华，仿佛笙歌燕舞的狂欢从未将那些模糊不清、隐而不见的窗子震得嗡嗡作响，而明亮的阳光从未在窗玻璃上映出耀眼的金光。这些房子，像怕见生人的胆怯的孩子，孤独地挤在一处，挤在犹太人狭小的城区里。陌生人在一所最大的、相对来说最漂亮的房子前停下脚步。这是这群犹太人中最富有的人的房子，也用作教堂。透过合拢的窗帘的缝隙，露出一丝明亮的灯光，从灯火通明的房间里传出圣咏声。这是在庆祝光明节①，仪式进行得肃穆平和。光明节是欢庆的节日，是马加比家族②赢得胜利的节日，这

---

① 犹太教节日，又称哈努卡节，为纪念犹太人在马加比家族的领导下夺回耶路撒冷而设立。

② 公元前二世纪至公元前一世纪，耶路撒冷附近的犹太教世袭祭司长家族，曾为保卫和恢复犹太人的政治和宗教做出贡献。

个日子使这个遭到驱逐、受到命运奴役的民族想起自己曾经拥有过的巨大力量，是难得的几个赋予他们法则与生命、令人愉快的日子之一。可是，圣歌听起来很是忧伤，充满着憧憬，声音里蕴含着金属的光泽，被千百颗滚落的泪滴腐蚀得锈迹斑斑。歌声像一首绝望的哀歌飘向寂寥的小巷，渐渐消散……

陌生人在房前静静地站了一会儿，浮想联翩。大滴大滴的泪珠涌出来，在喉咙里哽咽着。他不禁随着众人唱起那古老而神圣的曲子，这些曲子是从内心深处流出来的，深深的敬畏充溢着他的整个心灵。

然后，他抖擞了一下精神，迟疑着走到紧锁的门前。他猛地拍了一下门，震得门颤巍巍嗡嗡响。

颤动传遍整幢房子……

楼上的歌声戛然而止，就像紧随着一个早已约定好意义的手势停了下来。每张脸都变得煞白，大家茫然地你望望我，我望望你。节日的喜庆气氛刹那间荡然无存，对犹大·马加比——他们的精神偶像——战无不胜的威力的幻想破灭了。眼前浮现的犹太人辉煌灿烂的时代一去不复返了，他们又是孤独无助、浑身颤抖的可怜的犹太人了。现实重新复苏了。

可怕的静寂。祈祷书从领读祈祷文的人发抖的手中掉落。苍白的嘴唇变得不听使唤。一种令人窒息的气氛在房间中弥漫开来，用铁拳扼住每个人的喉咙。

他们也许清楚是为什么。

一个可怕的词向他们袭来，一个闻所未闻的新词，其血淋淋的意义他们不得不在自己民族的身上去体会。鞭笞派[①]的信徒已在德国出现，他们狂热地崇信上帝，在疯狂纵欲和心醉神迷的同时，用皮鞭抽打自己的肉体。他们酩酊大醉，丧心病狂，屠杀和折磨着成千上万的犹太人，妄想以暴力剥夺犹太人神圣的守护神和世代相传的古老信仰，而这正是犹太人最大的恐惧所在。被驱逐，被殴打，被掠夺，甚至当牛做马，这一切犹太人都以一种盲目的、听天由命的隐忍承受着。人人都经历过夜深人静时的杀人放火和洗劫一空，每当回想起那种日子，便会不寒而栗。

几天前刚刚风闻，迄今只闻名未谋面的鞭笞派一伙信徒正奔他们这里来，而且离得不远了。莫非已经到了？

可怕的恐惧攫住了每一个人，人们屏住呼吸。他们眼中已经看到，杀人成性的乌合之众扬着醉醺醺的脸，放肆地闯进屋里，手持熊熊燃烧的火把；耳边已经响起刽子手发泄兽欲时女人们被窒息的呼救声；他们已经感觉到强盗们的武器发出的凛凛寒光。一切都像梦，如此清晰和生动。

陌生人听了听楼上的动静，见没人来开门就又拍了下门，又一次震得静寂、茫然的房子嗡嗡作响，颤动不已。

这时，房子的主人——领念祈祷文的人，他凭着颏下飘垂的花白胡须和一大把年纪拥有着族长的威望——最先稳住情绪，他轻轻嘀咕了一句："听天由命吧。"随后俯身对孙女——一个漂亮的姑

---

① 天主教内的一个苦行派别。该派教徒常在乡间结队游行，手举十字架，口唱圣诗，并以皮鞭自笞直至流血。

娘，满脸惶恐，像一只面对狩猎者大眼睛里充满哀求的狍子——说道：“勒亚，看看外面是谁！”

所有的目光都投向姑娘，盯着她的表情，姑娘迈着怯怯的步子，向窗口走去，用苍白的手指哆哆嗦嗦地拉开窗帘。接着便是一声叫喊，这是发自灵魂深处的叫喊：“谢天谢地，只有一个人。”

“谢天谢地。”众人纷纷说着，听来像是轻舒了一口气的叹息。他们那让可怕的梦魇压得麻木的四肢，这会儿又能动弹了。大家三五成群聚在一起，有的在默默祷告，有的则半是惊恐、半是狐疑地议论着那位就要进门的不速之客。

整个房间散发着一股令人压抑的湿热气味儿。这么多人聚在一处，大家本来围坐在饭菜丰盛的桌边，桌上摆着光明节的标志和象征——九枝灯台——支支蜡烛透过缕缕青烟发出黯淡的光。女人们身着挂满饰物的节日盛装，男人们则在飘拂的长袍外佩戴上白色的祈祷披巾。狭小的房间里洋溢着浓浓的喜庆气氛，这是唯有真正的虔诚之心才能造就的氛围。

这时陌生人已迈着急促的脚步踏上楼来，走进屋里。

与此同时，一阵可怕的、凛冽的寒风从敞开的门袭入温暖的房间。刺骨的寒冷随着夹雪的风卷进来，冻得众人不禁打个冷战。风吹熄了烛台上摇曳的烛光，只剩一支蜡烛还在顽强地挣扎。屋子猛地笼罩在一片沉闷的暗淡里，仿佛寒夜从四壁骤然降临。舒适与宁静刹那间风流云散，每个人都从圣烛熄灭中预感到不祥之兆，这个迷信的念头重新使众人不寒而栗。但没有谁敢开口说话。

门边站着一位身材高大、长着黑胡须的男人，至多不过三十岁，他迅速脱去身上为御寒裹得严严实实的围巾和床单。当他的面容在飘忽不定的最后一点微弱烛光中变得清晰起来，勒亚向他奔过去，拥住了他。

这是约祖亚，勒亚邻城的未婚夫。

其余的人也热情地迎上去，围住他，高兴地同他寒暄。但没过多久人们就不吱声了，因为约祖亚表情严肃、一脸悲伤地避开未婚妻，他的额头因沉重的伤心事而布满累累皱纹。大家不安地盯着他，他却千头万绪，无从说起。于是他一把抓住身边人的手，双唇微颤，道出那个沉甸甸的谜：

“鞭笞派的人来过了吗?”

齐刷刷投向他的探寻的目光呆住了，他觉得出，握着的那双手的脉搏突然停止了跳动。领念祈祷文的长者哆哆嗦嗦地抓住沉沉的饭桌；桌上的玻璃杯叮叮当当，轻轻发出一连串颤音。恐惧又一次攫住绝望的心灵，将最后一滴血从盯着使者的惊愕而憔悴的脸上挤走。

最后一点烛光跳了跳，熄灭了……

只有吊灯那惨淡的光还照着这些茫然、绝望的人，约祖亚的话像一道闪电击中了他们。

有人在咕哝那句听天由命、万念俱灰的话：“这是天意。”

而其他人还没醒过神来。

约祖亚接着往下说，他很激动，语气断断续续，好像他自己也不想听清说出的话。

“他们来了——有好几——百人——很多人跟着他们——他们

双手沾满了鲜血——他们杀了成千上万的人——我们东边、所有的人——他们去过我们的城市了……”

他的话被一声女人的尖叫打断，尖叫也难以止住滚滚而落的泪水。一个女人，还很年轻，新婚不久，向他奔过去。

“您在哪里?!——我父母呢？我兄妹呢？他们出事了?”

他冲她低下头，声音在抽泣。轻轻地，像是在安慰，对她说：“他们再也看不到人类的苦难了。”

又是一片静寂，绝对的静寂……对死亡——这个可怕的幽灵置身于他们中间——的恐惧使他们颤抖……他们中人人都有亲人在那座城里丧生。

这时，族长断断续续地唱起古老而庄严的安魂曲，泪水流淌在他银色的胡须里，沙哑的声音不听使唤。众人随着唱起来，他们自己并不知道自己在唱，他们只是机械地跟着哼，对歌词和曲子其实一无所知，人人都在思念自己的亲人。歌声越来越有力，呼吸越来越深沉，想压抑喷涌而出的情感越来越吃力，歌词越来越混乱，终于人人都陷入茫然无措的疯狂的痛苦之中。无限的痛苦兄弟般地拥抱了所有的人，这种痛苦，言语无法形容。

沉沉的静寂……

只是偶尔传来一声压抑不住的低低的抽泣……

约祖亚那沉重而压抑的声音接着响起来：

“他们都见上帝去了，一个也没逃出来。只有我按照上帝的旨意逃了出来……”

“谢天谢地。”众人怀着本能的虔诚之心喃喃了一句。这话从这些心如死灰、吓得发抖的人嘴里道出，听来就像老掉了牙的陈词滥调。

“我出门去了，回城很晚，犹太城那时已满是烧杀抢掠……没人认得我，我本该逃走——但我不由自主地奔向我的住处，去找我的同胞，到那些纷纷倒在挥舞的拳头下的同胞中间去。突然有个人骑马过来打我——他打偏了，在马上晃了几晃。刹那间，求生的欲望——使我们困于哀伤和痛苦的不可名状的枷锁——袭上心头，一阵冲动使我增添了勇气和力量，把那人掀下马，自己跨上去，冲进一望无垠的原野，冲进沉沉的夜色，向你们奔来。我骑了一天一夜。”

他停了半晌。接着口气坚决地说：“不用多说了！先看看，咱们怎么办？”

众人异口同声：

“逃走！”——“我们只能逃走！”——“逃到波兰去！”

这是大家知道的唯一出路，这是用滥了的、不太光彩却又无法替代的弱者反抗强者的斗争方式。谁也想不到抗争。犹太人该奋起而争或是为自己辩护？这在他们眼中显得滑稽可笑、不可理喻，他们身处的时代久已不是马加比的时代，而是昔日埃及的犹太人曾面临的奴役时代，先辈们给这个民族烙上了软弱及奴性的永久印记，这烙印千百年的时间潮水都无法冲刷掉。

逃跑吧！

有人试探性地提出，也许可以求助于公民保护权，得到的回应却是一阵冷笑。受奴役者要么将自己的幸与不幸寄托于自身，要么寄托于上帝，对第三者不再抱任何奢望。

于是人们开始讨论细节问题。这些男人原本将聚敛钱财视为生活的唯一目的，他们认为，幸福和权力是在财富中达到顶峰的。此刻却达成共识：为了快些逃走，不必斤斤计较。即便是亏本，也要把所有家当变卖，折成现金；要设法搞到车辆、马匹和御寒的必需品。对死亡的恐惧使民族固有的特性片刻间土崩瓦解。同样，众人也将各自的个性熔铸成唯一的愿望：每张苍白、倦怠的脸上都流露着同一个念头。

当晨曦洒满大地时，一切都已谈妥，决定下来。

这个曾经周游世界、习惯于迁徙的民族，顺应了目前形势的沉重逼迫，最终的决定作出后重又响起祈祷的喃喃声。

每个人都在尽自己的那份职责。

雪花在光洁的街道上筑起高高的壁垒，在它的浅吟低唱声中，些许叹息声逝去了……

随着逃亡者的最后一辆车驶出城外，巨大的城门隆隆地关上了……

天上的月光虽然微弱暗淡，却映着无数飘飞的雪花泛起晶莹的银光，雪花不是躲进衣襟里，便是绕着喘粗气的马鼻子亮晶晶地上下飞舞，还要惹得那吃力地从厚厚的积雪中犁出道路的车轮吱呀作响。

车子里传出窃窃私语。女人们在哀怨地悄声诉说各自想家的心情，故乡的小城仍清晰而自信地浮现在她们眼前；孩子们清脆的童音在东问西问，刨根究底，渐渐地他们不吱声了，变得怪僻起来，最终只剩下均匀的呼吸声；男人们声音洪亮，正忧心忡忡地计议未来，喃喃地祈祷，他们的声音淹没了孩子们悦耳的童音。所有人都紧紧拥在一起，因为他们意识到彼此的处境休戚相关，也因为对寒冷本能的恐惧。寒气卷着冰冷的气息不漏过一点点缝隙，钻入车内，车夫的手冻僵了。

第一辆车停了下来。

其他的车也随着停下来。人们光着头从游动的帐篷里探出去，探寻停车的究竟。族长在前面下了车，于是大家纷纷下车，他们明白为什么停了下来。

他们离城尚不远；透过纷纷扬扬的白雪，依稀可见塔楼像只威胁的手，从辽阔的平原上伸出来，塔尖闪动着一丝微光，恍若戒指上的宝石在熠熠发光。

这里白茫茫一片，平滑如镜，颇似结了冰的海面。只有标界树偶尔标示出几处均匀的、小小的突起。那下面是他们的亲人，他们被驱逐到这里，寂寥孤独有如整个民族，在远离故土的地方寻到了安宁的永恒之床。

沉沉的静寂，打破这静寂的只有轻轻的啜泣声。

热泪从饱经风霜的、冻僵的脸上滚落下来，在雪中凝结成亮闪闪的冰滴。

当他们看到这静默、深沉的安宁，对死亡的所有恐惧逝去了，淡忘了。每个人心中都猛然间涌起一种浸满泪水的、原始的无限渴望，渴望与亲人一道，永远静静地安息在这个“美好的地方”。这白色的被下，安睡着多少童年往事，多少神圣的回忆，多少幸福快乐，他们永远不会再有这么美妙的时光了。每个人都深知这一点，每个人都渴望去这“美好的地方”。

但启程的时间到了，不容耽搁。

他们重又爬进车里，紧紧挤在一起，在车外他们并没觉得寒气刺骨，如今严寒又一次潜入他们的身子，冻得他们哆哆嗦嗦，牙齿格格打战。他们的目光隐在车厢的昏暗里，流露出不可名状的恐惧和无边无际的痛苦……

马车在雪地里向前犁出宽宽的沟壑，众人的思绪却一路后退，退回到他们渴望的地方，那“美好的地方”。

已过子夜。车子离小城越来越远，置身于广袤的平原上，而平原沐浴在月光里，被晶莹的雪光罩上了一层飘垂的轻纱。强壮的马匹艰难地趟过厚厚的积雪，雪黏黏地沾在车轮上，车子晃晃悠悠，走得缓慢，几乎觉不出在向前移动，仿佛随时都有可能停下来。

寒冷变得愈加凛冽，像冰冷的利刃切割着人的肢体，大家已经不太会动弹了。强劲的风也渐渐苏醒过来，唱起粗野的歌，刮得车子哗啦啦作响。风像一只伸向蒙难者的贪婪的手，使劲撕扯着帐篷顶，帐篷抖动个不停，人们只好用不听使唤的手紧紧攥着，免得被风吹跑。

风的歌声越来越大，吞噬了男人们祈祷的低语声，他们冻得麻木的嘴唇每吐一个字都异常艰难。风的尖利呼啸隐没了茫然无措、对未来充满恐惧的女人们的抽泣声，也隐没了孩子们淘气的叫闹声，寒冷使孩子们忘却了旅途的疲倦。

车轮叹息着碾过雪地。

最后一辆车上，勒亚紧紧依偎着未婚夫，他在用悲哀、单调的语气讲述着那场巨大的灾难。他那有力的臂膀紧紧搂住勒亚少女般娇小的身躯，仿佛要保护她，不让她挨冻，不让她痛苦。勒亚感激地望着他，温馨的情话静静地流淌在杂乱的哀怨声和风声中，使两人忘却了死亡与危险……

车子猛地颠簸了一下，众人摇晃起来。

车子停了下来。

透过呼啸的狂风，从前面的车上隐隐传来高嗓门的说话声、挥鞭声和说个不停的急切的嘀咕声。大家下了车，顶着凛冽的风匆匆向前奔去，有匹马倒了，连带着把另一匹马也拽倒了。男人们围着马，想搭一把手，却使不上劲，因为风把他们吹得像弱不禁风的稻草人，翻卷的雪花弄得他们眼花缭乱，手也冻僵了，没有一点儿力气，十个手指头就像并排立着的木桩。向远处望去，没有人烟，只有白茫茫的一片平原怀着对自身浩瀚无垠的自负，隐没在雪色的点点微光之中，而狂风正漫不经心地将他们的呼喊吞噬掉。

人们清醒了，他们再一次悲哀而全面地意识到自己的处境。死神以可怖的新形象卷土重来，而他们无助地站在一起，面对不可抗争、不可战胜的自然之力，面对严寒难以抵御的利刃，不知所措。

狂风在他们耳边一遍遍地尖叫着：你必须死在这里——死在这里——

对死亡的恐惧变成了心如死灰、无望的顺从。

没有人大声说出这个想法，但众人的心思是一样的。他们尽量挪动僵硬的身体，笨拙地爬进车里，紧紧地靠在一起，等待死亡。

他们不再奢望有人来拯救。

他们依偎在一起，每个人都和自己最亲的人依偎着，为了能够死在一起。车外的狂风，他们永远的伴侣，在唱着一首死亡之歌，雪花围着车马筑起一具巨大而晶莹的棺椁。

死神慢慢地临近了。冰冷刺骨的寒气侵入每一个角落，每一个毛孔，有如一种毒素小心翼翼、又胜券在握地将身体一点一点地蚕食掉……

时间一分一秒地慢慢逝去，仿佛要让死神有充裕的时间，去完成解脱生命的伟业……

沉重而又漫长的时光流逝着，分分秒秒都在将万念俱灰的灵魂引入永恒。

狂风一边快乐地歌唱，一边放肆地讥笑这出平庸乏味的戏。月亮将银辉漫不经心地洒向生命和死亡。

最后一辆车上鸦雀无声。有几个人已经死去，别的人则沉浸在幻想的魔力中，幻象使死神不再那么恐怖。所有人都悄无声息，一动不动，只有思绪还在像炙热的闪电翻飞不已……

约祖亚用冰冷的手指搂着未婚妻。她已经死了，可他浑然不觉……

他在梦想……

他和她坐在香气袭人、暖融融的房间里，金烛台上的九根蜡烛烛光闪烁，众人又像昔日一样欢聚一堂。喜庆的气氛映现在笑盈盈的脸上，大家亲热地交谈和祈祷。早已作古的人们拥进门来，包括他过世的双亲，可他一点儿也不惊异。他们温柔地拥吻，说着体己话。身着褪色的传统服装和长袍的犹太人越聚越多。英雄们也来了，有犹大·马加比，还有别的英雄，他们坐下来，聊天，很快活。人越聚越多。房间里挤满了人，他看着眼前的人你来我往，不断变换，而且越变越快，眼睛直发酸，耳朵也让杂乱的喧闹声吵得嗡嗡作响。他的脉搏突突地跳，隆隆地响，变得热了，越来越热——

猛然间一切都沉寂下来，一切都完结了……

太阳升了起来，仍在飘落的雪花像钻石一样亮晶晶的。一夜之间平地而起的宽阔山丘上白雪皑皑，泛着宝石般的光泽。

这是明媚的阳光，几乎可以说是初春的太阳突然照耀大地。的确，春天不再遥远，它会在不久的将来让一切绽出新绿，萌生嫩芽，也会从迷途的、被冻死的可怜的犹太人墓上揭去白色的亚麻布，他们一辈子都没拥有过春天……

（谢巍　译）

# 出　游

含混不清的谣言传遍了整个国家，还有稀奇古怪的议论，仿佛某个时刻临近了，救世主就要到了。耶路撒冷的男人越来越多地来到犹塔斯这个很小很小的地方，聊起发生的种种迹象和奇迹。当人们三三两两聚在一起时，就把声音神秘地压得低低的，谈论那个他们称为主的怪人。人们到处打听这类传闻，怀着一种畏葸的信赖相信这些话，因为对救世主的思念是迫切的，它在人群中一天一天成熟，如同一朵花要迸开花萼。人们一想到《圣经》中的希望，就会念出他的名字，一种希冀欢愉的光亮便在他们的目光里燃烧起来。

那时有一个年轻人也生活在这块土地上，他的心是虔诚的，充满着期待。他把从耶路撒冷归来的朝圣者请到家里，他们告诉他救世主的消息，每当他们谈到他，谈到他的神迹和教诲，年轻人心里便感到一种揪痛，因为他的渴求变得激烈和狂暴，要去亲眼看看救世主的面庞。白天和夜晚他都梦到他，他在永无休止的思念中勾画出成千上万副救世主的面孔，每一副都充满善和仁慈，但他感到它们只是一幅伟大完整的圣像面前种种不大像样的摹写罢了。他觉得自己年轻灵魂中的动荡和痛苦都在消退，只允许自己去承受救世主散射出的闪耀光华。他还不敢离开赖以生存的故乡和工作，到思念指引他去的地方。

但有一次他突然在深夜里从梦中醒来。他无法弄清是怎么回事，不知道自己感到的究竟是幸福还是痛苦；他只觉得，仿佛有人在远方向他召唤。他知道了，这是救世主要见他。在一片漆黑里，他的决断竟一直在增强，这使他不能再迟疑了，要去见主的面孔，思念的力量是如此强烈和不可征服，他立刻穿上衣服，拿起一根粗壮的出游手杖，没有与任何人打招呼，就走出沉睡的房屋，朝着耶路撒冷的方向走去。

皎洁的月光洒在大路上，他那匆忙的身影在月光中急奔。他的脚步加快了，几乎显得不安；仿佛是要在这一夜把一个多月的耽搁赶回来似的。一种几乎不敢宣之于口的念头令他担心：可能会太迟了，他不会再找到救世主了。有时一种深深的恐惧也攫住他，他也许会走错路。但他听到了来自遥远国度的三圣王在内心显出的奇迹，他们引导一颗明亮之星穿越黑暗。于是恼人的沉重感又远离了他的灵魂，朝圣者匆忙的脚步在坚硬的小路上发出坚定而信心十足的响声。

他赶了几小时的路，天已大亮。雾霭缓缓地消逝，深色的丘陵地带、迤逦的远山和农庄在邀人前去安歇。但他没有停下来，而是毫不懈怠地快步向前。太阳慢慢地升了起来，越来越高。这是一个炎热的白日，它沉重地偃卧在大地上。

不久他的脚步慢下来。从他身上落下光亮的汗滴，沉重的节庆装束开始压迫他。他先是脱下来搭在肩上，留着它，穿着破旧的衣服赶路。但不久他开始觉得负担沉重，不知道该拿它怎么办才好。他不想抛掉它，因为他穷，没有旁的节庆时穿的衣服，于是他想到在下一站把它卖掉或者抵押出去换钱。但是当一个乞丐费力地从路那边走来时，他想到远方的主，就把衣服送给了这个穷人。

有段很短的时间他走得又快了起来，可随后脚步重新变得缓慢了。太阳当空，酷热非常，树的暗影在满是尘土的路上成了窄窄的一条带子。难得有一丝微风穿过干燥正午的闷热，却把路上粗糙厚重的尘土粘到汗流浃背的躯体上。他觉得这些尘土也在自己干枯的、早就在渴望饮水的嘴唇上燃烧起来。但周围是山区，一片荒凉，看不到任何地方有清凉甘洌的水井或者客舍。

有时他一时起意，觉得该回头或者至少在树荫下休息几个小时。但是一种一再增长的不安继续驱使着他向目的地走去，双膝摇摇晃晃，嘴唇渴求着清泉。

已是中午了。太阳灼热，从片云皆无的天空直射向地面，大路在出游者的便鞋下面燃烧，有如烧成液体的铁砂。他的眼睛被尘土灼得发红肿胀，脚步变得越来越摇摆不定，干燥的舌头使他无法再向经过身边为数寥寥的游人表达虔诚的问候。力量早已耗尽了，但仿佛意志还在独自驱使他前进，还有那深深的畏惧，怕再也见不到那闪烁光华的面庞，正是这面庞使他的梦想变得澄明发亮。那种认为自己已接近了救世主，再有两个小时就能抵达圣城的可笑念头逼得他头昏脑涨。

他拖着疲惫的身躯坚持走到路边的一座房子跟前。他使出最后一点力气把出游用的多疤节的手杖向门上撞去，用干枯得几乎分辨不出的声音乞求开门的女人给他一杯水喝，随后便倒在门槛上昏迷过去。

当他重新醒过来时，又觉得浑身充满了信心和力量。他躺在置于阴凉小空地的床上，摊开四肢，全身上下留着被一只温柔的手细心照料过的痕迹；他那灼热的身体用醋洗了一遍，并被细心地涂上了油膏；床边还有一个容器，就是里面的东西使他恢复了精力。

他的第一个念头就是时间，他很快从床上跳了下来，去看太阳。太阳还高高挂在天上，正午刚刚过去，耽误的时间不多。这时，给他开门的女人走进房中。她还年轻，看外貌像叙利亚人；至少她的眼睛有着这个民族妇女所有的那种深色的野兽般的光泽，她的双手和耳坠显示了这个民族所有女人对装饰特有的孩子似的喜爱。当她向他表示欢迎时，嘴边露出浅浅的微笑。

他对她的好客表示热烈的感谢，却不敢立即就说出告别的话，尽管他的心是那么强烈地逼他快点上路。他不情愿地随她进入餐室，在那里，她为他准备了饭菜。她用表情示意他坐下，随后问他的姓名和这次旅行的目的地。不久两人就交谈起来。她开始谈起自己，她是一个罗马军团百夫长的妻子，是他把她从家乡劫持到这里来的，这儿的生活单调乏味，远离她的同胞，少有什么乐趣。今天她的丈夫整天都待在城里，因为总督本丢·彼拉多①命令处死三名

① 本丢·彼拉多（？—41），古罗马犹太行省执政官（26—36），据《圣经》记载，曾主持对耶稣的审判，并下令将其钉在十字架上。

罪犯。她还非常热心地谈了许多诸如此类的无关紧要的事情，一点都没有注意他不安和不耐烦的表情。有时她用一种特有的满含美意的目光望着他，因为他是一个英俊的年轻人。

他先是对一切视而不见，他没有注意她，她的话像毫无意义的声音在他耳边滑过。他的整个思想越来越集中到一个念头上：他必须继续赶路，好赶在今天看到救世主。但是漫不经心喝下的烈酒使他的四肢乏力、沉重；随着酒足饭饱，一种懒散的舒适感也攫住了他。当衰退的意志力在饭后逼使他尝试一次无力的告别时，她指了指下午那令人窒息的炎热，没费多大力气就阻止了他。

她笑着责备他如此匆忙，连寥寥几个小时都这么吝啬。他已经犹豫了个把月，那就不应当计较这短短的一天。她一再用奇怪的微笑表明，只有她一个人在家，就她一个人。说这话的当儿，她的目光热切地直刺向他。一种罕有的心慌意乱袭上他的心头。烈酒唤起了他那呆钝的欲念，在酷热炙人的阳光下，燃烧的血液带着奇怪的冲动在他的血管里跳动。这种冲动越来越不能自持。一次，当她的脸靠近他的脸，当他吮吸到她的头发散发出的诱人芬芳，他把她拉向自己，以狂暴的激情吻她。她没有抗拒……

他忘记了他神圣的思念，只想到在他灼热的双臂中搂抱的女人，长长的闷热的夏天午后就这样过去了。

直到晚霞又把他从陶醉中唤醒，他粗鲁地，几乎是带着敌意地从她的怀抱中挣脱出来，因为一个女人的缘故而耽误了见到救世主的念头使他变得恐惧和粗野。他急急忙忙地拿起衣服，抓起手杖，默不作声地离开了这座房子，这是因为他有一种预感，自己不可以向这个女人道谢。

他马不停蹄地直奔向耶路撒冷。夜色下垂，所有的枝干椏叶都震颤不已，像是对充满世界的模糊不清的秘密感到畏惧似的。在城市前方，遥远的地方有几朵浓云，它们在晚霞中慢慢燃烧起来。当他从天空中看到这种刺眼的迹象时，他的心因为突然和无法理解的恐惧而忐忑不安起来。

他不声不响地走完了剩下的路，目的地就在眼前。但他总是在想，自己没有忠于使命，只顾瞬间的淫乐，心中郁闷的沉重感即便在他看到了圣城明亮的城墙、闪耀的塔楼以及庙宇耀眼的尖顶时，也没有消失。

只有一次，他停下了脚步。靠近城市，在一座低矮的小丘上，他看到了巨大的人群，人们摩肩接踵，熙来攘往，人声鼎沸，从很远的地方都能听得到。他看到在人群中间矗立着三个十字架，漆黑醒目地在天空显露出来，云层泛起一片明亮的红霞，好像整个世界被浇注了耀眼的火焰，被浸在这种咄咄逼人的烈火之中。士兵锃亮闪耀的长矛在熊熊燃烧，似是沾满鲜血……

有人从空无一人的路上朝这里走来，他的脚步慌乱，不知所措。他问这个人，这里发生了什么事，可随之他大吃一惊，因为这个陌生人抬起的脸骇得扭曲开来，僵死一般，就像突然受到了一记重击似的，年轻人还没镇定下来，那人就气急败坏地狂奔起来，像是有妖怪在追赶他似的。他奇怪地朝他喊去，陌生人没有转头，而是不停地跑，不停地跑，但朝圣者觉得，他好像认出了那是加略人犹大。可他不懂对方怎么是那么一副奇怪的表情。

他同样问下一个路过的人。这个人急匆匆的，只是说，那是本丢·彼拉多判决的三个罪犯被钉上了十字架。还想继续问时，对方已经走远了。

他独自继续朝耶路撒冷走去。他又一次向小丘抛去一瞥，那儿像被鲜血笼罩，他朝三个被钉在十字架上的人望去。先是右边的，左边的，最后才看到中间那个。但是他已无法认清他的脸。

他漫不经心地从旁边走过，向城市进发，去看救世主的面孔……

（高中甫　译）

# 艾利卡·埃瓦尔德之恋

诚挚的朋友卡米尔·霍夫曼

……然而这是所有年轻姑娘，所有那些温顺的受苦受难的女子的故事。她们从来不说自己在受苦受难。女人生来就是受苦受难的。她们的命运的确是这样。她们早就体验过这样的命运。因此她们对命运很少感到惊讶，以至于她们还总是说，如果痛苦早就来了，那么，现在这里可没有痛苦……

巴尔贝·多尔维利[①]

艾利卡·埃瓦尔德小心地迈着迟到者的轻声脚步慢慢走了进来。父亲和姐姐已经坐下来吃晚餐了。听到开门的声音，他们都抬起头来看了一下，对进来的人草草点了点头。然后杯盘刀叉的丁当声继续响彻灯光昏暗的饭厅。他们很少交谈。只是偶尔有人说一句话。这句话就像风吹的树叶那样在空中飘忽不定地飞舞，随后就如强弩之末，沉落地上。他们很少说话。姐姐长得不引人注目，有些难看。多年来一直被人厌恶和嘲笑的体验使她抱定老姑娘那种迟钝的听天由命的态度，微笑地看着每一天离去。长年在同样颜色的办公室工作使得父亲对世界生疏了。特别是自从妻子死后，他就陷入冷酷的恶劣情绪和固执的沉默之中。老年人都喜欢用沉默来掩饰自己身上的痛苦。

在这样单调无聊的晚上，艾利卡多半也是沉默无言。她尽量避免同像密布的乌云一样笼罩晚上这几个小时的灰暗情绪斗争。再说她也太疲倦了，进行不了斗争。白天折磨人的工作每个小时都在追逐她，强制她不知疲倦地、温顺地忍受不和谐、摸索中的协调、音乐以外的粗暴。工作本身也引起了沉默和休息的需要，好让在白天的暴力下枯死的各种感受无言地舒展开来。她喜欢在这种清醒的梦中吐露真情，因为一种几乎过分的羞怯永远不许她对别人吐露哪怕点点滴滴自己藏在内心的爱恋，尽管一颗心被没讲出口的秘密压得轻轻颤抖，就像树枝在熟透的果实的重压下摇摇晃晃。因此只有苍白的嘴唇周围轻微的、几乎不为人觉察的颤动透露出她心里进行着的搏斗，和她不可名状而又难以控制的渴望。极偶尔地，紧闭的嘴唇强烈地颤动几下，就像在突然啜泣一样。

---

① 巴尔贝·多尔维利（1808—1889），法国作家和评论家，有“文学高级警官”之称。

晚餐很快就结束了。父亲站起身来，冷淡地道了一声晚安，便走进房间抽烟斗去了。在这个连最无关紧要的活动也会石化成死板的习惯的家庭里，天天都是如此。姐姐让内特也总是叫人给她送吃的东西，而自己却趁着灯光，由于近视向前弯着腰，不假思索地开始刺绣。

艾利卡回到自己的房间，开始慢慢地脱衣服。这会儿天色还早。往常她习惯于看书直到深夜。要不就怀着甜蜜的感情倚窗而立，居高临下，俯视沐浴在银白色月光中的鲜艳房顶。这时候她的思索没有明确的目标。她只是对发亮和闪光的东西，对背后隐藏着生活秘密的千万块玻璃亮闪闪地反射出来的如水月光，有一种朦胧的爱恋。但是今天她感受到的是一种温和的疲乏，一种愉快的沉重，渴望被柔软温暖的被子紧紧拥抱。这种渴求香甜梦乡的昏昏欲睡，如同使人缓慢变冷、麻醉的毒药，流到了四肢。她振作一下精神，简直是匆匆忙忙地脱下最后几件衣服，熄灭了灯。然后，过了一小会儿，她便四肢舒展地躺在床上了……

白天愉快的回忆很像敏捷灵巧的皮影戏，在她身边蹦蹦跳跳地又过了一遍。今天她到他那里去过……他们又一起排练了音乐会，她弹钢琴为他的提琴伴奏；他则为她领奏肖邦的无言叙事谣曲。然后他对她讲了些温柔甜蜜的情话，滔滔不绝的情话！

画面过得愈来愈快，把她领回家里，领回她自己身上，为的是让她迅速地再度迷失在过去，迷失在她认识他的那一天。画面很快越过了时间与事件的狭小范围，变得愈来愈没有约束，愈来愈五彩缤纷。艾利卡甚至还听得见姐姐到隔壁房间去睡觉了。她忽然产生一个非同寻常、值得注意的想法：他是否也会请她到他那里去呢？发自内心的愉快微笑无力地爬上了她的嘴唇，她已经睡意朦胧了。不多几分钟以后，安稳的睡眠就把她送进了幸福的梦乡。

醒来时她看到床上有一张风景明信片。上边只有几行强劲有力的字迹，都是给人寄明信片时常写的那些话。但是她把它们视为礼品和幸福，因为这是他写的。每个微不足道和不引人注意的细节都激起她对实际情况的无限猜想。因此她觉得这种爱情不仅应该如同一道柔和的光辉照耀四周，使一切发出亮光，而且这种使人容光焕发的感情和沉醉如此之深，就像是无生命和无灵魂的东西在烧得通红时从内部透出的光亮。早从少年时代起，生存的恐惧和缄默孤寂的经验就教育了她，不要把事物看作是冷淡和无生命的，而要将其看作默默无言地听她诉说的朋友，可以倾诉衷肠与柔情的朋友！书籍、图像、风景、乐曲都对她说话。而她一直保有儿童的虚构才能，能够在绘画里，也就是在无灵魂的东西里，看到欢快活跃和色彩缤纷的真实。在爱情来到她身边以前，艾利卡孤寂的节日和幸福就是这个样子。

因此，明信片上那几行黑字对她也就成了一件大事。她读上面的句子，带着他声调里那柔和而富有乐感的重音，就像他经常说这两句话似的。她想赋予自己的名字以只有温言软语才讲得出的那种暗含甜美的吸引力。在这种亲戚友人间惯常使用的、冷静到简直是客套的句式里，她竟谛听到了爱情隐秘、清脆的弦外之音。她在梦幻中缓慢地拼读这几行字，几乎连它们原本的内容都忘记了。当然，内容并不是不重要的。她确实想告诉他两人计划中的星期日郊游能否成行。还有两句不大重要的话，是关于他们在一场早已谈妥的音乐会里共同出场演奏的。然后便是友好的问候和草体签名。但是她翻来覆去地一直读，因为她相信，从这几行字里她听到了强烈而紧迫的感情。然而，那只是她自己的感情的回音。

爱情来到艾利卡·埃瓦尔德的身边，并且把最初的光辉送到她苍凉冷漠的少女生活中来还没多久。因此这场爱情故事是安静和平凡的。

他们是在一次社交聚会中相识的。她在那一家教钢琴课。但是她庄重大方的言谈举止赢得了全家的厚爱，于是此后她便完全被看作朋友了。而他是应邀来参加聚会的，并且可以说是作为 Pièce de résistance[①] 来的。这是因为尽管他很年轻，但是作为提琴高手，他有着异乎寻常的名气。

周围的人也都热情地支持他们互相了解。人们要求他演奏，于是她就得承担伴奏的任务。这简直已经成了不言而喻的事。那时候他就第一次注意了她，因为她能很深刻地理解他的意图，这又使他立即联想到了她人品的高雅和诚挚。所以在演出结束、喝彩声还没停止的时候，他们就在一起交谈数语。她只是略微颔首，完全不引人注意地略微颔首。

但是事与愿违。人们没有那么快就放他们自由。他只能偶尔从侧面打量她高挑柔韧的身材，偷偷地接受她深色眸子羞怯而又钦佩的致意。谈话于是消失在人们强迫他们接受的粗俗举止和礼貌行为

---

① 法语，主菜。

之中了。然后又来了一些新人，又进行了很多娱乐活动，使得她几乎忘记了约会。但是当所有的活动都已结束，她要离去的时候，他突然站到了她的身边。他用柔和而拘谨的声音问她，他是否可以送她回家。一时间她感到手足无措，然后才用笨拙的借口谢绝他的好意，这使他轻而易举地贯彻了自己坚持效劳的意志。

她住在离市中心很远的郊区。因此在那个朗朗月色之夜里他们走的是一条漫长的路。他们之间还沉默了一段时间。这并不是因为不知所措，而完全是由于受过完整高雅教育的人对用陈词滥调开始交谈怀有说不清的恐惧。还是从他们共同演奏的音乐作品谈起吧，干脆从艺术谈起。但是这不过是个开头，通向她内心的路只有一条。这是因为他深知，所有把自己最后的珍宝如此慷慨地耗费在艺术中的人，把自己的全部感情都放在音乐之美上的人，在生活中都是严肃的、内向的，因此都只对理解他们的人敞开心扉。她也真的运用自己对于创作和演奏的观点跟他谈了许多隐秘的心理经历、从来没有对人吐露过的心事以及某些自己至今没有意识到的事。后来她自己也无法理解当时是怎么克服了那种一成不变的、几乎是过分谨小慎微的矜持。就这样他与她后来更为亲近，于是就成了她的朋友和知心人。这是因为在那个晚上她觉得生命中出现了一个艺术家，一个进行创作的人。他还像一个从未进入生活、而是生活在远方的强者。他是难以接近的和超群出众的。他是一个善解人意的人，一个人们不必对他隐瞒任何事情的善良的人。迄今为止只有纯朴的人能进入她的生活范围。对于那些让人如同面对作业题的学生那样进行分析和计算的人，她就像一个保守和满怀成见的宗教法官。她觉得他们是陌生的，简直是可怕的。那是一个寂静和晴朗的夜晚。在这样宁静的夜，如果二人同行，没有人偷听，没有人干扰，只有房屋的浓重阴影压在他们的话上，任凭没有回音的讲话声在寂静中随风消散，那么，他们就会充分信赖彼此，仿佛在自言自语一般。那些在白天纷繁杂乱的不安定中没受到注意就沉落下去的思想，到了晚上，一经轻微的震动，便从深沉之处苏醒过来。这些思想于是在并非刻意要说的情况下一一变成了告白。

这次孤寂冬夜里的漫长行走，使得他们彼此靠近了。伸出手来告别的时候，她不知所措地把苍白冰凉的手指长久地放在他强有力的手里，仿佛忘记了时间。然后他们如同老朋友一样分手走开。

这个冬天他们还经常见面。最初的相遇纯系令人愉快的偶然，但是不久便发展成了约会。这位令人感兴趣的姑娘以其全部的不同寻常刺激着他。他赞赏她精神上高雅的矜持。而她的内心也只对他敞开，并且像个受了惊吓的孩子那样犹豫地扑到他的脚前。他爱她处处精细、优雅、纯朴的情感力量。这力量无心去迎合任何人，却要在陌生人眼前隐藏起来，以免纯粹的热忱受到干扰。但是对于这种在每个人身上都能觉察到的可爱、真挚、完整而且有吸引力的情感，他却觉得很陌生。早从还是个半大孩子的时候起，他就作为艺术家受到要在精神恋爱中求得满足的女人的过分纵容和引诱。他太缺乏女性的敏感，也太缺乏青年男子的敏感，因为一如文科中学生恋爱般不可理解和别无他求的甜美还从来没有进入过他早熟的生活。他同时也满怀激情，自命不凡，带着粗暴的渴望去爱，冲向最后性欲的满足，为的是在那里流血死去。他有自知之明。他为了那些压倒他的种种弱点而看不起自己。他无力自卫，怀着厌恶，感受一切迅速的满足。这是因为激情和性感都彻底震撼着他的生命，就像震撼着他的艺术那样。他演奏的高超技巧也植根于这种坚定和激昂的男子气概。最后停止呼吸的音调间的差别，如同潜藏忧郁的轻微呼吸，都被他坚强有力、颇具有吉卜赛人风格的弓法忽略了。在他善于驾驭的动人力量背后，总是隐隐然有一点畏惧。

她对他的爱情也很胆怯和恭顺。她把他看作多年独身生活中那些含有某些真实成分的梦想人物的化身来爱。她爱慕这位展现自己本性的艺术家，因为她怀抱的少女的信念是，一位艺术家在生活方式上也必定表现出牧师的庄严。有时候她用一种陌生的、非性感的目光来观察他，就像是在看一幅罕见的照片，要从里边找到熟悉的面容。她对他倾吐衷肠，就像面对聆听忏悔的神父。她没有想到生活，因为她从来不熟悉生活。她只是像做了一场无根无据的梦一样经历过生活。因此对于未来，她也没有任何恐惧和渴望。她相信，这种非性感的和敬重的爱情会持续不断地发出温情愉快的声响。这样的爱情使得她坚定了对自己的艺术美和诚挚的贞洁的信心。

有时候令她惊讶的是，每逢她在他那里，他们根本不谈需求。他或是拉琴，或是沉默。而她则坐着梦想。她觉得，只要他在说话，或者在端详她，自己的梦就会更加鲜亮和光明。这时候万籁俱寂，再听不到白天的混乱喧闹，只有寂静、沉默和清脆的节日钟声深深地传入内心。于是往常朝思暮想的对温柔体贴的需要，对自己原来害怕的悄悄情语的等待，都在她心里颤动起来。她想象自己完全被他迷住了，他仿佛用艺术支配着她。他用诱人的声音带给她痛苦和欢呼。他的演奏令她无力抗拒。她只感到无法言传的感同身受，但她表达不出来，只能接受，只能伸开颤抖的双手在他跟前乞求。

一个星期里她要到他那儿去好几次。这已经成了一个不可更改的习惯。最初他们只是排练共同演出的音乐会。但是没有多久他们就再不能缺少这几个小时了。她完全没有料想到潜藏在他们不断增进的亲密友谊中的危险，而是听任自己精神上最后的矜持在他面前一败涂地，听任自己向他吐露最隐蔽的秘密，并且把他看作唯一的好友。她在热情的、几乎耽于幻想的讲述中常常没有觉察到，他躺在自己脚跟前谛听时，如何激动异常地抚弄她的手，如何偶尔低下头来狂吻她的手指。她也听不出来，有时候他拉出的最急迫、最热情的音调就是在对她说话，因为她在音乐中总是只寻求自身和自己的梦想。对于她来说，在这段时间里，可以对迄今不敢大声讲出的许多事情进行理解和拯救。她只知道，这样安静的时间给她沉闷而忙碌的白天带来很多光辉，也给她的夜晚带来光明。除了安静地生活，愉快地生活，她别无他求。她要求一种丰富的宁静，她可以像走向圣坛一样遁逃进去。

但是她加意提防公开显示自己的幸福。在别人和家人面前，她常用冷冰冰的沉默寡言掩饰最纯洁的幸福微笑或是热泪盈眶的样子。这是因为她想把自己的爱情在陌生人眼前保藏好。爱情如同一件有上百个容易损坏的地方的艺术品，随着笨手笨脚的人一声惊恐的喊叫就会彻底粉碎。她在自己的幸福和生活周围筑起一堵用日常的客套话和废话建造的高墙。这样就避免了她的话被许多人传来传去，既不会被人误解，也不会破烂成无价值的碎片。

郊游前的星期六晚上她又去看望了他。敲门的时候她又感觉到了明显的紧张，每次来找他时都是这样。这种心情总是愈演愈烈，直到与他本人在一起为止。但是她没等多久。他急忙把门打开，请她进入书房，又殷勤地帮她脱下春季外套，还用嘴唇毕恭毕敬地挨了挨她高雅美丽的手。然后他们在书桌旁的深色绒布小沙发上落座。

房间里已经很暗了。外边的天空中，乌云在晚风里匆忙地互相追逐。云影朦胧使得黄昏阴沉沉的光亮也动荡不安起来。他问要不要点灯。她回答不必。这种昏暗、甜美、让人无法识别而只能想象的光亮配上他那温柔的忧郁，她觉得很可爱。她安静地坐着。这会儿还能清楚地觉察出房间里雅致的布置。高贵的写字台上有一座青铜雕像，右边是雕刻而成的提琴架。一小片透过玻璃窗冷漠地看着房内的灰色天空把提琴架侧面的黑影衬托得十分清晰。声音深沉而准确的钟在什么地方滴滴答答地走着，似乎这就是没有同情心的时间的艰难步伐。除此以外，这里很安静。只有一两缕蓝色的烟雾从他忘记了的香烟上冉冉而起，升入黑暗中。这时，一阵微温的春风穿过敞开的窗子向他们吹来。

他们在闲聊。最初他们微笑着不停地讲述，但是在吓人的黑暗中谈话越来越困难了。他讲起新的音乐作品。那是一首爱情歌曲，是根据从前他在乡下听到的几节朴实无华但忧伤感人的民歌写成的。当时有几个姑娘在劳动后回家，她们的歌声从远方传来。他听不懂歌词，但是却听出了其中温和、压抑的渴望。昨天这首歌的旋律突然又在他心中出现了。已是深夜，那旋律于是就变成了他的一首曲子。

她什么也没说，只是盯住他看。但是他理解了她的要求，默默地走到窗口，取下他的提琴。他开始以很低的声音拉起这首曲子。

他身后的光线又逐渐亮了起来。晚霞在燃烧，在紫红色的光焰中燃烧起来了。房间先是回光返照般又亮了起来，接着，光线慢慢变得更加阴森、更加令人厌恶了。

他以奇妙的力量演奏着这首孤寂的曲子。他自己也沉醉于琴声之中。于是他忘记了自己的曲子，只记住了充满无限渴望的、陌生的民歌旋律。这个旋律用不同的变奏一再诉说着同样的内容，一再哭泣和欢呼。他不再考虑什么了。他的思想是遥远和混乱的，只有内心潮涌般的感情还在形成音调，重归音调所有。美淹没了这个狭窄昏暗的房间……红霞已经变成了沉重的黑色阴影，而他依然在拉琴。他早已忘记了演奏这首歌仅仅是为了对她表示敬意。他的全部激情、对世界上所有女人的爱、对美好之物的总体的爱，都在幸福热情颤动的琴弦上觉醒了。他不断觉得有了新的提高和更狂热的力量，但是还没有达到令人愉悦的满足。在最迅速的振奋中，还是只有渴望，只有呻吟的渴望和欢呼的渴望。于是他继续演奏，像是要调整某个确定的和弦，走向一个从前没能找到的结束和转变。

突然，琴声中断了……艾利卡发出一声歇斯底里的呜咽，便昏倒在沙发上。她本来已在琴声的引诱下从沙发上站起身来。她那软弱敏感的神经总是屈服于音乐感情的魔术。听到忧伤的旋律，她就会哭泣。这首歌里迫切和令人兴奋的期待，激起了她内心的全部感情，使她的神经陷入可怕的、喘息不止的紧张。她觉得这种受到抑制的渴望的压力如同一种痛苦；她感到在这种桎梏人的痛苦中自己不能不呼喊出来。但是她又不愿意这样做。于是只有在突然的啼泣痉挛中，她那不受控制的激情才能平静下来。

他跪在她的身边，努力使她平静。他轻轻吻她的手。但是她一直在颤抖。有时候她的手指也一阵痉挛，如同受到电击。他亲热地和她说话，而她却充耳不闻。现在，他变得更加热诚了。他说热情的话，他吻她的手指，吻她的手，吻她不住颤动的嘴——她的嘴也在他的嘴唇下边无意识地发抖。他的吻变得愈来愈迫切，还不忘讲些温存体贴的情话。他愈来愈狂热和急切地抱紧了她。

突然间，她从半梦状态中清醒过来，简直是粗暴地把他推了回去。他在惊恐之中心神不定地站起身来。她又沉默了一会儿，像是回忆起了种种事情。随后她的目光变得惶惶不安，断断续续地说，但愿他能原谅她，她的神经性痉挛经常这样发作，这一次是音乐使她激动起来的。

痛苦的沉默持续了一小会儿。他不敢作任何回答，因为他害怕不得不扮演卑劣的角色。

她又补充说，现在她得走了，早就到了该走的时候了，再说家里人也等她太久了。她说着便拿起自己的外套上装。他觉得她的声音很冷淡，简直是冰凉。

他本想说几句话，但又觉得在刚才的激情陶醉中对她讲了那么多话之后，再说什么都是可笑的。他默默无言，尊重地把她领到门口。在吻她的手分别的时候，他犹豫地问了一声：“那么明天呢？”

“照我们约定的。您还记得吧？”

“那当然！”

他感到愉快的是，她在离去时对他的举动没有说一句话。他愈发钦佩她高雅的矜持，既原谅了他，又不使之流露出来。他们匆匆地互相道别，然后门就砰的一声关上了。

星期天的早上，天气有些阴暗和沉闷。浓浊的晨雾用灰色的密眼大网笼罩了整个城市。但是昏暗的网中不久便开始射出光来，仿佛捕捞到一顶沉甸甸的越来越明亮耀眼的黄金王冠。最后，在光亮的重压下，昏暗的大网破裂了。于是春天清新的阳光终于照射出来，照在光滑的窗玻璃和湿漉漉的房顶上。无论在闪光或积水的地方，还是在散射红光的半球形教堂顶上，以及向外探望的人们充满欣喜的目光里，都反射出阳光的青春面容。

到了下午，明媚的阳光已经推进街道里。来来往往的车辆叽叽嘎嘎形成了欢快的旋律，但是麻雀的喧哗声更大。为了争夺电缆线，它们在上边鸣叫不休。这时，在巨大的混乱中，电车也发出了刺耳的信号。浩浩荡荡的人流如同黑压压的潮水，涌向通往市郊的大路。在这样的人流中，那些敢于最早换上白色和颜色鲜亮的春装上街的人，形成了一道道光彩夺目的闪电。而太阳，那普照大地的太阳，正辉煌灿烂，凌驾于万物之上。

艾利卡愉快地往前走去，轻松喜悦，就像正挽着他的胳膊散步。真的，她像孩子似的跳舞和狂奔起来。她穿起简朴平整的衣服，并用发夹把头发束高，显出十足的孩子气和少女风度。她焕发的精神源于发自内心的热情，这使他的端庄严肃很快也化为乌有了。

不久他们放弃了原先到普拉特尔公园去的计划，因为他们害怕漂亮公园的肃穆安静到星期天会被混乱的尖声叫喊打破。普拉特尔公园精心修剪的林荫道很宽广，两旁都是古老的栗子树。辽阔的河谷草地呈扇面形，直达浓密的森林地区，此外还有个极大的草原牧场。沐浴在那里柔和的阳光中，就会完全忘却近在咫尺、不停呼吸和呻吟的百万人口大城市。但是一到节假日，这种魅力便消失了，在潮水般涌来的人流面前隐蔽起来。

他建议往德布林方向走，可是要走很远，会经过一处有许多令人倍感亲切的白房子的地方。那地方确实可爱；房子从景色幽雅、但又为昏暗包围的花园里向外边卖弄风情般地闪现姿容。他知道那里有两条道路，幽静而且富有情趣，布满槐花的狭窄林荫道平缓地连通广阔的田野。今天他们走的就是这条路。他们走过一处安静的地方，这里有简直是乡村风味的假日宁静，犹如无法捕捉的清风，陪伴他们走完了全部行程。有时候他们相互对视一下，都感觉到彼此的沉默含意多么丰富，以及这沉默如何带来和增强了对于欣欣向荣的春天的幸福感受。

田野在更低的地方，是一片绿色。但是热忱慷慨的大地那惠人良多的芳香已经迎面扑来，好像充满希望的问好。远处是卡伦山和利奥波德山。利奥波德山上有座很古老的小教堂，从那里峭壁陡然直下千仞，通到多瑙河边。其间是许多肥沃的土地。地里大半还是褐色，没有耕耘劳作的痕迹，但到处是人们所期待的幼苗。有些方块田里已经长出黄色的胚芽，它们笨拙地直接从黑土地里钻出来，于是方块田便像极了强健黝黑的劳工身上撕开裂缝的衣服。敏捷的燕子啾啾鸣叫着飞进了晴朗得如同展平的青山似的天空。

他们穿行在古老宽敞的槐树林荫道中。走来的时候，他对她说，这就是贝多芬最喜欢的一条路，他就是在这条路上散步时第一次找到了许多内容深刻的作品的灵感。贝多芬的名字使两人顿时肃然起敬。他们想起来，是贝多芬的音乐在许多天赐的时间里使得他们的生活更为丰富充实，更为诚挚热情。因为想到了贝多芬，他们觉得一切都更有意义、更加伟大了。现在他们感觉到了这里风光的庄严壮丽，而原先他们看到的只是欢快喜悦而已。阳光灼热的大地里幼芽在茁壮生长，散发出浓郁的香味。这就是春天给予他们的最神秘的象征。

他们在田野里继续前进。艾利卡走路时用手指把未成熟的庄稼拨得沙沙响，茎秆偶尔在她脚下折断，她却毫无感觉。他们之间的沉默使她沉醉在梦一样罕有而深刻的思想中。她心里苏醒的是温柔隐蔽的爱情。不过她想到的并不是走在她身边的他，而是在她周围生存的一切。她想到在风中轻轻摇曳的庄稼和幸福劳作的人们。她想到在高空中互相追逐的燕子，还想到远处低矮的平原上裹在灰色的风帽里往这边看的城市。她又像个欢呼着跑进温暖水流般的阳光中的孩子似的，欢欢乐乐，蹦蹦跳跳，感受到了春天包容万物的力量。

他们在草场上和田野里走了很久，下午行将结束，但还不到晚上。强烈的光亮逐渐过渡成了虚弱的宣告夜晚来临的黯淡微光。一种淡玫瑰红的色调氤氲在空气中。艾利卡已经走得有些累了，为了好好休息一下，也有点出于好奇，他们走进了路旁的一家小饭店。饭店里五光十色，很是混乱，迎面传来的是欢乐的声音。他们来到庭园里坐下。邻近各个桌旁坐的都是从郊区来的一个个家庭，都是平易近人、高谈阔论、无拘无束的上等人。他们按照维也纳的习俗用郊游欢度星期天。背后是一座园亭，里边有几个乐师。这些人三五成群，在市内游来荡去乞讨似的过一个星期，只有到星期天才在这里有个安身之处。他们用手风琴演奏古老民歌很是拿手，一奏起自由欢快的流行电影主题歌，很快就会有众人相和，扯着嗓子唱起来，连妇女也会来同声合唱。在这里谁也不会怕羞。在这里，舒适愉快和安逸满足就是一切。

艾利卡向桌子对面的他微笑，但是很隐蔽，没有人觉得她失礼。他们很喜欢这些朴实、易于理解、感情单纯、不隐藏本能冲动的人。她也很喜欢这里不受干扰的乡村风味和愉快气氛。

店主是个胖胖的人，性情和善，现在正满脸堆笑地向他们的餐桌走来。他在客人中看到了这对他乐于亲自服务的高雅人。他问是否可以送酒来。得到肯定答复以后，他又问道："新娘小姐想要点什么？"

艾利卡满脸通红，一时间不知如何回答是好。然后她只是胡乱点了点头了事。她的"丈夫"坐在对面。虽然她没有看他，但是她觉察到了，他在微笑着欣赏她不知所措的目光。她到底是羞怯的。为了能比较自然地混过去，她是在多么笨拙地寻找出路。可是她再也摆脱不开痛苦的感觉了，她的情绪一下子变坏了。现在她才感觉到，这些人单调地哼唱的歌是多么支离破碎，多么机械死板。现在她才听出来，在狂欢中呼叫的低沉音调是些难听的咆哮和喧闹。她最好走开。

但是这时候，提琴开始拉出几个不常听到的节拍，约翰·施特劳斯的一支古老的华尔兹曲柔和甜美地响了起来。其他人也随之灵活地协奏起轻柔愉快的旋律。艾利卡再次惊愕地感觉到音乐对于她的精神具有多么大的控制力。这是因为她心里一下子轻松了，重新感到摇晃和飘荡。悦耳的旋律使她也参与进来，完全是低声哼起了陌生的歌词。但是她并不真的懂得歌词，她只是觉得，一切又都美好了，又都令人喜悦了。她又感觉到了春天的欣欣向荣和自己欢跳不已的心。

华尔兹曲结束的时候，他站起身来走开了。她很高兴地跟随他而去。这是因为她立刻理解了，他走开的意图是不让乏味的流行小调来干扰优美旋律的动人力量和愉快真挚的热情。于是他们又走上了回市内的美丽道路。

太阳已经沉落，落到了群山的边缘。阳光透过金光通红的树林往山谷里射下罕见的玫瑰色的细小光流。这是一种很奇妙的景象。天空里闪耀着红光，好像在远方有一场大火。在山脚下，城市的上空，雾气在色彩鲜艳的光线中形成一座穹顶，很像一个紫红色的大球。到了晚上，一切声响都消失在温柔的和谐中。远处传来郊游归来的人的歌声。手风琴在为歌唱伴奏。蟋蟀的唧唧声也愈加嘹亮。在树叶中，树梢里，还有听不分明的嗡嗡声、簌簌声和飒飒声，在空中甚至还有隆隆声。

突然他的一两句话落入了她庄严的、几乎是凝神肃穆的沉默中："艾利卡，真是好笑，店主怎么会把您称作我的新娘呢？"

然后是一声大笑，一声吃力的、勉强的大笑。

现在艾利卡从梦幻中清醒过来了。他说这话是想干什么？她觉得他是想开始交谈，是想强迫交谈。她感到害怕，感到一种愚蠢无聊和模糊不清的恐惧。她没有回答。

"这话真可笑，不是吗？您的脸羞得多么红呀！"

她朝他看去，想观察一下他的面部表情。他是想要嘲笑她吗？——不对！他是很认真的，而且根本没有看她。他是无意间说的。然而他想得到回答。现在她才感觉到，他是多么勉强地讲这个话的，就像是为了开个头一样。她感到惊慌不安。但是她不知道这是为什么。不过她又不得不说话，因为他还在那里等着呢。

"我觉得与其说是可笑不如说是尴尬。我就是这样子，所以不大懂得开玩笑。"她说得生硬、果断，几乎是很激愤。

然后他们之间又出现了沉默。但是这不再是一致享受的幸福的沉默，像原先那样，也不是志趣相投的预感，不是突然感到的尚未产生过的感受，而是一种沉重而令人不快的沉默，是具有某种危险与紧迫性的沉默。她突然对他们的爱情感到忧虑，怕它也会变成强烈的痛苦和煎熬，就像她所遇到的一切幸福那样，就像那些她为之哭泣但又是她最心爱的忧伤和温情的书籍一样，就像在《特里斯丹和伊瑟》中，声音像洪流中的湍急波浪，对于特里斯丹和伊瑟来说，这既意味着最高的幸福，又像痛苦那样折磨着他们。沉默愈来愈甚地压迫着她，而且变得如同一场浓浊的大雾，落到她的眼睛上，令人疼痛。这时候她才从忧虑不安中逐渐解放出来。她想作个了结，明白坦率地问问他。

“我觉得，您好像想对我隐瞒什么，是这样吗？”

他平静了一会儿，然后目不转睛地望着她。他在思考，又一次盯住她看，更为深沉，也更为自信。于是他的声音听起来少有地圆润和富有旋律感。

“长时间以来我没有意识到，不久以前才知道，我——对您很爱慕。”

艾利卡颤抖起来。她的眼睛看着地。但是她觉察到了，他在看她，深沉地，询问地，敏锐地看着她。现在她想到的是，最近一次她在他那里的时候，他亲吻了她。当时她未置一词，但她心里是很清醒的。她不知道自己是愤怒呢，还是害羞。所以惊恐不安就控制了她。每逢他拉起热烈而富有激情的歌曲时，她都感到一种愉快的恐惧，其中既有道德的深渊又有无限的幸福。现在会出什么事呢？噢，上帝！噢，上帝！……她觉得他还要说下去。对此她既渴望，又害怕。她不愿听他说话。她想看田野，看晚上，看美好的晚上。她什么话都不要听，什么话都不要听。她只看到市区笼罩在昏暗的雾里，市区和田野都是一样。空中有云彩……这些云是多么迅速地飞上了天空呀！再往上边云就很少。一……二……三……四……五……对，是五朵云……不对！只有四朵！……是四朵……

就在这个时候，他开始说话了。

“艾利卡，很久以来我就对自己的激情感到害怕！我总是预感到，激情将要来到，但是我又不愿意相信它会来。现在激情来了，从您最近一次到我那里以后，从昨天以来，我就明白，激情到来了。”

他沉默片刻，从胸腔深处吸了一口气。

“因此，这件事使我很悲哀，无限地悲哀。我知道，我不能和您结婚。我知道，如果结婚，就得以我的艺术为代价。旁人是不会理解这一点的。而您，我亲爱的，亲爱的艾利卡，是会理解的。对此只有艺术家才能理解，而您有着丰富的、无限丰富的艺术心灵。此外，您也是很聪明的。我们不能再继续相处，这样交往下去了…… 现在必须作个了结了……”

他停了下来。但是艾利卡觉得他还没有说完。她真想跪在他面前乞求，请求他不要再说下去——这是因为她现在什么话都不想听，什么话都不想听——不听，完全不想听……于是在惶恐不安中她开始数天空中的云朵……

但是云朵都已经飞走了……不，那边还有一朵……这是最后一朵云了，表面喷洒了一层玫瑰红，形状如同一只骄傲的天鹅，正在深暗的河水中顺流而下……自己怎么会想起来这样一幅图景呢？她不知道……她的思想越来越杂乱无章了。她觉得她只想去思考云朵…… 云朵现在飞走了，是的，云朵都越过群山飞走了……她感觉到，好像她的整个心都悬挂在云朵上面，她高兴地伸展双手想把它留住，但是云彩飞走了……跑得愈来愈快，愈来愈快……所以，现在——现在云朵都已经消失了……现在艾利卡又清清楚楚、一字不差地听到了他讲的话。一听到他讲话，她的心便盲目恐惧，发起抖来。

“我不知道，你是否这样看待我。我不相信，可我总是认为，你过高估计了我。我不是一个伟人，我不是那种……那种凌驾于生活之上、陶醉于安定的自我满足的人。我很想那样，我要是能那样就好了，但是我现在不是那样。我紧紧贴在生活上。我现在也不过是一个追求自己心爱之物的人。我像所有的男人一样，仅此而已。对于一个女子，如果我爱上了她，我就不仅仅仰慕她……我，也对她有所要求……还有……我不愿意同陌生人一道欺骗你。我不愿意让你看不起我。我觉得你太可爱了，所以……”

艾利卡面色苍白了。现在她才明了他的话的意思。她很惊奇，自己竟没有早些想到这一点。她再次平静下来。一切都像必然发生的那样发生了。

她本来想拒绝说话，但是她做不到。他讲话中用亲切的“你”相称，具有充满情意的真挚，这有力地征服了她。于是她又觉得自己是多么爱他。她的头脑忽然间又清醒了，如同一个忘记的单词又记起来了。现在她感觉到失去他会是多么不幸，以及有多少隐而不露的力量把她和他联结到了一起。她觉得这一切如同是一场梦……

他在继续说话。他的声音变得温柔了，仿佛亲热的爱抚。她感觉到他的手伸到了她柔嫩的手指中间。

“我不知道你是否爱过我，像我现在爱你这样爱过我。毫无保留地奉献、彻底忘掉一切琐事、抱定一心赠予和什么都不拒绝的那种最神圣的爱情。所以我只相信为了爱情而有所牺牲的爱情……但是现在一切都了结了。而我对你的爱并未因此有所减少……”

艾利卡好像因陶醉而怯懦了。她感到一种温柔的恐惧。她只知道，她应该失去他，但又不能失去他。于是她便超脱于生活之上，把一切都看得很遥远，很广阔。夜晚的寂静笼罩着山谷，也笼罩着温和的庄严。市区，市区的喧闹以及让人回忆起现实的一切都很遥远。她觉得自己在阳光灿烂的高峰上，带着她乐于牺牲、自由和奉献的爱情，带着她馈赠幸福的愉快权利，远远高出丑恶和琐事。她心里再没了思想，再没了精明计较的沉思，而只有感情，欢呼的、潮水般涌来的感情，她从来没有觉察到的感情。情绪征服了她和她本来的意愿。于是她轻声率真地说：

"在这个世界上除了你，我再没有任何人。因此，我要使你幸福。"

在她对他说话的时候，一切羞怯都退避三舍了。她知道，她用一句话就能给他很多，很多幸福。所以她看着他闪亮的眼睛和眼睛里感激的光芒。

于是他弯下腰来，肃然敬畏地吻了她的唇。

"我从来没有怀疑过你。"

然后他们便顺路往山下走去，往市区走去，往家里走去。

他们慢慢回到了疲惫一天的昏暗市区。艾利卡从幸福梦境里阳光照耀的积雪高峰降到艰难冷酷、严峻无情的生活中来时，也是疲惫不堪的。她带着陌生和恐惧的眼神走进了湿雾弥漫的市区街巷。这里到处是令人厌恶、低级丑恶的喧闹和烟雾。她突然感到一种痛苦的空虚。她觉得，这些烟熏火燎的黑压压的房子都居高临下地向她压来。房子就是日常生活的黑暗象征。它用无所顾忌的威胁力量挤进了她的生活，目的是毁灭她的生活。

当他突然用柔情蜜语和她说话时，她几乎要惊慌起来。她吃惊的是，她几乎忘记了那可爱的几分钟和自己的许诺。在这个充满霉味、令人窒息的环境里，她突然觉得从前诱发她的陶醉和冲动的一切都是多么陌生。她从侧面小心翼翼地注视他。他正用力皱起眉头，嘴边却显出自信者的镇静。不屈不挠而且自鸣得意的男子汉气概就是他面部表情中的一切。他的脸上全然没有柔情的忧伤，而在往常，就是这种忧伤把他的力量都纳入了美的和谐中。现在他的脸上只有充满喜悦的坚强，也许这就是潜伏的情欲。艾利卡慢慢转开脸，她还从来没有像此刻这般感到他是如此陌生和遥远。

她忽然感到了恐惧，癫狂的巨大恐惧！千百种受惊吓的声音，警告、喧哗、嘶哑的叫喊一下子都在她心里苏醒了。现在要发生什么事吗？她只觉得昏沉，因为她不敢想下去。她心中涌起的一切都在反对那个只占了她一分钟的软弱许诺。强烈的羞愧使她感到伤口一样火辣辣地疼痛。现在她从内心深处感觉到了，她从来就没有性欲，她不渴望有一个丈夫，她厌恶粗暴的和强制性的权力。此时此刻她只觉得厌恶，只觉得眼前的一切都变得黑暗了，都有了丑恶和低级的意义。她感觉到的轻挽她胳膊的手、雾中忽隐忽现的对对情侣，还有路过时偶然投向她的目光，莫不如此。她的本性粗暴愤怒地敲击着她疼痛的太阳穴。

她突然体味到了自己那在失望中颤抖的爱情的深沉痛苦，就像是受到了惩罚性的打击。凡是不断发生的事情，都必定重新成为难忘的事。男人的性欲杀害了姑娘的柔情蜜意和最神圣的敬畏。幸福如同是高悬在黑暗之上光彩夺目的晚霞，现在破灭了。黑夜开始升起，昏暗、凝重、具有威胁性的沉痛寂静和无情的沉默都弥漫开来……

她的脚简直不想再走了。她注意到，他走的是前往他住处的路。这点清醒使她深感压抑。她想对他把话彻底说清楚：她的爱情和他的爱情如何是完全不同的两回事；她是怎样在神经承受不了的情绪作用下作出许诺的；还有此刻她心中是如何全力进行着斗争，反对刚才同意的爱情。但是这些话都没有说出口，都只是她的内心在黑暗中因紧张和折磨加重的痛苦感受，因此也没有使她得到解放。模糊不清和忧虑不安的回忆像是遮蔽成黑影的翅膀轻轻掠过她的内心。她一再想起一个故事，一个曾经与她一起上学的姑娘罕见但又很平常的故事。那姑娘委身于一个男人，出于报复和愤恨又与别的男人相好，后来还与另一个男人偷情，但是她自己也不知道为什么要这样做。恋爱像一场天昏地暗的风暴那样穿过了她的生活。艾利卡每每想起她来就不寒而栗。她内心强有力的反抗远不仅是纯真少女面对不熟悉的事情因害怕而生的最初的羞怯，这是一颗柔情脉脉、性格怯懦的心灵的美好弱点：既害怕喧闹的生活，又害怕残酷生活的丑恶。

在并肩挽臂前行的两人中间依然存在着冷酷而钻心的沉默。艾利卡本想把自己的胳膊抽出来，但是她的四肢好像失去了一切活动能力。只有两只脚单调匀速地向前移动。她的思想愈来愈混乱，如同带有精巧锋利的倒钩并且烧得炽热的箭在她脑袋里互相猛射。无力的恐惧和绝望的顺从在她的思想上空形成了不断增厚的乌云。她嘴上只是在不停地祈祷眼前这一切赶快成为过去，祈祷出现一团巨大的、模糊的、没有痛苦的空虚，让她既没有感觉，也不必多想，来个突然而直接的终止，就像从噩梦中清醒过来那样……

突然他站住了脚。她立即警觉和恐惧起来。他们已经在他住的房子前边。有一分钟，她的心脏停止了跳动，静止了，完全不动了，但是随后它又跳动起来，急速而且狂乱，在突突的恐惧中加快速度。

他对她说了几句话，几句柔情蜜意的话。一瞬间她几乎又喜欢他了。他讲话是那么诚心实意、温存体贴。但是当他更牢地抓住她的胳膊，紧靠着她毫无抗拒的、温柔可爱的身体时，模糊的恐惧又来了。这恐惧比刚才更令人昏沉和畏惧。她觉得仿佛心里的声音突然被松绑了，正在大声恳请和乞求他放开她。但是她的喉咙是无声的、沉默的。她半无意识地挽着他的胳膊走进阴森森的大门。她心中有种听天由命的痛苦，十分深沉，以致她再感觉不到那是痛苦。

他们走上昏暗的螺旋楼梯。她闻到一股阴凉的地窖霉臭气。她看到在凉风中摇曳的黄色煤气灯。她感觉到每一级台阶。所有的台阶都从她身边一滑而过，就像即将熟睡时的幻想：短暂，但很鲜明；深入内心，但又转瞬即逝。

现在他们站在走廊上。她知道，这是在他的房间门前……

他放开她的胳膊，走在前边。

“稍等一下，艾利卡，我要去把灯点上。”

在他走进房间去点灯的时候，她听见从房里传出的他的声音。这个短暂的时间给了她勇气和清醒。她突然感到害怕，害怕消除了痉挛的发呆状态。她像闪电一样从楼梯上跑了下去。她在丧失理智的忙乱中没有细看台阶，只是快跑，赶快往前跑。她还觉得仿佛听到了从楼上传来的他的声音。但是她根本不愿意再去思考。她只是跑呀，跑呀，毫无停顿，一直向前。一种强烈的恐惧在她心里清晰起来：他可能追随而来；还有，自己很可能回到他那里去。她跑了几条街远，直到发现来到个陌生的地方，才长出一口气，站住了脚。然后她慢腾腾地往自己家的方向走去。

现在，艾利卡的生命中有了空虚无聊、没有内容、隐藏着命运的好几个小时。这些时间的出现犹如与世无争的乌云，涌来就是为了再度离去。不过它们却顽强而且固执地停留了下来，像是一道黑烟扩散开来，愈来愈遥远，愈来愈宽广，到最后成为一团疲惫无力、忧伤沉重的灰色，固定地飘浮在生活上边，成为一块阴影，无法避免和怀有妒意地跟踪瞬息的时间，一再举起威胁的拳头。

艾利卡躺在她昏暗舒适的房间里的沙发上，一头扎在靠垫上哭起来。她觉得没有眼泪，但又感到眼泪在往内心里流，泪如泉涌，怨诉不已。有时候，她突然啜泣着全身打起冷战。她感觉到那充满痛苦的几分钟如何成了她人生中的重大事件；随着第一次希望落空，悲伤如何在坦白地倾诉衷肠的内心深处酝酿。其实她的心在胜利地颤动，因为她的逃跑在最后的关键时刻成功了。但是这不应当成为明亮闪光的喜悦和欢乐，而是如同一场痛苦那样无声无息。这是因为有这样的人，重大事件和震撼人心的事件都会拨动深藏他们心中的痛苦和忧伤的琴弦。那琴声超过其他声音，透出忧郁，而且洪亮急迫，使其他情绪都无我地融于其中。艾利卡·埃瓦尔德就是这样的人。她为自己青春美好的爱情而悲伤，如同一个贪玩迷路的孩子。她的内心也感到羞愧，感到强烈的、火辣辣的羞愧，因为她竟像个哑巴一样惊慌失措地逃出来，而不是坦诚相待，冷静地、以一种他必定会顺从的严肃的骄傲对他说个明白。现在她回想起他和她的爱情时，既怀有愉快的痛苦，也怀有强烈的恐惧。然后一切景象又都回来了，混杂错乱。但是这些景象都不再明朗欢快，而是笼罩在回忆忧伤昏暗的阴影里。

外边的门开了。她立即惊惧起来。她害怕听到任何响声。她想用她不敢认真思索的混沌的思想解释声调引起的轻微激动。

现在她的姐姐进房间来了。

艾利卡感到困惑。她惊讶的是，自己竟没想到眼前的事，就是姐姐一定会来的。现在她以奇特的感官又觉察到了，这些和她生活在一起的人都是多么陌生，多么遥远。

姐姐开始问起她下午的活动。艾利卡回答得很笨拙。当发现自己很没把握的时候，她突然变得强硬和不公正起来。她回答说别人不应该总是用问题来纠缠她，她也不想为别人操心。况且现在她正头痛，想好好休息一下。

姐姐什么也没有说就出去了。对于安静的、听天由命的姐姐，她很同情。姐姐什么事也没经历过，也不要求有所经历。她从生活中未曾占有任何东西，连一场内容丰富、显得高雅、如自己现在这样的痛苦也没有。

这件事把她又带回自己的思想。这些思想走近了，又在远方消失了。它们是沉重的、有黑色翅膀的大船，正急行在黑暗的洪流之中，没有人声喧闹，没有哗哗水响，没有斑斓色彩，没有影响深远的迹象，只受人们不知道和看不见的强大推动力驱使和操纵。但是这些思想的忧郁情绪颤动着飞进了艾利卡的内心，昏昏沉沉的几个小时以后，就在她因意志薄弱而屈从的疲倦里溶化了。

随后的几天带给艾利卡的是期待和忧虑。她暗自等待着信，等待他亲手写来的信息。她甚至渴望信里充满愤怒的言词和冷酷无情的责备。这是因为她想有一个了结，一个凌驾过去之上，并且阻止她今后偷偷往他那里去的终点。要不就让他来一封充满温情和谅解的信。这些话语会进入她的内心，并且把她再领回到她所离开的幸福时刻的圆舞中。

然而信没有来。在她和那折磨人的不明确之间没有出现任何预兆。这是因为艾利卡还沉迷于她的感受和激动。她想知道自己对他的爱情是否还活着，或者说是否已经死了，或者说，是否正处于她还没有任何预感的新阶段，即过渡状态的终点。现在她只觉得心绪混乱，精神紧张，无法松弛，这一切引起和唤醒她的厌恶情绪。她进入了比过去更加可怕的几个小时，心情烦躁，而且头痛，因为她觉得种种虚假和不和谐的事更为明显了。一切响声都使她心烦。她觉得外部世界的高声喧闹、手忙脚乱和熙来攘往都不堪忍受。甚至她自己的思想也丧失了温柔和令人愉快的梦幻性，具有了冷酷而深刻的尖锐性。她觉得每个事物都暗藏敌意，都有要伤害她的顽固意图。她还觉得，包围着自己的这整个世界不过是一座庞大而昏暗的监狱。这里边有千百种隐藏的刑具，还有阻挡光线射进的毛玻璃。

因此，她感到这些天难以忍受地长久，长得没完没了。艾利卡坐在窗口，等待轻轻缓和一切反差的夜晚降临，带来少许平静。每当太阳开始慢慢沉落山后，回光返照，天色愈来愈疲惫而昏暗地颤动的时候，她的内心就完全平静了，安定了。此外，她还觉得，自己的全部思想和感觉现在都要改变，都很陌生，这使新事件和新感受都站在她生活的门前吵吵嚷嚷，要求进来。但是她不重视它们，因为她认为在自己心里滋长成形的一切激情都不过是她垂死的爱情的最后痉挛……

就这样过了两个星期。艾利卡没有收到他的一点消息。好像一切都过去了，一切都被忘却了。她的悲伤和情绪波动还没有结束，但是她已经从令人生厌和恼怒的状态中解放出来，找到了文雅而有修养的面部表情。痛苦的感受被和缓地化解成为忧伤的歌，化解成为深沉压抑的小调和忧郁的和弦。许多个晚上她都这样心不在焉地弹琴，把原来的主题慢慢转变成自己创作的乐曲；奏出的乐声愈来愈轻微，就像她正慢慢消逝在过去的痛苦的爱情故事一样。

现在她又开始读书了。她又觉得每一部好书都很亲近了。这是因为她的忧伤散发出来了，就像从非常深沉和忧郁的花里向外散发令人陶醉的浓烈香味。神圣而诚挚的爱情遭到生活无情破坏的玛丽·格鲁贝又来到了她的手边。到她手边来的还有本来不想放弃幸福但却失去了最率真爱情的包法利夫人。她还读了玛丽·巴什科采夫①极其庞大动人的日记。这位玛丽从来没有过重要的恋爱经历，尽管有个富有而急切思慕她的艺术家向她伸出过手。因此艾利卡受折磨的内心就这样潜沉在别人的痛苦中，以求丧失和忘记自己的痛苦。但是有时候她会突然感到惊骇，而在这样的惊骇中恐惧与骄傲结成

---

① 玛丽·巴什科采夫（1860—1884），俄国流亡女艺术家，因用法文写了一本日记而著名。

了姐妹。这是因为她读到的一些话也出现于自己的生活中，而且她理解了这些话中命运艰难的含义。现在她感觉到，自己的故事并未宣告生活的不公和仇恨，而只是宣告了生活是痛苦的，因为她缺少天性嘻嘻哈哈、不爱计较的欢乐舞步——这种舞步能在迅速的遗忘中跳跃过昏暗而神秘的痛苦深渊。孤寂还在沉重地压着她。没有人来接近她。让自己深沉和隐而不露的美屈从于陌生人的奇耻大辱使她避开了所有女友。她也缺少虔诚之人向上帝倾诉并且把最私密的自白交给上帝的那种信仰。从她内心流出的痛苦又回流到她的心里。最后，不停的自我倾诉和分解使她陷入昏昏沉沉的疲倦和失去希望的懒散。这种懒散让她再不想与命运和命运的隐蔽威力搏斗。

每当她从窗口俯视街巷，就产生一些奇怪的念头。她看到熙熙攘攘的人群，浸沉在幸福中走过的对对情侣，然后是匆匆而过的青年人，快如飞箭的自行车，隆隆开动的汽车，都是些白天的景象，平常的景象。但是她觉得这一切都很陌生。她好像是从远方，从另一个世界里看到这些景象。她不能理解的是，如果所有的目的都很渺小，不值得重视，那么，为什么人们还慌慌张张、摩肩接踵地往前走呢？在宁静的威力下一切激情和渴求都能入眠，但是仿佛还有比伟大的宁静更丰富、更幸福的东西。宁静确实如同一个有神效的源泉，各种病态和丑恶的东西都在它温和神奇的洪流中轮番出现，就像令人讨厌的轮班制。那么，所有这些斗争和征服究竟是为了什么？那种急切的、不知疲倦也不许人后退的渴望为的是什么？

艾利卡·埃瓦尔德有时候就是这样思考生活和取笑生活的。她不知道，对于伟大宁静的信仰也不过是一种渴望，一种最诚挚、最永恒的，我们不会达到的追求。她认为，她战胜了自己的爱情。所以每当她想到爱情就像在追忆一个死人。回忆具有和解的温和色彩。忘掉的插曲故事又浮现出来，于是人在真实情况和温情梦境之间来来往往，扯起许多秘密的连接线，直到两者不可分离地混杂在一起为止。她像梦到早先读过的一部特别优美的长篇小说那样，又梦到自己的爱情。小说中的人物又都慢慢出场了，讲着已经知道的对白，不过都很遥远。所有的房间又都清晰可见，就像被突如其来的闪电照亮了。一切东西又都像往昔一样。艾利卡就在晚上自我陶醉的思想里进行创作，不停地改写新的结局。但是她找不到恰当的结局。她想要一个温情和解的结局：充满尊严；有充分准备地断绝念头；彼此深刻理解，互相冷静而友好地伸出手来。这种浪漫主义的梦想慢慢地使她形成一种诚挚的信念：他现在也在期待她，正在愉快的痛苦中回想她。这念头在她心里逐渐凝缩成无法更改的事实，使得她的信心愈来愈坚定了：一切都会好起来的。一个和解的结尾和弦一定会解救她爱情的异乎寻常的动人旋律。

现在，经过许多天，许多天以后，当她带着就要结痂的伤口想起自己的爱情时，竟敢于微笑了。她还不知道，深沉的痛苦就如同一条阴暗的山涧小溪。有时候它潜流于地下，带着不安分的沉默在岩中穿穴入洞，带着无能的愤怒在没有打开的门上长时间砰砰敲击。但是小溪也炸开过峭壁，呼啸奔腾，不惜精力，毁灭性地冲下繁花似锦的山谷。于是山谷便在它愉快的、毫无疑虑的信心中晃荡起来……

发生的一切注定不同于艾利卡的梦想。爱情又一次走进了她的生活，但是她已经完全变了。她不再是那样安静优美地带着温情的、祝福的礼品前进，而是如同春天的风暴，如同一个要求迫切的女子——嘴唇焦燥，深色的头发上戴着一朵情感浓烈的深红色玫瑰花。这是因为男人的情欲和女人的情欲是不同的。在男人身上从一开始，从成熟的时候起，情欲就是强烈的。而对于姑娘们来说，情欲首先表现为多种多样的包装和想象。慢慢地，它变成空想，变成愉快的梦，变成虚荣，变成美的享受，但是到最后，撂开一切假面具，撕掉一切包装的那一天是要来的。

有一天，艾利卡对这一切都明白了。既没有公开事件也没有偶然事件迫使她增长这些知识。使她增长知识的是包含令人眼花缭乱的诱惑的一场梦，或者是一本隐蔽着诱骗威力的书，也许是远方传来的一曲她忽然悟解了的旋律，或者是其他人的青春幸福。对于这一点她始终没有弄明白。她只是忽然明白，她又怀念起他来了。但是她所怀念的不是有用的言语和沉默的时刻，而是他强有力的胳膊和要求狂吻却不理解她无声乞求的嘴唇。她像少女一样羞怯地抗拒这种清醒的意识，但是无效。她努力回想从前的日子。那时没有丝毫令人忧郁不安的情欲。她想对自己撒谎，说她的爱情早已死了，而且已经埋葬了。同时她又回想起心里怀着厌恶从他房间里逃跑的那个晚上。随后的几夜她都感到自己的血液因为强烈的渴求而燃烧起来。于是她只好把嘴唇压在凉枕头上，以防在寂静无情的夜里呻吟出声，甚至喊叫他的名字。现在她不敢继续自我欺骗了。所以这点知识吓得她浑身发抖。

现在她也明白了，近些天里她感觉到的糊里糊涂的兴奋，不是说明她美好明丽的爱情死亡了，而是意味着使她心烦、逼她甚紧的爱情力量正在缓慢地萌芽。于是她特别羞怯地想到这种渴慕的需求，它是那么纯朴，那么平常；从中又不断萌生出新的痛苦，那是昏暗的命运怀有敌意的孩子。在这种像把果实撒到空旷霜冻的田野中的晚秋一样的情欲里，童贞的力量与未及喷发的充沛精力合而为一了。她心里有一种暴风雨般的、获得胜利的力量。她对这种力量没有反对，也没有拒绝，因为它跳出了一切限制，消除了最后的思考。

艾利卡没有想到，对于突然来临的情欲，自己的反抗是多么虚弱。她觉得内心再看到他的渴求胜利了，即使从远处，从很远的地方，在没人注意、在他根本没想到她在看他和盼他的情况下看一眼也好。她把他的照片又拿了出来。这张照片放在一个隐蔽的柜子里，上边几乎落了一层灰尘。现在它使她产生一种特别的崇敬。她以强烈的激情亲吻照片上他的嘴，然后又把照片放在自己面前，说她想对他本人说的激动的话：但愿他能原谅她，因为她当时的举动是孩子气的，是受到惊吓的。然后她又用急切的语句对他讲述自己的渴望，讲述她现在又是多么无限地爱他，远远超过他过去所能理解的程度。但是所有这些极度兴奋的言语都不能使她满足，因为她想要重新看到他本人。她在他往常经过的大街拐角等了许多天，但是白费力气。于是她心中不耐烦的情绪猛升起来。有时候她心里产生——当然是惶恐不安和模模糊糊地产生——这样的想法：她应该到他的住所去，为自己当时的行为道歉。但是这时候她在报纸上看到一则消息，说他最近要在一次音乐会中出场。这是一条使艾利卡感到幸福陶醉的新闻，因为现在她有了在他想不到的时候看到他的最好机会。于是，在现在和确定将要到来的、她急切盼望的晚上之间的日子缓慢地，非常缓慢地流逝起来。

宏伟的音乐大厅有上千盏灯照耀。艾利卡是最早进入大厅的人之一。把几分钟延长成几个小时的焦躁盼望从天亮时起就灌注了她的全身。今天必须全力以赴的念头从那时起就从眼睑上赶走了睡眠。自那以后的时时刻刻她都是在梦中行走，尽管工作的要求不断把她从思念的等待和平静的渴望中惊醒。晚上到来了。她取出自己最好的衣服，用只有女子在期待情人注目时才有的郑重其事的细心穿在身上。她提前一个小时就动身往音乐厅去了。她的计划是先散一会儿步，让显然兴奋起来的神经有个短暂的休息。但是她一走到大街上就感到一种模糊的力量，有磁性似的逼她走向一个方向。开始时从容不迫的步子变得不平静了，也加快了。突然，她惊讶地发现自己站到了音乐厅宽大的台阶前边。她为自己的烦躁不安感到羞愧，下意识地在那里来回走动。第一批车子丁零当啷、慢条斯理地来到时，她已经不再努力克制自己，而是带着思量好的表情走进了刚刚点亮的音乐大厅。

大厅里边弥漫的、空荡荡的、几乎成为可怕梦境的沉默没有持续很久。观众愈来愈拥挤。艾利卡看不清每一个人，只感到蜂拥而入的一大群人，只感到化过妆的生动形象在眼前流动，碰来擦去，模糊而混乱。她觉得许多面孔变换不停，如同戴了假面具一样。她心里只有烦躁和期待，眼睛里只有一个名字、一个愿望、一个单词。

突然间，嗡嗡说话和来往走动的声音响起来了。这是沉默之前的骚动，有取观剧镜的窸窣声、长柄单眼镜的丁零声、人的活动声、物件的移动声，还有消融在暴风雨般的喝彩里的多音部和声。她觉察到，他走进来了，现在走进来了。于是她闭上眼睛。她知道，自己太软弱了，在这样令人自豪的时刻，很难做到沉默无言地看着他。她几乎要欢呼起来，要不就高呼他的名字，站立起来，向他招手示意。但是不管怎样做，都是愚蠢之举，都是轻率的行为，都是可笑的举动。她觉得自己的心跳到了嗓子眼儿。她等待着。她眯起眼睛看着一切，等待着看他如何登上舞台，如何鞠躬，现在——必定应该是现在——该拿起琴弓了。她等待着，终于小提琴奏出的最初几个音符像唱歌一样渐渐升高了，就像田野间欢叫着慢慢飞起，然后直冲蓝天的云雀。

然后她抬头观看，悄悄地，小心翼翼地，就像在刺眼的强光下看东西那样。一看到他，她就觉得热血沸腾，仿佛被昏暗沉默的海浪推拥起来。反光眼镜和找人的眼睛就像颤动的浪尖儿，使大海处处闪射亮光。她感受到了他的演奏，又感受到了从前的全部奇妙威力。随着琴声的增高和逐渐加强，她的心也充实起来。她的心在欢笑，在哭泣。这是激动的洪流，这是温情颤动的波涛。她感觉到了欢呼。欢呼从无数阳光一样跳动的光线里飞迸进她的心里。她感到浪花儿涌起，直达咽喉，如同喷水池里升起了欢腾的水柱。音乐的情绪又一次诱骗了她。她于是像个盲人，很乐于信赖一只陌生的、可爱的手。然后，爆发出欢呼声。大厅里黑压压的、仿佛被魔法催眠的人海突然间波起浪涌，涛声咆哮。各个方向都传来滚滚如雷的喝彩声。这时，她心里骤然升起一种自豪感。她的灵魂回忆起自己曾被这人追求过，也跟着欢呼起来。当初那几分钟里的厌恶和痛苦现在都消融在这种自豪感中了，都消融在他艺术事业大获全胜的这个时刻里了。

就这样，对于她烦躁的内心来说，这个晚上成了一个真正的、深沉的节日。现在让她感到忧虑的只有一个问题：他是否还会想起她呢？此时此刻，她是很谦卑的、但愿能委身于他的仰慕者。现在她不再想自己，而是完全想着他，只看见他在迷人的提琴演奏中的渴求和热情，不再理会声音和旋律。

终于，她得到了令她满心欢喜的、特别的回答。在暴风雨般的长久掌声之后，他决定再加演一曲。他刚拉了几个朴实无华的缓慢节拍，艾利卡的脸色就变得苍白了。她着迷似的听呀，听呀。她在严肃的惊骇中听出来，这就是他们在第一个晚上的歌，也就是他为了让她高兴在黄昏时分断断续续拉的那首曲子。于是她觉得这是一种致意。她感到这首歌是给她演奏的，只演奏给她听的。她把它当作越过观众厅的其他人单单向她提出的问题。她看到一首歌的灵魂为了找到自己在昏暗的大厅里飞舞。迅速的确信使她晃悠悠地进入了愉快的梦中。她认为他在想她，一直念念不忘地想她。于是无限的幸福向她急驰而来。又是音乐欺骗了她，使她凌空飘浮在现实之上。她感到自己在向上飞翔，离开地面一人多高。那情形就像他们当初站在喧闹的市区上方一样，只是更高，更高得多，超越了命运和人世生活，也超越了一切琐碎问题和犹豫不决。在几分钟的加演里，她在幸福的梦里飞越了一切限制，甚至现实本身。

随后，前所未有的欢呼把艾利卡从她远离尘嚣的梦境里惊醒。为了等候他，她急忙挤来挤去往出口处走。现在对于使她担心和阻止她委身于他的最后一个问题，她知道了明确和令人愉快的答案。她觉得，显而易见，他一直爱着她，而且爱得更加热情，更加美好，更加不可遏制和急切。否则他今天不会给这些人演奏这首为了向自己致意，并且是根据他们的爱情创作的光辉颂歌。这首歌的威力那时就攫住了她，征服了她，而今天她要把精心守护的爱慕之心的果实放到他的脚前。他会使她更幸福……

她费尽力气才挤到艺术家通道的出口。这里不再拥挤了。于是她可以再次不受干扰地沉醉于自己幸福自信的梦境。她要是能早些，更早些知道他不会忘记她就好了。这个想法一再出现，并且与对未来日子的愉快希望结合在一起。她带着傲慢的微笑想，如果他毫无思想准备地走下阶梯，看到也许刚才还在梦想的愿望变成了现实，该是怎样大吃一惊啊。还有如果……

但是现在传来了真实的脚步声，愈来愈响，愈来愈近。艾利卡不由自主地退缩到了更昏暗的地方。

他边说边笑地走下阶梯，向一位身穿花边衣服的小姐，正在哼唱某个小歌剧旋律的娇小可爱的女歌手，温情地鞠躬。艾利卡浑身颤抖起来。现在他发觉了她，本能地伸手去摘帽子。但是，手举了一半又懒散地垂下来。嘴唇上潜藏着愤怒的、受伤和嘲讽的微笑。

他把头转向旁边，然后领着穿花边衣服的娇小女士向车子走去。他帮她上了车，然后自己才上车。对孤零零地同她被背叛了的爱情站在那里的艾利卡，他甚至没有回头看一眼。

这样的事件常常用突然的力量唤醒可怕深沉到令人不再感觉到痛苦的痛苦，因为在猛烈撞击中，她失去了理解能力和自觉的感受能力。她觉得自己在沉落，从令人眩晕的高峰上屏住呼吸，没有意志，也没有抗拒能力地摔了下来，摔向一个从来不知道，但是想象得到的深渊。随着每一秒钟，随着螺旋沉落的每一个迅速消逝的极小时间单位，她接近了，接近了，愈来愈接近她知道会粉身碎骨的可怕终点。

为了能够平静地正视各种类似的重大事件，艾利卡·埃瓦尔德承受的小痛苦已经太多了。她的生活里充满了琐细的精神痛苦。这些精神痛苦在她心里支撑起一种奇怪的幸福感，因为它们导向忧郁的梦境，导向柔肠寸断的绝望，导向甜蜜的悲哀，诗人就是从这中间创作出最真诚、最感伤的诗篇。她认为，在那些时刻里自己已经觉察到了命运强有力的利爪，然而那不过是它伸出来威胁的手一闪而过的阴影。她原来认为自己已经承受过了生活最最黑暗的暴力，并在这种意识的基础上建立起了坚定的自信，而现在她的自信在现实中崩溃了，就像一只儿童玩具落到一只神经质的手掌中那样。

因此，她的灵魂完全失去了约束力。生活对于她来说，如同打烂秧苗和鲜花的一阵冰雹。在她眼前剩下的只有荒芜辽阔、无法穿越的黑暗。这黑暗隐蔽起一切道路，使得人人失明，并且毫无同情地吞噬了回荡的恐惧呼救。她内心里只有沉默，一种昏昏沉沉、气喘吁吁的沉默。那也就是死亡的寂静。因为在那个瞬间里，她心里的许多东西都已经死去了。爽朗欢乐的笑声，虽然还没有出生，可是它多么想要在她心里生存，就像一个争取出世的孩子；许多青年人都有的那种急切的、接受一切的愿望：相信未来，并且想象在一切关闭的、将为他们打开的门后边都有欢乐和光辉；许多纯真和相信人世的感受：对全人类的献身和对只给虔诚的信徒展示节日和奇迹的大自然的献身；最后是一种无限丰富的爱情，它在黑暗的痛苦源泉里洗了澡，并且为了找寻完美而在变换更替的人物中间穿行。

但是在这样的失望中也有新的胚芽。那就是对周围一切的强烈厌恶和还不知道如何起步的强烈报复愿望。她的面颊火辣辣地疼，两手颤抖，仿佛随时都要用愤怒的力量出击，去反对什么。软弱和羞耻都离开了她。在她心里，行动的催逼力量愈来愈明显，也愈来愈急躁不安。由命运造就和操纵的人现在要迎着命运走去，要和命运搏斗了。

这种无目的的粗野冲动使得她在大街小巷乱转悠，作不出决定。现实在很远很远的远方，她不知道自己该往哪里去。她的脚已很沉重和疲劳，但是还在继续迈着步子前进。为了摆脱正在愈演愈烈的痛苦，并在迅速的走动中忘掉它，她把自己愈来愈厚地裹进思想里。不过她已经感觉到了虽非如泉喷涌，但已是点点滴落的热泪……

她突然在一座桥前站住。桥下是黑乎乎的缓慢流动的河流。河面上还有许多闪闪发光的亮点，那是星星和桥灯的映像，很像是睁开的眼睛在向上凝视。从什么地方传来轻轻的、不停歇的潺潺流水声，那是河水遇到桥墩被分为两股。

她觉得，在这种景象里隐蔽着死亡的念头，突然她身上一阵战栗。她转过头来，附近没有人，只有偶尔走过的黑影。有时从远方也传来笑声，或者滚滚的车轮声。但是在近处没有人，没有会来阻拦她的人。而且这事多么轻而易举，多么迅速就能了结。抓住栏杆，跳过桥边，然后跳到下面，还有令人厌恶的几分钟挣扎，再往后就平静了……深沉而且永恒的平静，远离一切现实。那是永不苏醒的、使人平静的安慰……

但是随即她有了另外一个想法！要是成了一具从水里捞出的尸体，那么，随之而来的就是寻开心的好奇者、谣传、议论——那可再令人痛苦不过了！但是一个看透了这种情况而且兴许还能付之一笑的人是可以以胜利者自居的……不对！不可以如此行事。她感觉到了，她的生命还没有耗尽，因为她的生命里可能还藏有复仇，藏有绝望的最后尝试。生命甚至还是美好的，而她只是错误地生活过。从前她心地善良，信赖别人，性情温和，自我克制，而别的人却都无所顾忌，贪婪而又狡诈，如同靠吃别的动物为生的猛兽。

从桥上转身走开时，她从胸中发出一声大笑，一声使自己为之惊骇的大笑。这是因为她觉得，她对自己所讲的话是多么不相信。只有痛苦是真实的，炽热的强烈仇恨是真实的，还有盲目寻求的报复是真实的。她确实觉得自己变得非常陌生，她甚至再看不出自己是多么恶劣，多么无用！

她冷得发抖，不愿再想任何问题。她继续往市区方向走去……随便往哪儿去……回家去……不行，不能回家去！一想到回家，她就感到恐惧。家里的一切都很黑暗、狭窄、沉闷。家里的每个角落里都潜伏着回忆，恶意地对她指指点点。她在家里是完全孤单地与巨大的痛苦在一起。在那儿，痛苦在她身边展开黑色的翅膀，抱住她，紧紧地，很紧地挤压着她，使得她难以呼吸。

但是现在往哪里去？往哪里去？她为这个问题伤透了脑筋。其他事情她全都不知道了。她的全部思维都集中到了“哪里”这个词上。

一个影子在她身旁跑动。

她丝毫没有注意。

那个影子向她的影子倾俯，而且并排走了一段时间，但她仍然没有觉察。走在她身边的人是个志愿兵。当她从一盏路灯旁走过的时候，他仔细地端详了她的面容。现在他礼貌地与她打招呼，她这才骤然惊醒过来。她需要一点儿时间来弄清自己的处境。因此她没有回答他。

这个志愿兵是个骑兵，还很年轻，有点儿笨拙。他没因她的沉默而气馁，而是继续用半是亲切的声调说话，但是仍保持一定的审慎。显而易见，他还没有弄明白自己是在与什么人打交道。她没有答他的话，而且确实穿着高雅。另一方面，她又是在深夜里孤独地散步——他真是完全弄不明白。但是他依然无所谓地继续搭话。

艾利卡默不作声。她本能地想要拒绝他，但是从前的种种使得她有了个奇怪的想法。现在她确实想开始过另外一种生活，再不要过做梦似的昏昏沉沉的日子，再不要给她造成无数痛苦的无聊的渴望。对于她来说，应该开始一种新的生活，要热情大胆，充满桀骜不驯的力量。于是她又想起了他——她要对他进行报复，进行一次很厉害的侮辱。她要委身于第一个到她跟前来的男人。因为他轻蔑地拒绝了她，所以她要让他受到完全、彻底、也许还是致命的侮辱。这一切在她心里迅速变成了计划和决定。这是一种残酷的、选择承受新侮辱的自我折磨，为的是忘记此刻还在火辣辣地疼痛的旧侮辱……她想到这里时，发现正好有这样的机会……这是个年轻人，很年轻，对这种事还完全不了解，简直一无所知。他应该就是第一个到她身边来的男人……

于是她突然急切地以和蔼可亲的态度回答说，他可以陪她同行。这倒使年轻人又犹豫不决起来：自己这是在与什么人打交道呢？但是有几个细节，例如她从音乐会上随身携带出来的观剧望远镜和她高雅的言谈举止，使他改变了对待她的肤浅态度。他依然很拘束。他实在还是个半大孩子，穿上军服的样子很古怪，就像穿的是军事伪装服。所以迄今为止他的艳遇都很简单，以至于都不成其为艳遇了。现在，他是第一次面对一个真正的谜。这是因为她有时候会安静地站几分钟，一动不动，对一切问题充耳不闻，走起路来就像在梦中一样。然后她又突然与他谈话，开玩笑，还带着挑逗性的、她转眼就忘掉的体贴温情。但是有时候他甚至觉得那笑声中有虚伪的成分。

实际上，当这些疯狂之极的思想在艾利卡头脑中嗡嗡旋转的时候，她花费了不少力气来扮演热情和轻佻的女人。她知道结局会是什么样子。她愿意那样。但是让她暗中不断感到忧虑不安的是，这是对自己犯罪呀！然而，不能顺利进行的报复计划如今在这儿找到了一种手段，尽管是错误地将矛头对准自己，但至少是令人安慰的，力量强大的，她作为女人的情感无法抗拒的。要发生什么就让它发生吧，即使将来悔恨……只要能对那次侮辱释怀就好……只要能忘个干干净净，即使在陶醉中，在艺术和堕落的陶醉中……只要不再去想那次侮辱……

于是她愉快地接受了志愿兵的建议，在他陪同下走进了一间独立的房子，虽然她也模模糊糊地预想到这样做意味着什么，但是她不愿去想这些事……她只求不总是去想……

首先送上来的是小晚餐，但是她并没有尽情享用。不过为了麻醉自己，她喝酒了，贪婪而急促地一杯接一杯喝。然而她没有完全取得成功。有时候她还能非常清醒地综览自己的全部处境。她观察自己对面的这个人。他真的是个恰当人选。她最好不要希望得到他，因为他是个好小伙子，身体健康，面色红润，结实有力，有一点虚荣心，头脑不十分聪明……他绝不会预料到今天夜里将发生的事，也不会预料到他在自己可怜的、折磨人的人生中所扮演的角色……到了后天她就会把这个人忘掉。而她要的就是这样……

在这样反复思考的时候，她的眼睛里有一种恍惚的神情。她的脸上呈现出内心痛苦的凄惨阴影。然后她便慢慢地进入了梦境……她的手指轻轻颤动……她忘记了一切。那些遥远的、已经沉落的景象缓慢地，非常缓慢地重新浮现出来……

然后突然间，一句话或者一次触动又把她惊醒过来。她总是需要一点时间来真正适应种种事情。不过她又端起了酒杯，一饮而尽。接着她又饮下一杯，然后是再下一杯，直到她觉得胳膊沉重地垂落下来为止……

这时候志愿兵把座位移了过来，与她靠得很近。对他的动作，她有所觉察，但是她继续平静地引逗他……

不过她逐渐感觉到了酒精的作用。她的目光变得不稳定了，就好像是透过到处弥漫的水蒸气和浓浊的云雾看东西。她听到的温情的劝说，好似从很远很远的地方传来，已经模糊了，完全消失了。她的舌头已经说不清楚话了。她觉察到，虽然尽了最大的努力，但是自己的思绪还是混乱的。她觉得眼前有耀眼的闪电和嗡嗡的声响。她不知道该如何抵御这种嗡嗡声。但是与把她拥抱得愈来愈紧密和熨贴的疲倦同时到来的还有抑郁：一半是醉酒人喃喃诉说的无缘无故的忧伤；一半是整个晚上憋在心里未能抒发的痛苦。她完全陷入了自己的悲哀里，对于外部世界麻木了，没有感觉了。

这个年轻的小伙子无法完全理解她的态度，突然对要与她开始干的事情缺乏自信了。他认为她是喝醉了。然而他想让她活动活动，清醒过来，因为他羞于利用她的醉态。但是她的麻木冷漠不是用劝说就能消除的，而是还需要讨好的亲吻。他给她扇扇子取凉。但是当他想要解开她的衣服时，使他惊慌的意外事件发生了。

就在他拥抱她的时候，她忽然倒在他的怀里，大哭起来。这是一场骇人的、悲伤的抽泣。这不是醉酒人惯常的那种忧郁的昏昏沉沉，在她的哭泣中，有一种很强的力量。她神圣而深沉的全部痛苦，如同一只长年被关在笼子里的猛兽，现在突然用野性的力量冲破了栅栏。这种痛苦，她已经模模糊糊意识到的痛苦，使得她不停地颤抖。艾利卡的哭泣出自肺腑。一切，似乎现在一切都变好了。

这是因为热泪的负担和无处发泄的激动的重压都像受到狂风暴雨的冲刷一样从她身上脱离开了。她不住地哭泣。突然，一阵战栗传遍了她无依无靠的柔软身体。但是两眼依旧泪如泉涌，好像不愿流干似的。眼泪仿佛把一切辛酸悲伤都冲刷掉了。于是，悲伤慢慢停止了，就像在慢慢结晶，只会变硬，不会变软。不只是她的眼睛在哭泣。在无情的冲击下，她整个瘦弱的身体都在颤抖，连她的心也在随着颤抖。

年轻人对这场突如其来的悲恸完全束手无策了。他努力使她平静下来，轻轻地、亲切地抚摸她的深色发辫。正当她加倍努力振作的时候，他心中竟产生了一种奇特的、充满同情的倾慕。他还从来没有听过这样的哭泣。这种罕见的、自己一无所知但却能想到其重要意义的悲伤，使他对躺在胳膊里听任摆布的女子产生了敬畏的感情。他觉得触动这个软弱得连最低限度的抵抗都无力进行的身体是一种犯罪。然后他逐渐恢复了意识，对事情处理得也很出色。从不寻常经历中产生的孩子式的喜悦增强了他的意志力。他在听她说出住址以后，就去叫来一辆车，并且陪她回到家。他说了友好的安慰话，然后就告辞了。

当艾利卡又回到自己房间的时候，醉酒的最后残余也渐渐消失了。她只是朦朦胧胧地知道最后一段时间里的事情。但再不是怀着羞惭的恐惧，而是在平静的休息中回想。在她的热泪中有她全部的青春灵魂和一切痛苦：高贵而令人窒息的爱情；强烈的火辣辣的痛苦的侮辱；还有最后几乎实现了的自我糟践。

她慢慢地脱去了衣服。

一切都只能如此。这是因为有的人天生不宜谈恋爱。他们总是遇到想象中的神圣恐惧，原因是他们软弱，承受不了令人痛苦的幸福。

艾利卡对自己的生活进行了深入思考。现在她明白了：爱情不会再来找她了；她也再不能迎着爱情走去了。断念的愤恨最后一次走近了她。

她在暗自困惑的羞愧中又犹豫了片刻，不过随后便在镜子前边解开了最后的衣服。

她还很年轻，很漂亮。她雪白的身体里还有早年闪光耀眼的青春朝气。在平缓的、几乎是孩子般的身体曲线中，她的胸脯还在起伏，在强烈的内心激动中升高和降落，在有节奏地流动的身体线条中，轻微、柔和。力与柔在肢体上显得光彩夺目。她的一切都适合而且也准备有力地接受和加深馈赠的爱情，在交换中给予幸福和取得幸福，迎着最神圣的目标劳动，并且在心里体验美化的创作奇迹。难道这一切都要无用而无果地消逝吗？就像一阵风吹掉鲜花的美那样？就像一望无际的谷地里长出的空瘪谷粒那样？

她突然有了温和的、谅解的断念，有了经历过巨大痛苦的人的尊严。她也有了这样的主意：她的青春年华是断然赠送给那个唯一渴求过她和轻视过她的人的。连最后那次最痛苦的磨难也再引不起她的怨恨了。她忧伤地把灯熄灭，一心只渴望着温和梦乡里轻柔的幸福。

这几个星期为艾利卡·埃瓦尔德的生活划出一条界线。她所体验到的一切都包含在这几个星期里。这以后的许多日子都如同路人一样无关痛痒地从她身边滑过。她的父亲死了，她的姐姐与一个公务员结婚了。她的亲戚和朋友也都各有自己的幸福和不幸。命运不再让她陷入孤独的时间里，生活也再不能用暴风雨般的威力对她造成损害。现在她明白了一个深刻的真理：她所追求的伟大而神圣的平静只有通过深刻的、千锤百炼的痛苦才能获得；对于没有走过痛苦道路的人来说，是没有幸福的。但是她从生活中取得的这点平凡的知识依然是不明确的和没有成果的。奉献爱的能力曾经使她的本性激动得强烈痉挛，现在却把她引到了孩子跟前。她教他们音乐，给他们讲述命运和命运中潜伏的危险，就像是讲述一个人们必须提防的人那样。岁月就这样日复一日地流逝了。

每逢春回大地，每逢温暖赐福的夏天来临，她的夜晚便总是洋溢出真挚热诚的美……

这时候她就坐在敞开的窗户旁的钢琴跟前。从窗外传入芳香浓郁的习习微风，如同初春送来的芬芳气息。大城市的喧闹已经遥远，如同把波涛汹涌的浪潮抛向白色岸边的大海。金丝雀在房子里啾啾唧唧，非常欢快地奔跑跳动。在走廊里可以听到邻居家的男孩子们在做狂热纵情的游戏。但是如果她开始弹琴，外边就会变得一片安静。然后房间门就被很轻很轻地推开，小男孩的头会一个接一个伸进来，聚精会神地听琴。于是艾利卡白皙细长的手指便找到好像愈来愈响、愈来愈透明的忧伤旋律，其中也有少许幻想，使人想起已经消失了的回忆。

有一次，在这样弹琴的时候，她想到一个记不起来的音乐主题。她反复弹奏下去，终于猛然认出来了：原来这就是那首民歌，他用作自己情歌开头的那段忧伤的旋律……

这时候她垂下手指，又想起了过去。她已经完全没有怨恨和嫉妒。谁知道呢，她当时是否最好没有冷静下来……还有他们是否会和解呢？这种事谁能知道呢？……不过——她几乎为这样的想法害羞——她很想有一个他的孩子，一个漂亮的金黄色卷发的孩子。每逢她孤单一人、十分孤寂的时候，她就可以抱着孩子摇动，可以照管这孩子……

她微笑了。然而这是多么愚蠢的梦想！

于是她的手指摸索着又寻找起遗忘了的爱情主题……

（申文林　译）

# 生命的奇迹

献给亲爱的朋友汉斯·缪勒

一缕缕灰色的云雾低低地压在安特卫普的上空，把整个城市裹在它那厚重闷热的雾层里。一座座房屋转眼间消融在一层薄薄的轻烟中，一条条街道的走向渺茫难辨。但在天上，从云团里发出一声轰响，一声嗡嗡的呼喊，像一句神的启示，那是教堂塔楼的钟在发出低沉的哀鸣和请求；塔楼的轮廓消散在浩瀚、狂暴的云雾海洋里，这雾海填满城市和乡村，漫延至遥远的港湾，团团围住大洋里躁动不安的滚滚潮水。某处，一线暗淡的光在跟潮湿的烟云搏斗，想要照亮一块显眼的招牌，但只有粗硬的喉管里发出的模糊不清的嘈杂声和笑声告诉人们，那是一个小酒馆，里边聚集着怕冷的人和讨厌坏天气的人。胡同里空无一人；就算有人路过，也总像一道短暂的光，急速融入雾中。这个星期日的早晨就是这样令人不悦，无精打采。

只有那些钟在呼喊，在不停地呼喊，仿佛雾要使它们窒息一般绝望。因为虔诚的教徒毕竟是少数；外来的异端已踏入国土，就是那些没有叛教的人，也懒于敬奉主。这样一来，清晨一团浓重的云雾便足以使许多人背离自己的义务。只剩干瘪的老太婆不知疲倦、嘟嘟囔囔地数着十字架念珠，穷人身穿朴素的礼拜长袍站在那里祈祷，人影消失在教堂又深又暗的厅堂里，祭坛和小礼拜堂闪光的金饰和亮晶晶的弥撒服像柔和的火光交相辉映。雾气仿佛透过高墙渗漏进来，于是这里也像陷入沉思的空荡荡的街道一样，充满悲郁的、冷得令人发抖的气氛。因为没有阳光，连清晨的布道也是冷漠的、苦涩的：这布道针对基督教徒，语调里强压着暴怒，仇恨和有恃无恐结为一体，因为宽容的时代似乎已经过去了，从西班牙传来愉快的消息，说是新国王以众口称颂的威严服务于宗教事业。与最后审判所描述的恐怖相结合的，是对未来时代提出警告的隐晦语句，这些话大概在无数听讲人的座位中一排排小声传开，却又在黑暗的空处隆隆落地，犹如在令人颤抖的湿冷空气中冻结成冰。

在布道的时候，有两个男人穿过教堂大门疾步走进来，因为他们裹在又高又严的大衣里，头发散乱地遮着脸，一眼望去无人认清是谁。那个身材高大的人一把拉下裹在身上的湿外衣，露出一张清秀却不寻常的面孔，脸上资产者富态的线条与他那富商老板的发型十分相配。另一个人则比较奇特，尽管他的穿着不很时髦，但温文尔雅的举止与那张颧骨略高的善良农民的脸很是和谐，成簇下垂的白发又给这张脸增添了一层福音派新教徒的宽容。两个人做了简短的祈祷；然后，那位老板招呼他年长的同伴跟自己走，他们小心翼翼地慢步走进侧厅，里面几乎是一片黑暗，因为蜡烛在潮湿的房子里不停地颤抖，五颜六色的窗玻璃前则是一直无心散开的浓重云雾。在侧面，一间小礼拜堂里放着有遗产家族的大部分捐赠物和许下的誓愿；就在它面前，老板停住脚步，用手指着对面的一个小祭坛，简短地说："它在这儿。"

另一个人走近一些，把手遮在眼睛上方，想透过朦胧的光线看得更清楚一些。祭坛的一侧挂着一幅很亮的画像，在黑暗中，这画像的色调显得更柔和、更生动，画家的目光立刻就被吸引住了。这便是那张心脏被剑刺穿了的圣母画像，尽管有痛苦和悲哀，却显得极其温柔，极其宽容。这位马利亚的面容非常漂亮，简直就像充满幻想的花季少女，淡淡的哀愁衬在她无邪而又妩媚的微笑上。向下飘垂的浓密黑发轻贴在苍白瘦削的脸上，双唇透着炽热的红色，像一个紫红色的伤口。线条是少有的细腻，细如眉丝，纤纤稳稳地一描，就在那温柔的面孔上平添一道充满渴望的光和一种俏皮的美；那双深色的眼睛是耽于梦想的，像来自另一个多彩可爱的世界，只是，一种可怕的痛苦使她离开了那个美丽的世界。两只手顺从地轻轻叠放着，胸脯好像由于恐惧而在冷剑刺入时微微颤动，伤口流出的血染红了那把剑。所有这一切都沉浸在奇异的光辉里，她的头从上到下闪着金光。就连心上流动着的也不像是温热的血，而是像教堂彩绘玻璃在日光照射下反射出的花萼的魔光。不断消散的晨曦还在吸收这幅画像最后的世俗光亮，使得罩在少女头上的神圣光环像真实的火花般熠熠生辉。

画家赞不绝口地欣赏着画像，突然间他转移了注意力。

"这是我们当中谁也画不出来的。"

老板点头表示赞同。

“那是一个意大利人。一个青年画家。不过这是一个完整的故事。我想从头给您讲起，而您本人也希望如此吧，您知道，他能为您提供些灵感。您瞧，布道结束了；除了教堂，我们还要为这事寻找别的场所，这样才能更好地适应我们的努力和我们共同的工作。我们走吧！”

画家又踌躇地站了一会儿，才转身离开那幅画像，它似乎变得越来越明亮，仿佛正努力照亮小礼拜堂里如烟的黑暗，连窗外聚拢成拱形的雾气也愈发现出金黄色。他还在专心致志地看画，落在后面的时候，他几乎觉得，那孩子般的双唇上淡淡哀愁的皱褶好像消失在微笑里，向他展示出新的美色。他的同伴已经走出去了，画家不得不加快脚步，好在大门口赶上他。像来时一样，他们又一起走出了教堂。

早春的清晨披在城市身上的沉重雾衣现在已经变成了黯然无光的银白色的薄纱，像编织物缠住房屋隆起的尖顶。湿漉漉的条石路面像钢铁一样闪光，清晨最早的熹微阳光讨人喜欢地在路面上嬉戏。两个人穿过弯弯曲曲的小巷朝明亮的港口走去，这位老板就住在那里。他们慢步走着，沉浸在思考和回忆中；老板的故事很快便铺展开来，比他们梦游般行走的步伐还要快。

“我已经给您讲过，”他开口说，“我年轻的时候去过威尼斯。为了免得做事总是犹犹豫豫，那时我并不十分笃信基督教。我不去管理父亲的营生，而是跟那些整天寻欢作乐的年轻人一起坐在小酒店里喝酒、耍闹，也和别人一样，会在桌子上扯着嗓子唱下流小曲、说脏话。我从来不想返回家乡。我的生活是轻浮的，正像父亲寄来的焦急的家书中威胁的那样：他们了解我，而且警告说，这放荡的生活会把我毁掉的。我只是一笑置之，有时也有恼火的事，不过猛灌一口甜酒就能把一切苦楚忘得一干二净。要是葡萄酒不能消愁，妓女的一个吻也可以解闷。我拆开那些信，然后撕成两半；我喝得酩酊大醉，想不出有什么出路。但在一天晚上，我摆脱了一切。这种状况是很少有的，我如今还有这种感觉；好像有一个奇迹为我开辟了道路。我坐在小酒馆里：今天，回想起来，我还能看见它烟气缭绕的样子，我和酒友们坐在一起。妓女们也都在，其中的一个长得非常美；我们很少闹得像这一夜这么凶，外面雷雨轰鸣，阴森可怖。当一个放浪的故事刚刚引起哄堂大笑时，我的仆人突然走进来，递给我一封信，那是信差从弗兰德送来的。我很生气，我不爱看父亲的信，因为信里老是提醒我牢记义务，勿忘侍奉基督，这两桩事早就被我给淹死在酒桶里了。我想把信收起来；这时，我的一个酒友跳了起来，他是个漂亮的小伙子，善于随机应变，精通骑士的一切本领。‘别听癞蛤蟆叫！这跟你有什么相干！’他喊着把信抛向空中，一伸手抽出军刀，熟练地把向下飘落的信纸深深地刺进墙里，弄得那闪着亮光的有弹性的军刀直颤。他小心地把刀抽回来——那封还没看的信就留在原处了。‘就把这蝙蝠贴在那儿吧！’他嘿嘿地笑着说。其余的人都鼓起掌来，妓女们快活地朝他跑去，大家举杯向他祝酒。我也在笑，跟他们一起喝酒，强迫自己参与狂欢，这样一来，就能把信和父亲、上帝和我自己全忘在脑后了。离开那里时，对那封信我连想都没想；我们到了另一家酒馆，在那里，狂欢滥饮达到了登峰造极的地步。我从来没有像那次似的烂醉如泥，和一个如同罪恶一般美丽的妓女。”

老板不知不觉地站住，用手一次又一次地抚摩前额，好像要从头脑里抹去令人不快的情景。画家立刻发现了他回忆的痛苦，不去瞅他，却像好奇似的把目光停留在一只张帆疾行的三桅帆船上，它正撑满帆向港口靠近；他们俩慢慢地走到一个五颜六色、杂乱无章的物堆边上。沉默没有持续很久，讲述人很快便继续说下去。

“您可以想象得出结果会怎样。那时我年轻、很糊涂，而她则是放肆美丽的。我们一起走了，我烦躁不安、欲火中烧。但后来发生了一件异乎寻常的事。当我躺在她诱人的臂膀里，当她的嘴压在我嘴上时，这柔情在我看来却变得不那么疯狂了，甚至可以说是变成了不得已的回报；她的嘴唇以奇异的方式使我记起往日夜晚在父母屋里温情的问候。有一会儿，也真奇怪，而且令人难以相信，我躺在这个妓女的怀里竟突然想起父亲的那封还没读过就被揉皱刺破的信。当时我觉得酒友的一剑仿佛是刺进自己鲜血直流的胸膛。我一跃而起，那样突如其来，脸色那样苍白，吓得那个妓女眼睛发直地问我发生了什么事。但我羞于说出自己愚蠢的恐惧心理，我因这个陌生的女人而感到害羞，我只是躺在她的床上安享她的美色而已；我不想把这一瞬间愚不可及的念头告诉她。但此时此刻，我的整个生活都变了样，今天和当时我都觉得，只有上帝的怜悯才能左右这种事情。我把钱扔给她，她勉勉强强地拿了钱，因为怕被我瞧不起，她喊我德意志傻瓜。但我什么也没听见，风风火火地冲进寒冷的雨夜里，像一个绝望的人对着河道大声朝一只小船叫喊。终于小船来了，要用金币当船资，但我的心由于突如其来、冷酷无情和不可理解的恐惧而跳个不停，除了那封信，我什么都没法去想，是奇迹如此突然地使我又记起了那封信。到达那家小酒馆时，我像发了热病似的急于看到那封信的内容。我像一个发狂的人突然闯了进去，一点儿也没有注意到酒友们快活而又惊奇的呼唤，几步跳上杯盏乱响的饭桌，从墙上撕下那封信就跑开了，根本没管身后无礼的嘲讽和愤怒的咒骂。在酒馆附近的一个角落里，我用颤抖的手打开那封信。天空阴云密布，大雨如注。风撕扯着我手中的信纸，直到用充血的眼睛看清所有字迹之前我都没松手。上面只有几句话：我的母亲病危，希望我能回家。像从前那样申斥和责骂的话一句也没有。但当我看到那刀刃正好穿过母亲的名字时，心里感到万分羞愧……”

“一个奇迹，一个显而易见的奇迹信号，不是所有的人都懂得，但对收到它的那个人来说，却是好的。”画家嘟嘟囔囔地说，这时讲述人激动不已地陷入沉默中。他们又肩并肩无言地向前走了一会儿。远处，豪华的房舍迎着他们闪着亮光，当老板抬头发现自己家时，赶快继续讲下去。

“让我说得简短点吧，至于这一夜我是多么痛苦、多么懊悔地熬过去的，就不对您讲了。我只对您说说第二天早上我是怎样跪在圣马可大教堂的台阶上就够了，在那里我发狂地许下誓愿：如果圣母对我大发慈悲，使我得到母亲的原谅和祝福，我就为她建一座祭坛。当天我就启程了，时刻怀着绝望和恐惧奔向安特卫普，不顾一切地冲向我父母家。

“我的母亲站在大门口，她已经老了，脸色很苍白，但很健康。她见到我，高高兴兴地迎着我张开手臂，我呢，大哭了一场，诉说自己忧虑了多少天，因刺伤母亲的心又有多少夜在羞愧难当中煎熬。从那时起，我的生活完全变了样，我敢说那是一个好的变化。我所拥有的最可爱的东西，就是那封信，我把它砌在这座房子的基石里了，是我亲手砌的，我也曾设法完成自己的誓愿。回到家里不久，我就派人建造了那座祭坛，这您是看见了的，我还尽一切努力把祭坛装修得庄严肃穆。因为我不了解那些秘密，而您是知道如何用您的艺术去探索它们的，我只想要献给圣母一幅庄重的画像，要知道她还向我显过灵呢，所以我写信给威尼斯的好友，请他给我介绍一位他所认识的最优秀的画家，为我完成我心中的这件作品。

“几个月过去了。有一天，一位年轻的画家来到我家门前，说他是被介绍来的，并向我转达了朋友对我的问候和写给我的信。这位画家奇特的、无比忧郁的脸我现在还记得清清楚楚，他完全不像我在威尼斯狂欢滥饮时的那些吵吵闹闹的酒友。大家宁愿把他当作修道士而不是画家来接待，因为他是黑黑的瘦高个儿，头发简简单单地分开，面容是那种守夜人和苦行僧般超俗的苍白。朋友的信也为我良好的印象提供了佐证，打消了我关于这位艺术家是否过于年轻的思虑；我的朋友在信中告诉我，意大利的那些老画家比公爵还骄傲，就是高薪聘请也很难说动他们离开故土；在家乡，围绕在他们身边的是朋友和女人、爵爷和百姓。于是一个偶然的机会让他选定了这位年轻的艺术家：他因为一个莫名的原因渴望离开意大利，这对他来说比一切金钱的报酬都更紧迫；实际上在家乡，大家都了解这个青年画家的价值，也很尊敬他。

“我朋友介绍来的这个人，是一个安静内向的人。他的生活情况我一点儿也不知道，只是模模糊糊地感觉到，曾有一个美丽的女人同他的命运休戚与共，他就是因为这原因才离开故乡的。虽然没有什么证据，我却总觉得这样的行为是异教的、违背基督的。我认为，那幅您看到的画像，他是在没有模特儿也没做太多准备的情况下在很短的几周内凭记忆画成的，它具有他所爱的那个女人的特征。每当我到他那里去的时候，总会发现他在重新品味您看到的那张可爱的面容，或是如梦幻般沉浸在观察中。画像完成以后，我隐隐担心它会失去神性，担心他把一个妓女当圣母来画；当我劝他作第二幅画像并选择另一个形象的时候，他一声没吭。第二天，当我到他那里去时，他已经离开了，一句告别的话也没有留。我踌躇地带着这幅画像去装饰祭坛；当我询问教士时，他不假思索地准许了……”

“他做得很对，”画家激动地插嘴道，“不按照我们生活中所遇到的女人的美，画家该从哪里知道如何描绘可爱的女人优雅的美呢。就像如果我们不是按照上帝的形象被创造出来的，那么，即便是人类最完善的形象，不也必然成了不可见之物的一个黯然无光的衬托了吗！我是您选中作第二幅画像的人，我是一个穷人，要知道穷人离开自然就画不了画，他们天生不会凭想象作画，而总是通过勤恳地模仿真实来完成作品。为了画好圣母的画像，我不会选择自己最爱的人作为模特儿，尽管通过一个罪恶女人的脸来展示纯洁无瑕也许是罪恶的，但若是懂得搜寻美，我便能画梦中所见的、面容可以向我展示圣母大部分特征的女人。您要相信，即便是一个罪恶之人的脸，如果以虔诚的热情描画，在它的特征上就连一点点贪欲和罪恶的残渣都不会留下；作为尘世妇女表情的标志之一，这种纯洁无邪的魔力一直在起作用。类似的奇迹我时常亲眼看到。”

“不管怎样——我信任您。您是一个饱经沧桑的成熟的人，所以您认为这里没有任何罪恶……”

“相反！我认为这是值得赞赏的，只有那些新教徒和其他教派的信徒才强烈反对装饰奉神之所！”

“您是对的。但我请您尽早开始画这幅画像，没兑现的誓愿像一团罪恶的火在我心中燃烧。经过了二十年，我自己忘记了这第二幅画像：最近，当我看见妻子那张忧伤的脸，看见她在孩子的病床旁痛哭流涕时，我才感觉到这罪过，想起自己的誓愿。您知道，这一次圣母创造了一个治病救人的奇迹，那是所有医生都绝望地避开了的疾病。我请求您尽快完成这幅画像。”

“我尽力而为就是了，坦白地说吧：在我漫长的绘画岁月里，几乎没有一个作品使我感到如此困难，因为如果它不应作为拙劣匠人粗制滥造的玩意儿与这位青年画家的杰作并列——我渴望对那幅画的影响了解得更多一些——那么神的手就必须和我的作品同在。”

“您这样的人向来都是可靠的。一切顺利！大胆地创造您的作品吧。我希望您能很快把令人喜悦的消息送到我家里来。”

老板在家门口又一次跟他亲切地握手，充满信任地望着他那双如山涧里闪光的湖水一般的眼睛，湖周围是错落的尖石和陡坡，它们从那张德意志粗野而有棱有角的脸上往外射出蓝色的光。一句答话已到嘴边，但画家又大胆地吞了回去，他紧紧地握了握伸过来的手。两个人就这样相互充满理解地分别了。

画家慢悠悠地沿着码头踱步。这是他的习惯，当工作还没把他拴在屋子里时，他总是这样。他爱这粗犷多彩的景象，他的灵感在这景致里不间断地跃动；他时而坐在一个挂满露珠的木桩上，以便把一位劳动者奇异地弯曲着的身体描摹下来，努力掌握透视缩减、难上加难的技巧。水手的喊叫，车过的辚辚声，还有那夹杂着单调的、嘟嘟哝哝闲谈般的声浪冲向岸边的大海，都搅扰不了他。那些向他投来的目光，虽然不是他内心看到的图像的反光，但却帮他从一切无声无息诞生和活着的人中辨认出那道很可能照亮一件艺术品的光线。因此他总是走向生活，在生活里有着五光十色、纷纭万千、变化莫测的魅力。他以审视的目光漫步在海员中间，这里没有人敢嘲笑他，因为在好似沙子、无光泽的贝壳和破碎的岩石一样聚集在码头上、吵吵嚷嚷、无所事事的人群中间，他的态度和严肃的表情引起了人们的注意。

但这一次他很快便停止了搜寻。老板的故事深深地打动了他的心，因为这故事也悄悄地触及他自己的一次遭遇，连往日一心沉醉于艺术的专注力今天也拒绝为他服务。尽管她们都只有渔民的粗鲁形体，但在所有这些女人脸上都有出自青年画家之手的圣母画像的柔光在闪烁。他在梦幻般的思想中贴着身着礼拜日盛装的熙熙攘攘的人群犹犹豫豫地漫游了一段时间；随后便再也不去努力抵制思慕的冲动，他穿过如网的、弯弯曲曲的黑暗胡同，试着再返回教堂，去看那个温柔可爱的女人的那幅异乎寻常的肖像。

那次交谈以后，又过了几周。当时画家答应他的朋友要完成那幅圣母祭坛用的画像，但打那之后整日一动没动的画布一直以责备的目光注视着他，他似乎害怕动笔，宁肯把一小时一小时的光阴消耗在大街上，免得非去感受对自己的畏缩发出的粗暴提醒和无言指责不可。为了审视自己的内心，从看到青年艺术家的画像那天起，对他活跃的工作起着重大作用的生活就发生了转折：未来和过去突然分离开来，注视着他，像一面空空的镜子，只有黑暗和阴影向镜子里面流去。对老画家来说还没有任何可怕的东西，除了这样一种生活：在攀登到最后一个山峰上时他抬头一看，先是大胆地迈步，接着沉思的恐惧袭上心头，发觉自己走上错误的道路，最后再没有力气迈着轻捷的步伐向前走去。有一次，画家觉得自己一生已经画了好几百幅虔诚的宗教画了，现在竟然失去了画出一个人庄重面孔的能力，他本人好像觉得只有神的相貌才是庄重的。他找过那些按小时出卖面孔供人作画的女人，也找过那些出卖自己肉体的女人，他还找过市井女子和脸上闪现心地纯洁之光的温柔可爱的少女。但是每当她们很近地站在他面前，他想描上第一笔时，总是感觉到她们凡俗的人性。在这个人身上，他看见金黄色的贪食的肥胖，看见那在爱的搏斗中纵情玩笑、举止粗野的贪婪；在另一个人身上，他感觉到隐藏在少女前额昙花一现的闪光之后的空荡荡的平滑，至于那些妓女粗鄙的步态和大腿暧昧的弯曲，简直令他惊异不止。他觉得世界突然变得如此荒凉寂寞，所有这样的人都在他周围浮动，他觉得神性的呼吸似乎已经泯灭，处处充塞着贪婪和诱人的女性肉体，她们再也不知道什么是神秘的童贞，不懂得什么是一身清白地献身于另一个世界的梦想的微弱恐惧。他羞于打开那些装着自己个人作品的皮夹，因为他觉得他好像离开了大地，好像有罪似的，因为他竟选择粗俗的农民作耶稣基督的殉道者，选择丑陋的女人作他的女仆。这种情绪像密布压顶的黑云罩在他头上。他看见，在逃向艺术以前，自己像一个小雇工跟在父亲的犁后，用农民坚实的双手拿起耙子杵黑色的泥土，他问自己，播下黄色的谷种、照看和保护孩子，是不是就不如用粗笨的手指改变那些并非为自己而产生的秘密和奇迹信号。他的全部生活仿佛就在他的手指中摇摆，被一小时的短暂认识劈成两半，被一张画像切断，它飘飘摇摇地通过他的梦，成了他醒着的几分钟里的痛苦和极乐。因为在他看来，自己向圣母祈祷时不可能再有别的感觉，只能感觉到她就在那幅画像上，那是一幅如此优美高雅的肖像，与他遇到的所有尘世女人的美色完全不同，在带有神的预感的恭顺女性光华中容光焕发，在不可靠的朦胧记忆中融入这个形象的奇妙服装里。当他第一次努力不去体察真实，而是依照理想的形象创造一个圣母的时候——那形象一直在他脑海里浮现，马利亚怀抱一个孩子，温柔地微笑着，处在不受干扰的极乐中——他那想要运笔的手指无力地垂了下来，像因痉挛而不能动弹。流动的血已经枯竭，面对他以内心的眼睛看见的那个好像被画在坚硬墙壁上的清晰形象，手指的熟巧似乎无力表述眼睛的语言。他没有能力把梦想中最美最可靠的图像变成现实，这痛苦像火一样烧灼他的心，甚至连现实也不能从其无限丰富的宝库中为他提供一座桥梁。他向自己提出一个忧心忡忡的问题：变成了这个样子，他是否还可以自称是艺术家；他这一生是否仅仅是一个辛勤的画匠而已，就是只会把颜色涂抹上去，如同手推车夫向工地运送石头。

这样自寻烦恼的思虑弄得他终日不得安宁，强劲地把他从他的小屋赶了出去，屋里那空空如也的画布和细心准备的画具仿佛发出嘲讽的声音，折磨着他。他多次意欲向老板和盘托出自己的危机，但又怕这位亲切善良的人不能完全理解他，害怕这个人宁可相信这是一个笨拙的托辞，而不相信他确实没有能力动手作这样一幅画像，要知道他曾完成过大量的作品，而且受到行家和外行的一致赞誉。他像往常一样不知所措地在大街小巷四处游荡，内心又悄悄地害怕某个偶然事件或是某种隐蔽的魔力一再使他在那座教堂前从游梦中醒来，仿佛有一根无形的绳索把他绑在那画像上，有一种神奇的力量在梦中操纵着他的灵魂。有时他走进小礼拜堂，隐秘地希望能够发现一丝纰漏，使那逼人的魔力失效；但一到画像前，他就完全忘却了心怀妒忌地按照艺术和手工艺的标准去衡量那位年轻艺术家的创作，而是只感到周围有不停振动的声音把自己托入更温馨更美好的享受和观察中。当他离开教堂，回忆起自己和自己的努力时，才又加倍地感觉到旧日的痛苦。

一天下午，他又到阳光照耀的大街小巷四处游荡，这一次他觉得他那恼人的疑虑减弱了。从南边刮来的第一阵春风虽然还有些凉，但却将日益生机盎然的春日明媚送到他的心里。画家好像第一次感觉到，他用来遮盖这个世界的个人忧伤的灰色微光已经消散，上帝和恩宠正向他心里流动，就如每次伟大的复活奇迹以一闪即逝的信号公之于世。三月明朗的太阳照得所有屋顶和街巷闪闪发亮，五颜六色的信号旗在港口上空飘扬，轻轻摇动的船只向上泛着天蓝色的光，城市在没完没了的嘈杂中发出嗡嗡的喧响，好像欢呼般地歌唱。西班牙骑队的一个巡察人员快步来到广场；今天，人们不像以前那样用仇恨的目光望着他们，而是愉快地打量他们的装备和闪耀的头盔上阳光的反照。女人们的头巾迎风招展，露出鲜嫩生动的面孔；石头路面上响着孩子们跳舞的轻巧脚步声，他们手拉着手，边唱边舞边在圆圈里旋转。

就是在平时昏暗的码头小巷里，也有越来越快乐的漫步者踏进去，那里也静静地闪烁着微光，像是从光线中降落的雨。不过，太阳也不能让自己那放射着光辉的脸正对这些向前倾斜的山墙顶，因为它们都紧密地相互倾侧，黑色的、皱巴巴的，如同两个站在那里不停闲聊的可爱母亲头上的古老女帽。嬉戏的光从这扇窗投向那扇窗，好像闪耀的手忽隐忽现地上下抓挠，像做纵情欢乐的游戏一般来回跳跃。有些地点，光照既安静又柔和，好像暮色刚现时的一只睡意惺忪的眼睛。在下边，在大街上，是一片昏暗，多少年来一成不变，只在冬日里被罕见的白雪覆盖。住在那里的人，眼里都充满着永远朦朦胧胧的不快和悲哀；只有那些心中燃烧着对光和亮的渴望的孩子深信不疑地被这春天的第一道光线所迷惑，他们穿得薄薄的，在尘土飞扬、高低不平的石头路面上玩耍，下意识地深深沉浸在那从屋顶间露出的窄窄的蓝色光线和日环的金色舞蹈带来的欢快情绪中。

画家走啊走的，没有一点儿疲倦的感觉。他觉得，自己好像也获得了一种隐秘的欢乐，仿佛太阳那一闪即逝的亮光就是上帝射入他心灵的耀眼的赐福的光线。一切痛苦都从他脸上消失了，现在他的脸显得温柔、平和，使得玩耍的孩子们都抬头去瞧，战战兢兢地向他致意，因为他们把他看成一个神甫了。他走啊走，不去想目的地和终点，因为在他的肢体里活跃着新的春天的冲动，好像在沙沙作响的老树里，嫩芽敲打着结实的韧皮，请求它让自己幼小的力量见到阳光。他的脚步欢快而轻捷，像年轻人一样；他显得更有精神、更活跃了，虽然已经走了好几个钟头，轻快的节拍仍然灵活地测量着自己快步走过的路程。

他突然呆呆地站住，用手遮住眼睛，好像被闪电的光伤害了似的，或者说像是发生了一件可怕的难以置信的事。当他抬头去看照在一扇窗户上的阳光时，感觉到反射回来的充足光线刺得自己两眼发痛，然而透过那层紫红色和金色的雾，混乱的深红面纱上出现了一个罕见的现象，一种奇异的幻象：年轻艺术家的圣母，充满幻想、淡淡哀愁地向后靠着，就像在那张画上一样。他打了一个寒噤，对失望的深深恐惧与被赐福者微醉颤抖的狂喜结合在一起。在这位被赐福者看来，圣母奇异的幻影不是在梦的黑暗中，而是在白昼的亮光中出现的，这个奇迹，它是许多人制造的，真正看到的人却很少。他不敢抬头去看，他觉得自己还不够坚强，那瑟瑟发抖的肩头还承受不起不幸的决断带来的沮丧一瞬，因为他害怕，与他那气馁之心毫不留情的自我烦恼相比，这一瞬会把他的生命搞得更加破碎。当他的脉搏慢下来，平缓地跳动，喉咙不再痛苦地感觉到激动的锤击时，画家才吃力地站起来，从遮住眼睛的颤抖的手下边缓缓地向那扇窗户望去，他就是在窗框里看见那幅诱人的画像的。

他被欺骗了。这不是那位青年艺术家的马利亚画像上的少女。但举起的手并没有因此而沮丧地放下来。因为他觉得自己看到的画面也是一个奇迹，与刚才的瞬间在灼炽的光线里显现的神的形象相比，那是一张更可爱、更温柔、更富人情味的画。这个倚在光亮的窗栏杆上若有所思的少女，与那幅祭坛画像有一种久远的、已消失的相似：黑色的卷发笼罩在她脸上，投下很多细纹，脸上泛起神秘的不可思议的苍白的光，但她的线条更硬、更锐利，几乎是愤怒的，嘴的周围蕴含着痛哭后抗拒的激愤，甚至连充满梦幻的眼睛里失魂落魄的神情也不能减弱这愤怒，从那双眼睛里流露出一种旧日的刻骨悲伤。幼稚的骄横和天生的隐隐悲哀跟尽力控制的烦躁不安交织在一起。在她的静止不动里是一种沉静，这沉静却每时每刻都可能融入易怒的活动中，对多少有些不可思议和离奇古怪的东西，甚至连一个温柔的梦也会感到迷惘；而画家从她流露出的紧张表情上感觉到，在这孩子身上已经开始有了生活在梦想中、时刻离不开种种渴求的那种女人的影子，她们的灵魂寄希望于那些她们全身心热爱的事物，如果硬把这些事物从她们身边夺走，她们就会死。除了所有这一切古怪和陌生之外，使他更为惊异的是大自然的奇迹：这就是使她脑后光照反射的窗户里仿佛映出圣灵之火的太阳的炽热，圣光聚集在她的鬈发周围，使卷发像黑色的钢铁般闪着亮光。在这场奇迹游戏中，他最清楚地感觉到：上帝的手向他指出了出色地完成他作品的道路。

一个手推车夫结结实实地撞在木然站在街心、完全沉浸在观察之中的画家身上。“天哪！你怎么不看着点，还是那个漂亮的犹太女人把你这老东西的魂给勾去了？你像个傻瓜似的直勾勾地张望，把路都给堵住了！”

画家如梦方醒，吓了一跳，但粗鲁的话并没有伤害他；他只顾留心身披外衣的粗汉话中透露的信息了，根本没注意到粗话。他十分惊诧地抓住那句话问车夫：

“这是一个犹太女人吗？”

“我不知道，但人们都这么说。总之，她不是当地人的孩子。这孩子是从哪儿找到或得到的跟我有什么相干，对这事我从来没有好奇心，听听而已。你要是想知道，就去问掌柜的吧，那孩子是怎么来的，他肯定比我了解得更清楚。”

他指的那位“掌柜的”是一位旅店老板，一家有霉味的烟雾缭绕的小酒店的店主。在这些小酒店里，一向是充满生机、喧闹不止，因为戏子和海员、士兵和懒汉，为了经常光顾，就在那里下榻。他的脸肿胀而温和，他站在窄小的门里，像一块诱人的招牌似的，很显眼。没怎么思索，画家便向他走去。他们俩走进小酒店。画家找了个角落，坐在一张很不干净的木桌旁，略微显得激动不安。当店掌柜把他要的一杯酒放在他面前时，他请求对方跟自己一起小坐片刻。邻桌的几个水手已经有些醉了，正在狂呼乱叫，为了不让他们听见，他小声说出了自己的愿望。他用简短而激动的话语讲了他感受到的奇迹信号，店掌柜惊愕地倾听着，好像在竭力用他那被酒精烧麻痹了的迟钝理解力跟随画家的思路——画家最后请求店掌柜允许他的女儿充当自己的圣母马利亚画像的模特。他也没忘了提到，父亲的允准就是参与了这项敬神活动；他又点明，他准备用现金为这项服务付酬。

店掌柜没有立刻回答，他用粗短的手指一个劲儿地抠他宽大鼓胀的鼻孔。最后他开口说：

"您不要把我当成一名坏基督徒，不敬上帝。但是，您说的这个事儿，不那么简单。不过我毕竟是父亲，我可以对我的孩子说，您就去这么办吧，我信赖您。您听我说，我们达成协议了。不过这孩子是很特别的……该死！那里发生了什么事！"

他突然气哼哼地跳了起来，因为他不喜欢别人打断他的话。在另一张桌子上有个人像疯了似的用酒杯把凳子敲得噔噔响，在喊人添酒。店掌柜粗暴地从他手里夺去酒杯，强忍着咒骂向酒杯里灌酒。同时，他又顺手拿来一个玻璃杯和一瓶酒，把它们放在画家客人的桌子上，斟满两杯酒。他自己的那杯一下子就给喝干了，他像感到很清爽似的把嘴巴胡子抹擦干净，然后开口说道：

"我要告诉您我是怎样碰到这个犹太女孩的。我当过兵，先是在意大利，后来在德国。您听我说，那是很糟的行当，不比今天和从前更糟。后来我厌倦了这一行，想经过德国回家去，找门正当手艺干，因为我手头的脏钱已经所剩无几了；那点脏钱都从手指缝流出去了，我从来不是一个吝啬鬼。于是我来到一座德国城市。我刚到那里，有一天晚上就听见外面哄闹咆哮。为什么，我不知道，只见一些人聚集起来闹事，往死里打那些犹太人，我也跑过去，挤进人群，总希望发现点什么；我出于好奇，很想看看发生了什么事。那天简直是闹到了疯狂的地步，他们破门而入，杀人抢劫，奸淫妇女，无所不为，这些家伙还贪得无厌地兴冲冲地大吼大叫。很快我就看腻了，我从人群里挤出来，因为不愿让我正直的战斗之剑沾上女人的鲜血，也不愿意为了猎获物跟姑娘们扭斗。我走进一条小巷，刚想穿过巷子回家，一个犹太老人疾步向我跑来，他满腮长长的胡子颤抖着，一脸心绪慌乱的样子，怀里抱着一个在睡梦中被惊醒的孩子。他结结巴巴地对我说了一大堆含混不清的话。他说的犹太德语我倒是全听懂了，意思是要是我能救他们，他就给我很多钱。我很可怜那个孩子，她一直用那双大眼睛惊异地凝视着我。这笔交易似乎不坏。于是，我把大衣披在他身上，领他们到我的住所去。有几个人停在巷口，他们不怀好意地向老人走来，但见我手里拿着一柄出鞘的剑，对这祖孙二人也就未加干涉。我把他们带到我那儿去；因为老人跪在地上苦苦哀求我，我也就在当天晚上离开了那座城市。城里的大火和屠杀一直肆虐到深夜，走了很远，我们还能望见火光，老人绝望地、呆呆地看着那火光，孩子却一路睡得实实。我们三个人在一起的时间不很长：没几天，老人就得了重病，死在路上了。在这之前，他把他逃难时弄到的所有钱都给了我，还给了一张用怪模怪样的字母写的条子，要我到安特卫普交给一个经纪人，那人的姓名他也告诉了我。临死前，他把孙女托付给了我。我来到这里，把那张字条交出去，它还真产生了奇妙的作用：那个经纪人给了我相当可观的一笔钱，比我预想的多得多。我很高兴，因为我从此结束了流浪生活，买下了这座房子和这家酒店，疯狂的战争年代我很快就忘得一干二净了。那孩子我始终留在身边：我感到很遗憾，我也曾希望她长大后能为我这个老鳏夫照管整个家，但事与愿违。

“正像您刚刚看见的，她整天就是这个样子。她总呆头呆脑地望着窗外，不跟任何人说话，答言也只是那么羞答答的一句，她低头缩脖的样子活像有人要揍她似的。她从不跟男人讲话。起先我还盘算着她能在酒店里帮帮忙，像对门老板的小女儿那样给我招揽顾客，人家那女孩子跟顾客开玩笑，逗他们高兴，酒是一杯接着一杯地卖个精光。可是我这女儿却过分拘谨了：谁要是碰一下，她就像一阵旋风似的冲出门去。随后，我就得找她，她总是坐在哪儿的角落里缩成一团嗷嗷地哭嚎，能把人心给哭碎了，还真像谁伤害了她呢。就是这么一个怪孩子！”

“请告诉我，”画家打断说话人，他在说话时好像越来越陷入沉思，“她仍然是犹太人，还是已经改信基督教了？”

店掌柜狼狈地抓了抓脑袋。“您知道，”然后他开口说，“我当过兵，我知道自己就不很笃信基督教。我过去很少进教堂，现在也不进教堂，为了这个，我很后悔。对于给孩子改宗，我的头脑好像一直很麻木。我从来没有像模像样地试着去做，因为我觉得这对这个固执的孩子是徒劳的。人们曾唆使神甫来卡我的脖子，恐吓我；我只好劝他们放心地等到孩子懂事的时候。不过这事恐怕还要等很长时间，虽然她现在已经十五周岁了，却非常内向，十分古怪。熟悉犹太这个民族的人都知道他们就是这样奇怪的人；我觉得那位老人很好，这女孩也不坏，只是很难接近。您说的事儿，我觉得不错，因为我认为，一个基督徒为了灵魂的挽救做得再多也不为过，每一项这样的活动都是很重要的……但我要坦白地告诉您，我对这孩子没有真正的权威，只要她用她那双黑色的大眼睛去瞪一个人，那人就不敢加害于她。这您全会看见的。我去叫她。”

他骄傲地站起来，又斟满一杯酒，站着一饮而尽，然后噔噔地穿过店堂，这时又来了几个海员，从他们短小的白色陶土烟斗里往外喷着一股股遮头盖脸的浓烟。他亲热地跟他们握手，斟满他们的酒杯，跟他们开着粗俗的玩笑。随后，他才想起要去干什么，画家听见他迈着沉重有力的步子慢慢走上楼梯。

他的情绪非常古怪。这温馨的信任本来已使他的动作变得欢快起来，但现在却随着酒店里光亮的不断增大而显得黯淡无光了。街心的尘埃和屋里昏暗的烟气飘浮在他记忆中那幅闪着微光的画像上面。把这些肥壮而粗野的人类与如此具有思想之光的尘世女人的形象混杂在一起，提升到自己虔诚梦想的最高位置，乃是一种罪恶，他心里依稀跃动着对这种罪恶的恐惧。而想到要从这里的某个人手中接受由秘密和公开的奇迹信号指示自己寻找的馈赠物，他不禁打了个冷战。

店掌柜又回到店堂里来，在他那笨重宽大的黑影里嵌着一个女孩的身影，女孩犹犹豫豫地，好像害怕狂呼乱叫的烟气似的停在门前，像求助般用纤细的手抓住门框。店掌柜一句命她进来的粗话吓得刚出现的影子又退回楼梯通道的黑暗里去了。这时，画家已经站起身来，朝她走过去。他用自己衰老粗糙但又那么温柔的手抓住她的手，一边凝视着她的眼睛一边亲切地轻声说：“你不想在我这儿坐一会儿吗？”

女孩惊讶地望着他，因为听到这充满温柔和被净化的爱的、深沉的、银铃一样的语调而感到无比惊异，这语调第一次透过酒店烟雾缭绕的黑暗迎向她扑来。她脸上流露出那些成年累月渴望爱抚和有朝一日以惊愕的灵魂接纳自己的人的那种微微颤抖的惊恐，她感觉到他双手的温柔和两眼脉脉含情的善良。当她得到这个人的温柔时，在她内心的眼睛里出现了已故祖父的面容，被遗忘的银铃又在她心里敲响，敲击的声音是那么大，那么欢快，一直穿过所有经脉，上升到咽喉，弄得她答不出一句话。她只是脸红了，使劲儿点头，几乎像在气头上，突如其来的动作看起来笨拙生硬。她怯生生地满怀期望地跟着他来到座位前，半坐在他身旁，没有去挪动长椅。

画家没有说话，只温和地朝她俯下身子。在老人明亮的目光前面，突然生动地现出这么早就挣扎在这孩子心中的孤独、高傲和拘谨的悲剧。他真想把她拉到身边，在前额上给她一个祝福的吻，但他害怕吓着她，也害怕周围嘿嘿笑着指点着他们这一对老少的人的眼睛。他太了解这个孩子了，简直不知说什么好。一种炽热的同情在他心中升起，像一股滚滚的热流。他了解这个固执的孩子的痛苦，那痛苦是如此剧烈，如此易怒，如此具有威胁性，因为这是爱，是一种难以置信的巨大的爱的宝库，这爱是准备给所有人的，又是遭到摈斥的。他柔声细语地问她：“孩子，你叫什么名字？”

她抬起头来，信任但又迷惘地看着他。在她看来，一切都太奇异、太陌生了。她的声音里有一丝胆怯的颤动，她半掉转身子小声说：“艾斯特。”

尽管如此，老人还是感觉到了她对他的信任，只是不敢显露出来罢了。他开始温柔地说：

“我是一个画家，艾斯特，我要画你。这对你绝不是什么坏事，你将会在我那里看到很多美的东西。有时，我们也许可以一起说说话，像好朋友似的。每天只需要一两个小时，如果你满意，就这么长时间。艾斯特，你愿意到我那儿去吗？”

女孩脸更红了，不知如何回答。模糊不清的谜突然出现在自己面前，她找不到解决的办法。最后，她用不安的、疑问的目光看着她的父亲，后者就好奇地站在旁边。

“你父亲已经允许了，可以说他很愿意，”画家赶忙说，“这要由你自己决定，我不愿也不能强迫你。艾斯特，你愿意吗？”

他把一只晒得黑红的农民的大手伸向她。她犹豫了一会儿，然后含羞无言地把她娇小白嫩的手赞同地放在画家手里，他的手紧紧地握了它一秒钟工夫，好像对待一只被捉到的猎物。然后他带着友好的目光放开手。店掌柜对两个人如此之快便达成交易感到惊讶，他把几个海员从桌边喊过来，想让他们看看刚刚发生的怪事。但女孩羞怯地感到了自己处在众人注目的中心，突然跳起来，闪电般飞跑到门外去了。所有人都惊愕地目送她离开。

“该死的，”店掌柜不胜惊奇地说，“您干得不赖呀。我真没想到这个腼腆的孩子会同意！”

好像是为了证实这一点似的，他又灌了一杯酒。在这个慢慢变得亲密起来的小团体里，画家开始觉得不那么舒服了。他把钱扔在桌子上，跟店掌柜商议了一下细节，同他握了握手表示谢意，然后就急匆匆地走出了酒馆。那里边的烟气和喧闹使他感到厌恶，酗酒狂叫的住客也叫他嫌弃。

当他来到大街上时，太阳已经西沉，只剩粉红色的晚霞裹着天空。傍晚是温柔的、纯净的。老人迈着缓慢的步子往家走，心里想着这在他看来像梦一样的、如此离奇、如此令人宽慰的种种事情。敬神的情绪包围着他那颗开始幸福地颤抖的心，犹如从一座塔楼上传来的第一声钟响在召唤人们去祈祷，接着周围所有塔楼的钟声全数加入合奏，发出高的和低的、沉闷的和快乐的、响亮的和哀怨的声音，跟处在欢乐、忧愁和痛苦中的人没有两样。虽然他觉得，神迹的柔和灯光如此姗姗来迟地照亮一颗一生都老老实实在黑暗中走直路的心，实在令人难以置信，但是他不敢再去怀疑；他带着这梦寐以求的恩惠之光，穿过昏暗暮色中的街道往家走，似在幸福的清醒中，又似在奇妙的梦境里……

时间过得很快，画家的画布上还一笔未动。但这不再是束缚他双手的气馁，而是一种内在的把握十足的信心，它不再争分夺秒，不再匆匆忙忙，而是在神圣的恬静和被遏制的力量中摇晃不已。艾斯特来了，虽然显得羞怯和茫然，但不久就在老画家父亲般慈祥的光辉中变得十分投入、温顺和单纯，这种光辉照亮了她质朴胆怯的灵魂。这一天，他们只是在一起聊天，像多年不见的朋友重逢，仿佛在用深沉的情感浸润古老的亲切言词、恢复旧日的价值之前要重新相识一样。不久，一种秘密的需要把这两个人联系在一起，他们虽然彼此相距遥远，但就某种单纯和情感的质朴而言，却是相似的：一个是受到生活点化的人，心底深处只有澄明和恬静，岁月使这个洞悉世事的人变得纯朴；另一个是还没有感受过生活的人，因为她过去像是深陷在黑暗中一直耽于梦想，现在，她内心深处接收到从朗朗世界射向自己的第一束光辉并无华地反射出恬静的光亮。他们俩在人群中间孤独寂寞，这也使他们彼此更为接近相亲。在他们之间，性别的差异已经无足轻重：在老人身上，这种念头已经熄灭了，仅仅还把年岁滤化过的回忆的微光投向他垂暮的生命；对少女而言，她还没有意识到女性的朦胧情感，性对于她来说仅是一种非常柔和、模糊不安的无定向的渴望。在他们之间，还竖着一堵脆弱的、已经摇晃起来的墙：种族和宗教之墙。血统的差异必然越来越使他们感到陌生、敌意和猜疑，正因如此，伟大的爱才迟迟没有到来。若是没有这种意识不到的立场，少女早就把她积蓄起来的高尚的爱强烈地表露出来了，她会哭泣着投入老人的怀抱，向他坦露内心的恐惧和不断增长的渴望，坦露孤独日子里的痛苦和欢乐；但现在，她只能在目光和缄默中、在不安的表情和暗示中，泄露出自己灵魂的秘密，因为，每当她感到心中的一切要宣泄出来，深埋的感情要随清晰的、喷涌而出的言词流露出来时，一种神秘的力量就像一只看不见的手，抓住她，把要说的话压了下去。就连老人也没有忘记，在他的一生中，对犹太人即使不怀怨恨，却也抱着一种陌生的感情。一种犹豫不决阻止他开始作画，因为他希望把这个少女领上一条皈依真正信仰之路。奇迹不会发生在他身上，而是由他来使奇迹发生。他要在她的目光里看到对耶稣基督的深沉思念，圣母本人期待圣子降临时，就是怀着这样的思念。为了能创作出一位圣母，他希望先使她本人的灵魂充满信仰，要知道，圣母身上虽然有着领报时的敬畏，但却也充溢着甜蜜的信赖。他想象周围是一派早春气氛的柔和景色，白云像天鹅在空中翱翔，仿佛用一条看不见的细线把温暖的春天曳在后面，一片嫩绿欣欣向荣，还有显得羞怯的花朵用柔弱的童音宣告巨大的欢愉。但是，他觉得姑娘的眼睛还是过分胆怯了，过分卑恭了；圣母领报时愿为一种模糊的希望献身的神秘火焰还不能在这不安的目光里燃起，因为那里面还承载着深藏起来的民族痛苦和不时闪动的选民的抗拒，这是对他们的主的怨恨。老画家知道，这还远不是谦卑，不是温柔的天界之爱。

他谨慎而细心地寻找一条把信仰带向她心灵的道路；因为他知道，如果把信仰直灌输给她，有如圣体匣在阳光下闪耀着色彩斑斓的光，她才不会战栗着倒下，反而会截然地、严厉地掉转头去，敌意地避开这宣讲。在他的画册里有许多出自神话故事的绘画；在他的求学岁月乃至之后，也摹仿过许多大师，对他们的热烈崇拜曾左右着他。他把它们找了出来，同她肩并肩地一起翻看，不久，他就感觉到某些画在她的灵魂中所产生的深刻震颤，她翻动画页的双手变得不安，她的呼吸变得急促，这一切也使他面颊发热。一个充满美的多彩世界突然出现在这个孤独的少女面前：多年来她看到的只是酒馆里慵睡的形象、穿着黑色衣裳的妇女满是皱纹的面孔、在街上哭喊打闹的肮脏孩子，可这儿有温柔的身穿华服的极富魅力的漂亮女人，悲哀的和骄傲的，充满欲望的和富于梦幻的；有身着甲胄和盛装的骑士，他们与这些女人说笑；有披着长长白色鬈发的国王，他们头顶上的金色王冠在闪闪发光；还有俊美的少年，他们的身体被弓箭射穿，钉在刑柱上，倾倒下来或者被折磨得鲜血淋漓。这是一个她不熟悉的陌生国度，却又仿佛勾起她无意识的乡思，向她亲切地展现出绿色的棕榈和高耸的柏树，澄蓝的天空，下面是荒野和群山，城市和远方都闪现着同样的深沉光泽，显得比这里，比这座城市像一片永不散去的乌云似的北方景象欢快得多。

他不断地给她附注一些小故事。他用《旧约》中那些朴素和富有诗意的传奇故事向她讲解这些画，谈起那些神圣日子里的奇迹，他是那样热情，竟忘记了原本的意图，他以令人心醉神迷的绚丽多彩来宣讲虔诚的信仰，正是这种信仰赋予了他最近一段日子梦寐以求的恩惠。老人的热情信仰深深地感动了少女的心，她觉得有如身处一个封闭的奇迹国度，它突然从昏暗里敞开了广阔的大门。她的生活开始越来越强烈地摇晃，仿佛骤然从深夜苏醒过来，迎接紫色的黎明。自从有了这样的经历，对她说来没有什么是不可相信的了，那些三圣王跟随银星从远方走来的传说、马和骆驼上载有无数熠熠发光的珍宝，都是可信的，因为她本人就感受到了类似的奇妙力量。不久，这些画就被搁置一边。老人开始讲述自己生活中某些与书中传说相似的神的征兆；许许多多他在暮年那些沉默寡言的日子里所编织和梦想的一切，现在都随着语言一涌而出，连他本人都感到惊奇，如同审视地从另一个人手里接过某种陌生的物件。他像布道者一样，在教堂里用上帝的语言宣讲、说明；但他一下子就忘掉了听众和目的，只顺从那朦胧的快意，让心中翻腾不已的源泉随着深沉的言语喷涌而出，就像在一株花萼上，上面的一切都是生命的甜蜜和神圣。他的语言盘旋在他的听众之上，他们是低下的种族，无法进入他的世界，只能喃喃低语和目瞪口呆；这些语言飞得越来越高，在他忘却尘世重负的梦中直抵天堂，可人间的苦难突然又铅一般地悬在那翅膀上……

画家蓦地环顾四周，他狂喜的语言形成的紫色烟雾还在弥漫；现实重又向他提醒自己冷冰冰的井然有序的存在。但是，他看到的都是像梦一样的美。

艾斯特坐在他脚边，望着他。她温顺地偎依在胳膊上，平静澄明的蓝眼睛里突然聚集起那么多的光亮，慢慢地在他身上滑过，而他在虔诚的冲动中竟丝毫没有注意到，她靠着他的双膝，蹲伏在那里，朝他抬起了目光。童年的那些古老话语在她的脑海乱成一团，嗡嗡作响：父亲在某些日子里身着长长的黑色节日服装，披着白色碎布编成的带子，从一本古老庄重的书里曾念诵过这些话，它们也是这样令人畏惧、肃穆庄严和炽烈虔诚。一个她失去的和所知甚少的世界在模糊不定的色彩中重又显露出来，并使她满怀痛苦的渴望，让她的眼睛里闪现出泪光。当老人弯下身子见到这痛苦的目光并吻她的额头时，他感觉到，她那温柔的四肢在炽热中颤动，仿佛在抽泣。他误解了她，认为奇迹已经出现；他一向寡言少语，现在上帝在这个伟大的时刻赠予他一副雄辩的、火热的舌头，就像从前赠给那些走到人民中间去的预言家一样。他认为，这种战栗是寻找到了通向真正的和充满幸福的信仰之路的少女怀有的既渴望又畏惧的幸福感；她颤抖不安，摇晃不定，像是一束突然点燃的火把，火焰前一刻还闪烁不定地升高，随即又在成为稳定的火柱之前缩了回去。这个错误的想法使他的心充满了喜悦，误以为一下子就接近了本以为极遥远的目的地。他的话带着一种庄重感：

“艾斯特，我向你讲到了奇迹！许多人说，那是以前的事，可是我感到并且敢说，奇迹在今天也有，只不过它们变得更加不声不响，仅在那些期待奇迹的人的灵魂中才发生而已。我们之间发生的就是一个奇迹，我的话和你的眼泪，在一只看不见的手里合二为一，是这只手让它们从我们看不见的内心深处互相碰撞，这便是一个突如其来的奇迹。因为你理解我，你就属于我们；在这个时刻，上帝赐予你泪水，你就成了基督教徒……”

然而，他一下子怔住了。因为一听到这话，艾斯特便支起双手从他脚边跳了起来，就像要把他的想法撞回去一样。她的眼睛里闪现出惊愕和对画家冒失话语的抗拒。在这瞬间她是美丽的，表情的凝重变为愤怒，在她嘴唇四周划出的线条像刀刻一般清晰，她颤抖的四肢做出准备自卫的姿态，她身上燃起的全部怒火刹那间爆发出来，进行极为猛烈地自卫……

随后，一切又都平静下来。她为自己激烈的抗拒而羞愧。但介于他们中间的那堵墙，虽然一度为一种超感官的爱穿透，现在又变得黑暗和高大。她的目光里是冷漠、烦躁和惭愧，不再是愤怒，不再是信赖，仅剩下现实，而不再有神秘和敬畏的渴望。她的双手瘫软无力地沿着瘦削的身躯垂了下去，就像在高空中飞行时折断了翅膀。生活对于她来说依旧是一个美妙而稀奇的梦，但是她不敢再去爱那个让自己从沮丧中醒来的美梦了。

老画家也感觉到了，是急于求成的信心欺骗了自己，但这不是他漫长求索的一生中第一次失望，毕竟生活中不是只有忠诚和信赖。这样一来，他感到的不再是痛苦，而仅是惊奇，随后对她很快感到羞愧，他几乎是怀着某种喜悦了。他温和地握住她那双瘦弱的还一直发烧的小手。“艾斯特，你突然的激动差点把我吓着。我那样讲不是对你有什么恶意，或者你是这么想的？”

她羞愧地摇了摇头，随后她振作了起来。她的话几乎又变得倔强起来：

“但是我不要成为基督徒。我不要。我……”在用低沉的语调说出这段话之前，她把这个字拖了很长“我……我恨基督徒。我不认识他们，但是我恨他们。您对我说的博爱的话，比我一生中听到的所有话都更加美好。我周围的人也都自称是基督徒，但是他们粗野而残暴。我……不知道，不清楚，长久以来一直是这样……但是每当我们在家谈起基督徒时，语气里就有一种恐惧和仇恨……所有人都恨他们……我也恨他们……因为每当我同父亲走在一起时，他们就朝我们叫喊，有一次他们还朝我们扔石头…… 有一块打中了我，我流了血，我哭了起来，当我喊着救命时，父亲却害怕地拉着我跑开……我对他们知道的不多……但是，我却知道……我们的巷子阴暗狭窄，像在这里我住的地方一样。只有犹太人住在里面……但是城市的另一边是漂亮的。我从高处的一间房子看见过那儿……那儿有一条河，那么蓝，那么清，在流动，那边有一座宽大的桥，人们穿着明亮的衣服在桥上走，就像您在画上指给我看的那样。房子都装饰着艺术雕像，配有黄金和山墙。中间是高高的，啊，是那么高的塔楼，大钟在里面歌唱，太阳直照在马路上。一切都是那么美……当我对父亲说，他该领我到那边去，到明亮的城市去时，父亲变得严肃起来并说：‘艾斯特，基督徒会杀死我们的。’……这话使我听得害怕……从那以后我就恨基督徒……”

她在自己的梦中停了下来，因为这一切又都变得清晰起来。她早就忘却的、尘封的和在灵魂中遮蔽住的一切，又都闪现出来。她又沿着昏暗的犹太区街巷直走回家中。一下子都连在一起，一切都历历在目，她明白了，她有时只当作是一个梦的情景，都是实实在在的，是过去的生活。她的话匆匆地尾随着那些清晰的瞬息即逝的画面。

“那时候，一天晚上……突然有人把我从床上拉起来……我认出那是我爷爷，他把我抱在怀里，面色苍白，浑身发抖……整个房屋在呼啸，在颤抖，空中都是叫喊和喧嚷……但是现在我明白了，我又听到他们在喊叫，是那些陌生人，是基督徒……我的父亲在喊，还是我的母亲在喊……我什么也不知道了……爷爷抱着我进入黑暗之中，穿过昏黑的大街小巷……一直是喧嚷和同样的喊叫。外国人，基督徒……我怎么能忘掉这一切?!……后来有一个男人，我们同他一起走……当我醒来时，我们已来到荒郊野外，我的爷爷和那个男人，就是同我一起生活的那个人……我再看不到城市了，但是天空鲜红鲜红的，就是那儿，我们就是从那儿来的……我们不断地走啊，走啊……”

她又停了下来。那些画面仿佛消逝了，逐渐地变得昏暗了。

“我有三个姐姐……她们都非常漂亮，那天晚上她们来到我的床边，吻我……我的父亲很高大，我够不着他，他经常把我抱在怀里……还有我的母亲……我再看不到她了……我不知道她发生了什么事，因为我的爷爷，每当我问他的时候，他就扭过头去，一言不发……当他死后，我不敢再问任何一个人……”

她又停了下来，喉咙里发出一声啜泣，带着痛苦的力量。她轻轻地补充说：

“现在我什么都懂了……这一切对我怎能如此黑暗？我觉得父亲就站在我身旁，并说了那句当时作为回答的话——它在我的耳边是那么清清楚楚……我不再问任何人了……”

她的话变成抽泣，无声的绝望的哭泣，在深深的悲哀中失去了声音。几分钟以前，生活的图画还是那么明亮地吸引着她，现在却又变得阴郁和昏暗。老人聚精会神地观察着她的痛苦，早就忘记了自己的意图和目的。他一声不响地站在她的面前，为了和她一道哭泣，他不得不在她身旁坐了下来；他哭，是因为自己不能用言语表达：自己伟大的人性之爱无意之间在她身上唤起了这种痛苦，他觉得是一种罪过。他战栗地感觉到在这一个小时之内得到的祝福和沉重苦难，似汹涌的波浪上下翻滚，他不知道它们会把自己的生活高高举起还是拖向咄咄逼人的深谷。但是，他感到自己对恐惧和对希望一样的疲惫和麻木；现在，他只对这个姑娘的年轻生命充满了怜悯，他想找些话聊，可毫无结果：它们都像铅一样沉重，发出来的声音却像金属般轻飘。什么样的语言能表达出这样一种回忆的沉痛呢？

他用手悲哀地抚摸着她的头发。她望着他，困惑而无所适从；她表情机械地拢了拢头发，立起身来，眼睛茫然四顾，仿佛要重新弄清是怎么回事似的。她的表情疲惫、沮丧，只有眼睛里还闪现出阴沉的光亮。她强打起精神，脱口说出一句话，以掩饰内心还在颤动的抽泣：“我现在得去了。天晚了，父亲在等我。”

她表情生硬地点点头示意作别，把自己的物件整理了一下，转身离去。老人一直用坚定的理解的目光望着她，这时又一次把她喊了回来。她吃力地转过身，因为眼睛里闪烁着湿润的泪花。老人带着真挚的表情又一次握住她的双手，凝望着她："艾斯特，我知道，你现在走了，就不会再回来了。不管你信不信我，有一种神秘的恐惧在欺骗你。"

他感觉到她的双手在自己手里温和信赖地松弛下来。他满有把握地说下去："艾斯特，再来吧！不管是愉快的还是悲哀的事，让我们把它们都放在一边吧。明天我们就开始画画，我觉得会成功的。别再悲哀了，让过去的就过去吧，别触动它。明天我们开始新的工作，新的希望。不好吗，艾斯特？"

她含着泪点了点头，怀着对莫测前途的恐惧不安返回家中，像从前一样，只是内心更为充实、更富有内涵。

老人陷入深思、对奇迹的信仰在他并不陌生，但奇迹在他看来却更为庄重和神圣，因此他觉得这只是上帝股掌间的一次游戏。他放弃了这样的念头：让少女的脸上现出对神秘希望的信仰；她的灵魂也许早已灰心丧气，什么都不相信了。他不愿再抬高自己，成为上帝的中介人，而只愿做一个简简单单的仆人，竭尽全力创作出一幅画，虔诚地放到神龛上，像其他的祭品一样。他发觉了自己的错误：一味去追随神迹，去寻找它们，而不是等待，等待它们自己到来并展现在他面前……

他那颗谦恭的心越来越低沉下去，自己为什么要在这个没有人对她怀有希望的孩子身上寻找神迹？在他像干枯苍老的树干一样——只有枝椏还贪恋地伸向蓝天——已变得空荡荡、光秃秃的生命里，另一个年轻的生命出现了，它畏缩却充满信赖地偎依在自己身边，难道这不已经是一种恩惠了吗？生命的奇迹已经在他身上发生，他感觉到了；这对他是一种恩惠，是使此后的日子继续燃烧的爱，他能把它像一颗种子一样埋下，使它开出绚丽的花束。生命给予他的这一切还不够吗？上帝不是已经向他指明了为自己服务的道路了吗？他渴望为他的作品寻找一个模特，他已经找到了她；他要用她创作一幅画像，而不是把她的灵魂引向一种信仰，这不就是上帝的意志吗？她也许永远不会理解这种信仰。他那颗谦恭的心越来越低沉下去。

黄昏进入他的房间，变得黑暗起来。老人站了起来；他感到烦躁不安、畏惧不宁，这在他的暮年很少有过，往常一切都非常宜人，如同秋日一样凉爽澄明。随后，他走到一个柜子跟前，取出一本旧书。他心烦意乱，疲惫不堪。他拿出《圣经》，以一种颤抖的狂热吻了吻；随后他翻开书，一直读到深夜……

老画家终于开始作画了。艾斯特沉思地向后倚在一把柔软适宜的靠背椅上，时而听老人讲述他自己或别人的各式各样的故事，以打发老是同一姿势的单调时间，时而沉入梦乡般的昏暗小房间里，四面墙上装饰的织花壁毯、画像和绘画一直吸引着她的目光。工作进展得不是很快。画家感到，他所画的这些草图仅是练笔，胸有成竹的时刻还没有到来。他脑海中的画面上还缺少某种无法用语言和概念解释清楚的东西，他十分清晰地感觉到了，于是一种火一般的急迫感不断驱使他一页一页地画下去，仔细地加以比较，但问题是尽管这些创作都是那么踏实逼真，他却仍不满意。他从不同艾斯特谈这些。但是他觉得，在她生硬的表情中有着与圣母应当展现出的温柔的期待相敌对的情绪，这种情绪甚至就是在陷入甜蜜的梦境时也没有从她的嘴唇上消失；在她的身上似乎还有着过多的孩子式的抗拒，还没有成熟到去承受圣母思想中那种甜美的重负。他觉得，这种阴沉的情绪无法通过语言排除，而是只能从她内心里慢慢得到缓解。在艾斯特的脸上远看不到那种柔和的、女性的表情，就是早春的最初几天里，红色的阳光穿过窗棂、射进房间，向整个世界宣告创造的生机时，就是所有的颜色都变得更加温和，翻腾而来的春日气息温煦地穿过街巷时，她的面色也依然冷漠。画家终于疲倦了。老人懂得了、认识到了自己技艺的界限，他无法强逼自己超越它。他放弃了制定好的计划，转而听从直觉突如其来的响亮声音。在对各种可能性做了反复考虑之后，他决定不再在艾斯特身上挖掘圣母领报的情感，因为她的脸上缺少那种虔诚的女性在苏醒的第一刻里所有的惊恐表情；他要用她创作怀抱圣婴的圣母像，这圣婴是他的信仰最朴素、最深沉的象征。他要马上动手，因为迟疑不决又开始侵入他的灵魂，梦寐以求的奇迹的光华越来越苍白乏力，甚至快要没入沉重的透不过气来的黑暗之中。他没有告诉艾斯特就解下已经草草画就略图的画布，换上一张新的，竭力为自己的新构思铺平道路。

翌日，当艾斯特以习惯的方式坐下来，温柔地靠在那儿等候工作开始——她对这项工作绝不是没有好感的，这使她孤寂的百无聊赖的日子有了丰富的语言和愉快的时刻——时，她惊奇地听到画家在同一位粗俗的农家妇女交谈。这声音她一点也不熟悉，于是便好奇地谛听，但听不清楚。稍顷，妇女的声音消失了，一扇门打开，老人走进来，朝她而来，怀里抱着个物件，她头一眼没有看出是什么。他小心翼翼地把一个幼小的、赤裸的、只有几个月大的、活生生的婴儿放到她的怀里，婴儿开头不安地动着，随后就老实下来。艾斯特目瞪口呆地望着老人，她搞不清他在开什么玩笑。可老人却只是微笑，一言不发。当他看到她那畏惧的询问目光盯住自己不放时，便用平静和乞求的声音向她解释起来：他要画她怀中抱着孩子的情景。他把目光中的所有慈爱和善心都通过这个请求表达出来了。他对这个陌生少女怀有的深沉的父亲般的爱和对她不安而虔诚的心灵的真挚信赖，使他的言词和意味深长的沉默都富有光彩。

艾斯特的脸涨得通红，无法抑制的羞涩令她难受得很。她几乎不敢用畏惧的目光从侧面去看这个幼小的生气勃勃的赤裸婴儿，只得不情愿地把他放在颤抖的双膝上。犹太民族的严格习俗养成了她对赤裸的憎恶，这使她在注视这个健康快乐、现在安静地睡着了的孩子时怀有某种厌恶和神秘的恐惧。她下意识地遮住了孩子赤裸的身体，在触摸这柔软的粉红色的胴体时她害怕地朝后缩了缩，像是犯罪似的。一阵恐惧涌上心头，她不知道是为什么。她身上的所有声音都畏葸地传向她抗拒的胳膊，但是她不能用生硬简短的“不”去回答老人温和慈祥的话语，她对他怀着挚爱的尊敬。她觉得自己对他的任何要求都不应拒绝。他的沉默和带着紧张、热望的询问是那样沉重地压迫着她，她几乎想呼喊起来，盲目的，野兽般的，没有目的，没有言词。对这个安静睡着的孩子的仇恨发狂般地攫住她，是这个孩子破坏了她的宁静时刻，扰乱了她梦幻般的安逸。但是她突然觉得软弱无力，不能去反对这个安详的老人，不能去反对他那善意的举动。因为，他就像悬在少女昏暗幽深的生活上方的一颗银白色的孤独的星星，于是，像对他的任何请求一样，她又一次卑恭地、迷惘地点了点头。

老画家没有再说什么，而是开始作画。他先是只画个轮廓，因为艾斯特还十分忐忑和茫然，无法表现出作品的内在思想。她梦一般的表情太柔弱乏力了。在她的目光里有着某种痉挛的、不情愿的东西，因为她总是设法避免看到怀中睡着的赤裸婴儿，总是冷漠地望着墙上方那些与自己毫不相干的绘画和饰物。这种由恐惧而生的勉强和僵硬使得老人自己也不自在起来。此外，她感到双膝上负荷沉重，因而不敢活动，只有脸上的紧张神色越来越强烈地暴露出这种充满痛苦的努力。终于，画家中断了工作，尽管他意识到的不是她承袭下来的憎恶，而只觉得是少女的羞涩。婴儿仍安静地睡着，像一只吃饱喝足的小兽，没有感觉到画家细心地用双手把他从姑娘的怀中抱了起来，放到隔壁房间的床上。孩子一直躺在那里，直到他的母亲，一个粗俗的荷兰船夫的妻子——这段时间里她到安特卫普闲逛去了——把他抱走。艾斯特的身体恢复了自由、解除了负担，但她想到以后每天都要怀着同样的恐惧，依然感到极为苦恼。

她惴惴不安地走了，在以后的日子里又惴惴不安地来了。她内心升起一种秘密的希望：画家也许会放弃这个计划，她要用一句平静的话请求他。这个决定变得越来越迫切，越来越无法遏止。但她不能这样做；内心的骄傲或者说是秘密的羞耻感使业已到嘴边的话又缩了回去，就像一只振翼欲飞的鸟儿，它试着挥动翅膀，准备在下一刻就自由地冲向高空。但随着她每天到来并承受这烦躁不安，一切逐渐变成了无意识的自我欺骗，因为她已经对此习以为常了，有如令人厌烦的常事一桩；只是她自己还没有认识到，这一刻还没有到来。画进展得不快，虽说画家用斟酌再三的话向她做了说明。实际上，他的画框上只有淡淡的、无关紧要的线条，以及一两处草草勾出的轮廓。老人在等候着艾斯特同那些念头和解，并不急于求成。他暂时只是让姑娘坐着当模特来打发时间，并说了许多无关痛痒的事情，对孩子的在场和艾斯特的烦躁不宁故意装作没有看见。他越来越兴致勃勃。

这次，他的信心没有欺骗他。一天上午，天气晴朗温暖；窗户的边框裱起一幅明亮透明的风景画：塔楼，它们虽然在远处，但金色的光华就像从近旁闪耀出的一样；屋顶，从上面飘起的炊烟袅袅轻柔地消失在深邃的、锦缎般的碧空；白云，它们就在跟前，像要落下来似的，有如毛茸茸的扑打着翅膀的鸟儿落进翻腾的屋脊海洋之中。太阳用它的手把金黄的跳跃的光掷了进来，滚动的光环像叮当作响的小小的铸币，窄细的光线像发亮的匕首，跳动不定的光斑无法解释也没有意义，像闪光的小动物那样灵巧地透过木板跳了进来。这种闪烁不定和刺人发痒的游戏把孩子从熟睡中弄醒，他用指尖扑打紧闭的眼睑，直到睁开了双眼，闪动着，注视着。他开始在姑娘怀里不安地动弹起来，姑娘不情愿地哄着他。不过，他不是想从她怀里挣脱，而只是用滚圆的小手笨拙地捕捉在他周围跳动和嬉戏的亮光，他抓不到，但越是抓不到，他的兴趣就越大。胖胖的小手愈来愈忙乱，在阳光照射下显得透明、殷红的血潺潺流动。这种天真的游戏以一种奇妙的刺激攫住了不灵活的小家伙，也使艾斯特不自觉地入了迷。孩子无效的努力激起了她的怜悯，她深情地微笑起来，注视着这无休止的游戏，毫不疲倦，也忘了对这个天真的要人照料的孩子的厌恶感。一个人的生命，一个生机盎然的生命第一次在这个小小的光滑的躯体上向她展现出来，她以孩子式的好奇心注视着他的每个动作。老人在观察，一声不响，他怕言语再度唤起她的抗拒和被忘却的羞耻感；但一个通谙世事的老人的满意微笑一直停留在他那温和的嘴唇上。在这种沟通中，看不出有什么独特之处，而仅有一种正当的期待中对大自然运行法则的信赖，这个法则是不会拒绝也不会忘记成为真理的。他又感觉到生命那永恒的、一再更新的奇迹就在近旁：从孩子身上一下就被激发出的女性无私的善又返回到孩子身上，如此循环往复，女人永不会失去自己的童年，而是生活两次，在自己身上和她们遇到的人身上。这不就是马利亚的奇迹吗：她是孩子，从来没有成为女人，而在她的孩子身上她的生命却得以继续下去？每个奇迹不都在现实之中有着与之相对应的图景吗，变化中的生命的每一个看得到的时刻不都有着无法接近的光辉和永远无法理解的呼啸吗？

老人再度深切地感觉到那种奇迹的临近。几周以来，关于神或尘世的念头一直在挤压着他，不肯放开他。但是他知道，这是一扇黑暗的紧闭的门，所有人在它面前都得谦恭地掉转身去，除了在拒绝自己的门槛上印上一个敬畏的吻，不需更多地强求。他抓起笔来，用工作去驱逐这些念头，让它们消失在浓云中。当他为了把现实的景象描绘下来而抬眼望去时，有一瞬间他像着了迷似的。因为他发觉，他迄今一直在罩着面纱的世界里构建的东西，不知不觉地正以一种直接的力量迎面向他扑来；他寻找的那幅画在他面前活了起来。初生的花朵一般的健壮婴儿用发亮的眼睛和扑打的双手捕捉着光线，这光线把深色的柔和光华洒满他的全身，赋予他天使的形象。在玩耍的孩子的头上还有另一个形象，她温柔地俯下身来凝望着，仿佛也被孩子发出的明亮光华所照耀，那双修长的孩子般的手小心翼翼地从两个方向保护着婴儿，以免发生任何不测；她头上呈现出一片光辉，没入头发中间，仿佛是从那里发出的内在的光，温柔的动作与嬉戏的光融为一体，无意识同梦幻般的回忆联在一起，这一切组成一幅飞快完成的美丽图画，由玻璃般的颜色绘成，稍有活动就会破碎。

老人像做梦似的望着婴儿和少女，他俩在光的嬉戏中变得如此亲密，仿佛在遥远的梦境中，他突然忆起意大利画家那幅几乎被忘却的画和对上帝的虔诚。他再次觉得自己听到了上帝的呼唤。但这次，他没有陷入梦幻，而是把全副力量都倾注于这一刻。他急迫地把握住婴儿双手的动作和少女往常那么冷漠而今却如此温柔的表情，仿佛要使这易于消逝的瞬间变为永恒。他感到身上的创造力像年轻人的热血一样：他的整个生命是一次搏斗，是一次陶醉，是这一瞬对光和色的吮吸，是他作画的手的捕捉和创造。在这一刻，他感到上帝的力量和无垠的充实的生命的秘密从没有像现在这样近在咫尺，他想到的不是这一瞬间的奇迹，而是它的永存，是他本人创造了这一刻。

嬉戏的时间不是很长。婴儿在无望的捕捉中终于累了，而艾斯特在看到老人突然间热情似火、双颊通红地工作时，也感到奇怪起来。他的脸色重又显出梦幻般的明朗，就像他对她说起上帝和关于它的数以千计的奇迹的那天一样；她又一次感到在我们这个被创造的世界中失落的对伟大的诚惶诚恐。在这种包容广泛的情感中，渺小的羞耻感完全消融了。在这一瞬间，她使画家感到惊喜，因为她对孩子入迷了，她看到的只是生命的充实；这种时刻的丰富多彩和伟大崇高让她再次感到惊奇不止，这是当画家指给她看陌生而又遥远的人物画像、梦一般的美丽城市和繁花似锦的风景时，她才有的那种惊奇。对陌生的向往和远方的绚丽给她贫乏的生活和单调的灵魂历程涂上了斑斓的色彩。在她灵魂深处燃烧起的对创造的渴望，就像黑暗中一线隐藏起来的光，没有人知道。

这一天是艾斯特和这幅画命运的一个转折。阴沉的情绪消失了。现在，她迈着明快匆忙的步子到画家那里，她觉得做模特的时光过得太快了，这是由于每一次经历都相互联结、环环相扣，每一个环节对她都有着意义，因为她还不认识生命的价值，在此之前都只是用小小的铜币决定些毫无价值的事情。老人的形象同孩子弱小无助的玫瑰色身体相比，不知不觉退居到次要地位了。她的憎恨突然转化为一种粗暴的、几乎是贪婪的温柔，如同少女对孩子和小动物经常有的那种温柔。她的整个身心都倾注在观看和爱抚之中，她下意识地在充满激情的献身游戏中使母爱——女人的一种高尚的思想——活了起来。她忘掉了自己来此的目的；她到了这里，抱起鲜花般的婴儿，坐在宽大的靠背椅上，开始深情地与孩子嬉戏，孩子很快就熟悉了她，朝她笑起来，笑得十分有趣，她完全忘了她是为了作画而来，完全忘了这个赤裸的婴儿一度像一种压力和负担使她痛苦。她觉得那些是很遥远的事了，就像她那些数不清的骗人的梦境一样。从前，她在昏暗悲惨的巷子里长久地、勤奋地一个接一个编织那些美梦，然而现实轻轻一吹就使它们支离破碎。只有在现在这个时候，她才相信自己还活着；待在家里令她感到陌生，如同在漆黑的夜沉睡。当她用自己的手指握住孩子胖胖的小手时，她觉得这不是没有血色的梦，这双蓝色的大眼睛朝她闪现出的微笑不是骗局。这一切都是生命，她要把这生命献给世界，在这样一种深情的渴求中燃烧自己；这是她的种族传承下来的意识不到的丰饶遗产，在成为女人之前，她就渴求奉献，渴望有女人的眷恋。在这种嬉戏中埋藏有更为深沉的欲求和更为炽烈的快乐的胚芽，但这一切还只是可爱的念头和深情的嫉羡，是明快的玩耍和愚蠢的梦境之间的轮番嬉戏罢了。像孩子们摇晃布娃娃一样，她摇动婴儿，同时沉入梦境，像女人和母亲那样做梦，进入甜蜜温柔、无边无际的远方。

老人用他智慧的心灵感觉到了这个转变。他觉察到了她对自己的疏远，但不是变得陌生；他知道自己不再在她的期待之中，而是在一旁，像是一份柔和的回忆。他高兴这种转变，他也更爱艾斯特了，因为他在她身上看到了年轻的强烈的善良的本能，他希望这些本能比自己的努力更快地粉碎她承袭下来的抗拒和封闭。他知道，在她把祝福和希望带给一个幼小生命的同时，她对自己，一个老人，一个行将就木的人的爱当然在耗损和减少。

他把这奇妙的时刻归功于艾斯特对婴儿苏醒过来的温柔。在他面前展开许多幅富有魅力的图画，它们是对一个唯一主题的多种呈现，可所有的呈现都不尽相同。先是温存的游戏：艾斯特逗孩子玩，她本人在无拘无束的欢乐中也像个孩子，轻柔的动作既不生硬也不狂热，各种柔和的颜色和谐地融为一体，各种可亲的情状亲切地汇合一起。随后，当孩子疲惫地在温软的怀中入睡时，又是安静的时刻：艾斯特细长的双手像两个天使护在他左右，在她的眼睛里，那种充满深情的喜悦闪耀出占有的幸福和深藏不露的激情。她把睡着的孩子轻轻地弄醒，于是又有了这样的瞬间：四目相对，他们不自觉、无意识地寻找着对方，一双眼睛里是深情的体贴入微，另一双里是闪耀的幸福。之后，又是令人入迷的陶醉：孩子用他笨拙的小手抓挠少女的乳房，等待母爱的馈赠；艾斯特的羞耻感又使她的双颊变得通红，玫瑰般地发亮，但现在她感到的不再是恐惧，不再是反感，而只是一种发窘的冲动，这冲动又化为幸福的微笑。

这些天是完成这幅杰作的日子。他从成千上万种温柔中创作了一种温存，他从成千上万种嬉戏的、愉悦的、畏惧的、幸福的、深情的目光中创作了一种目光：母性的目光。一幅静谧的伟大作品出现了。它是那么质朴，玩耍的婴儿和少女温和地低下的头。但是，色彩是柔和的、明快的，对他而言也是前所未有的创造；形体是清晰的、明朗的，宛如深色的树干直指向神圣的晚霞。仿佛有一种内在的光隐于其中某处，是它燃起那种神秘的光亮，有一种空气在画面上飘动，比尘世的空气更为柔和、喜人、清爽。这幅画里虽然没有什么超凡入圣的东西，但却有生命——这幅画所创造出来的生命——隐匿的神秘感。在漫长勤奋的创作年代里，老人曾多少次细心地一笔一笔地作画，现在他却第一次感觉到眼前这幅画是在自己成长、成形，而他本人竟对此一无所知。在古老的民间传说中，那些有魔法的精灵在完成工作时常常隐而不见，但它们却有着狂热的创造激情，使人们在早晨带着惊讶的目光看到夜间完成的杰作。如今，当老人在创作的狂热之余，后退几步，并用审视的目光观察时，就有着与此相同的感觉。关于奇迹的念头又在敲打他的心扉，但心儿还迟疑不决，不知是否该允许它进来，因为他觉得这幅画不仅是自己一生创作的巅峰，而且还有着某种更遥远和高大的东西，甚至是他卑微的工作所无法般配的。创作的喜悦越来越深沉，渐渐变成一种敬畏的情绪，一种对自己作品的畏惧，使得老画家不敢再承认这是他的作品。

他觉得艾斯特也变得遥远了，因为他觉得她只是自己完成这尘世奇迹的中介人。他以老人的慈祥照看着她，但他的灵魂里又满是那些虔诚的梦。他觉得生命的朴素力量一下子变得如此奇妙。谁能给予他一个回答？《圣经》是古老的、神圣的，但他的心是属于尘世的，还深深地根植于生命之中。他想知道上帝的翅膀是否能飞临这个世界？上帝的神迹今天是否还穿行在这个世界？或者这仅是生命质朴无华的奇迹？

尽管在他的生活中发生了如此罕见之事，老人并没有自负地想去知道答案。他本人不再像从前那样有把握了，因为他既相信生命，也相信上帝，所以便不去思考谁是真实的。每天晚上，他都小心地把画罩上。因为在这些天里，有一次，当他返回家中，银色的月光祝福般地洒满画像时，他觉得圣母仿佛朝自己显露出面庞，差一点匍匐在地拜倒在自己的作品前……

这些天里，艾斯特的生活中还发生了另一件事，虽说不是什么奇怪的不可想象的事件，但却像旋风一样搅动着她的生活，使她陷于极大的、莫名的痛苦之中，心里感到阵阵战栗。她开始感觉到成熟的秘密，她从孩子变成了女人。她心中充满迷惘，不知所措，也没有人能给予她引导和指点，只好在沉沉的黑暗和神秘的光亮之间孤独地走着。她心里生出种种渴望，就是找不到出路。以前，她见了同伴总是避而远之，和周围的人不说一句不必要的话，这种难以抑制的固执在这些日子里简直成了灾难，使她尝到了可怕的失落感。因为她体会不到在这成长中所蕴含的甜蜜而舒适的感觉，好似一棵禾苗，离结穗还远着呢，可现在余下的就只有麻木、困惑和如此孤独的痛苦了。这时，老人给她讲的那些传说和奇迹就像具有诱惑力的灯光，照亮了她的懵懂，她的梦也随着灯光贪婪地进入了种种可能的荒唐之所。某位温顺女子的故事使她激动不已，同时也使她突然之间产生了一种几乎是快乐的恐惧。可是她又不敢完全相信，因为他还谈了些别的她不懂的事。她认为自己身上也发生了某些奇怪的现象，因为她的整个感觉都起了很大的变化，她周围的世界和所有的人似乎一下子全变了，变得深沉和奇怪了，而且充满隐蔽的冲动。一切事情似乎都是息息相关的，具有一种内在的生命，它在往前挤，又在往后推，这是一种共同的东西，但是她并不知道藏于何处；她只觉得，这些原本零散的东西似乎都互相关联。她感到有种内在的力量正在将自己拉进生活，拉到人群中去，可是她不知所措，不知道该往哪儿去，只是剩下这争先恐后折磨人的一成不变的痛苦，剩下这未曾耗用的渴求和被束缚的力量的痛苦。

以前认为不可能的事，现在，当她意识到自己的失落，当她一心渴望可以紧紧抓住什么事情的时候，在这一筹莫展的时刻，艾斯特倒要来试一试了。于是，她便同养父交谈。在这以前，她总感觉到他们之间的距离遥远，而如今，盲目的欲望竟推着她跨过了这道门槛。她同他谈论各种事情，对他讲这幅画，而且非常投入，想在谈话中攫取某些对自己来说很有价值的东西。酒店老板显然对这个变化感到高兴，他大胆地拍拍她的脸颊来安慰她，并认真地听着。有时候，他也插上一句话，但表情总是漫不经心的，很客观，就像把嚼过的烟吐在地上。后来，他自己也笨嘴拙舌地讲起了刚刚发生的事，艾斯特虽然听得专注，但是并没有听懂。他不知道该对她说什么，他也不想说什么。所有的事情似乎只是到过他身边，并没有触及他的内心。她从养父的话里听出他对一切都漠不关心，这使她感到厌恶；以前只是模模糊糊地感觉到的事，她现在明白了：这样的人是无法同她、同她的心灵沟通的。他们在一起坐着，但无法互相了解，他们之间是一片荒漠，没有理解。在她看来，在这个寒酸的酒店里出出进进的人当中他还算是最好的，因为他身上所具有的诚实的粗鲁在有些瞬间甚至会变成一种亲切感。

不过，失望并不能把这种不可遏制的欲望摧毁，它以凶猛的威力将艾斯特又推到每天从日出到日落都跟她在一起的人的身边。她热切地数着天亮以前黑夜还有多少个孤独的小时，数着白天去看望画家之前还有多少个钟点，脸上流露着火一样的热情。一进巷子，她就犹如游泳者跳进泡沫翻腾的洪流，完全沉浸在自己的热情之中，她从安详行走的人群中拼命往前冲，直到脸颊红红地、头发散乱着站在一心渴慕的大门之前，才停住脚步。在这心理转变的时期，艾斯特无拘无束的热情将她引向一种无法驾驭的乐趣，这种乐趣不仅完全控制了她，而且使她显出一种放荡不羁的风骚之美。

这种贪婪的、几乎是充满绝望的柔情使她特别喜欢老人面前的孩子，而老人友善宽厚的态度中却有着某种对于一切狂热的激情显出拒绝和淡泊的东西。他对艾斯特这种女性的变化一无所知，可是他从她的举止中感觉到了这种变化，她那突然出现的极度兴奋使他感到陌生。他感到了把她推向狂热激情的原始力，所以并不打算约束她。虽然他的思绪又完全沉湎于遥远隐蔽的生命的秘密，但并没有忘却对这个孤独的孩子的父爱。他对她来这里感到高兴，并且竭力让她留在身边。画已经完成了，但是他并没有告诉艾斯特，因为他不想让她离开这个她似乎倾注着全部柔情的孩子。他还时不时在画上加上一两笔，但都只是些无关紧要的表面文章，比如在衣服上加上个皱褶啦，在背景明暗方面轻轻添一笔啦，或是在光线变化上稍稍作点调整啦，等等。至于画的原本思想和内在感觉，他不敢再触碰了，因为现实的魔力慢慢消失了，他觉得少女赋予自己的美妙的梦，赋予这幅画的生命与宗教的双重面貌，已经开始模糊了，而且时间越久，就越难获得尘世的力量。在他看来，任何想要修改这幅画的尝试不仅仅是愚蠢之举，而且是罪孽。他暗暗决定，在完成这幅画之后便不再继续创作拙劣的作品，而要以极其虔诚的态度把自己的时间用来发现那些小路，那些能将生命引向一个个高峰的小路，他在生命的暮年还曾见到这些高峰上的金色晚霞。

所有孤独的、被人反感的人，他们心里都具有敏锐的本能，犹如一张用敏感的丝编织的隐蔽的网，能把说出的以及未曾说出的话统统收罗进去。艾斯特以这种敏锐的本能觉察到了她如此爱戴的老人刻意保持的微微的距离，这使她痛苦不堪；她觉得现在自己恰恰需要得到他的整个生命和全部毫无拘束的爱，好坦露自己的内心和日益增加的痛苦，要求他解答包围着自己的种种谜团。她全神贯注地倾听着能够把心里挤得快要溢出来的话尽数吐露的那一刻，但是这种等待却没有尽头，反而弄得她疲惫不堪。于是，她便将全部柔情转向那孩子。她将自己的全部感觉倾注进这笨拙的小身体，以炽烈的力气抱着他，吻他，动作是那么猛烈和忘我，弄得这孩子只觉得很痛，甚至开始不满了。随后，她克制了自己，照看和安慰着孩子，但是这种怯懦也是极度兴奋的表现，正如她现在的感觉并不是母亲式的，而是情爱和渴望的冲动怯生生的寻觅式的喷涌。她身上冒出一股力量，由于懵懂，这力量又在孩子身上化成了泡沫。她经历了一场梦，一次痛苦的麻醉；她只是拼命牢牢抓住这个孩子，因为他有一颗温暖的跳动着的心，同她的心一样，因为她可以把心里燃烧的全部柔情统统赠送给那两片沉默的嘴唇，因为她下意识地渴望着的胳膊可以抱住一个活生生的人而不必担心、不必感到害臊，要不然连同陌生人说上一句话也会使她羞得无地自容。她就这样自欺欺人地度过了无数个小时，没有疲倦，也没有感觉。

现在，对艾斯特来说，抱着这个孩子就是她所狂热渴望的生活的概念。周围的一切都为云雾所笼罩，而她一点也觉察不到。晚上，市民们聚在一起，带着遗憾和隐隐的恼怒谈论着从前的自由和那时非常喜欢弗兰德地区的好国王卡尔。城里在煽动闹事，新教徒秘密联合起来了，躲在阴暗角落里的社会渣滓纷纷拉帮结派，在来自西班牙的威胁性消息的支持下，小的暴动以及同士兵的冲突不断增加；在这不安的争吵中，战争和反叛的火苗已经显出了迹象。小心谨慎的人现在开始把注意力集中在外国，其余的人则在自我安慰，并让自己镇定下来，但是全国都处于战战兢兢的期盼之中，这在每个人身上都有反映。男人们坐在小酒馆的角落里低声谈论着，店老板从他们中间走过，拿战争和恐惧开着玩笑，可是谁也笑不出来。那些耽于享乐的人现在都失去了无忧无虑的欢乐，心里都很害怕，都在忐忑不安地期待着。

艾斯特对这个世界，对它压抑的恐惧和秘密的狂热毫无所知。孩子像往常一样安静，只是笨拙地朝她笑笑，所以她觉得周围没有丝毫变化。她的生活只是随着唯一的洪流奔向不祥的迷惘；围绕着她的黑暗使她把空虚时刻里的种种幻梦当成了现实，这些梦是如此遥远和陌生，以至于她对冷静和谨慎地去理解这个世界不再抱有希望。她觉醒的女性意识竭力地想要这个孩子，可是这胆小的神秘的小生命哪里懂得女性，任凭她仿照《圣经》中那些朴素的传奇故事将自己幻化成千百种形态，仿佛寂寞的幻想真的具有种种魔法似的。要是有人用简单的语言给她解释一下日常生活中的这个谜，那么她也许就会以姑娘们在这个时期所特有的羞涩目光打量从身边走过的男人们。不过她并没有去想那些男人，而只是望着孩子们在街上玩耍，幻想着一个奇迹：或许某一天，神也会赐给自己那样一个愉快玩耍的孩子，一个完完全全属于她的、成为她的幸福的孩子。她心里的愿望简直难以遏制，以致她说不定会不顾一切羞耻和胆怯，为了一心渴望的幸福而委身于第一个最好的男人；可是她不懂得这个具有创造力的结合，她的渴望在盲目而毫无意义的小路上走入了迷途。于是，她一次又一次地回到这个陌生的孩子身边，觉得他就像自己的孩子一样。所以，她的缱绻情意变得如此热忱而真挚。

一天，她到了画家那里。他怀着隐隐不安的心情觉察到了她对这孩子过分的、几乎是病态的热情，她的脸上容光焕发，眼睛里闪烁着烦躁不安的神情。孩子通常都在，但这回却没有在那儿。她感到很不安，但又不愿承认这一点，于是便向老人走去，问他画的进展情况。提问的时候，她的脸上泛起了红晕，因为她一下感到很不好意思，在这段时间里，她既没有去注意他，也没有去注意他的作品。她冷落了这位如此善良的人，像犯了罪一样感到心中十分沉重。但是，他却显得像什么都不知道似的。

“已经完成了，艾斯特，”他说，同时微微一笑，“早就画好了。过几天我就要把画交出去了。”

她的脸色变得煞白。一个不祥的预感袭上她的心头，她连想都不敢去想。她怯生生地、非常轻声地问：“那我以后不用再到你们这儿来了？”

他向她伸出双手。这是个温和的、带着一点儿强迫的老姿势，曾使她一再为之着迷。“你想来就来，孩子。来得越勤越好。你都看到了，我一个人在这老屋子里是多么孤单，只要你在这里，整天都会融融乐乐的，你常来，经常来吧，艾斯特。”

她对老人的全部旧爱翻腾起来了，仿佛现在就要溢过所有堤坝，汇聚成语言倾泻出来了。他是多伟大，多好啊！此刻，她对他又变得非常信赖，但是那些占据着她生活的念头仍像雷雨云似的压在这棵正在成熟的禾株上。她一想到孩子就感到很难堪，她想把这烦恼压下去，一再把这句话往下压，但是它还是冒了出来，变成一声狂野而绝望的叫喊：“孩子。”

老人默默无语。但是他的面容越来越严厉，几乎变得毫无情意。此刻，他正一心希望她的心能为自己所有，而她却把自己忘了，这就像被一只愤怒的胳膊搡了一下，他非常恼火。他冷冷地、漠不关心地说：“孩子已经不在了。”

他感觉到她的目光贪婪地、以疯狂的绝望神情停留在自己的嘴上。但是，心里阴沉沉的自制力迫使他保持倔强和残酷。他没有说什么补充的话，此刻，他恨这个少女，她从自己这儿接受了那么多的爱，现在却全都忘了，毫无感激之情，善良而温顺的老人在这一刻竟感到了折磨她的乐趣。不过，这种人性的弱点和自我否定只是一闪而过，就像澄清无垠的大海中流去的一个孤独的波浪。他对她的目光心怀同情，便转过了身。

可是她受不了这种沉默。她疯狂地扑到老人胸前，紧紧抱住他，抽泣着，呻吟着。她怀着从未有过的巨大痛苦，哭着喊出了一番绝望的话：“我一定要重新得到这孩子，我的孩子。否则我就活不下去，他是我仅有的一点儿小小的幸福，现在让人偷走了。您为什么要从我手里夺走这孩子？……我对您不好，但是请您原谅，把孩子给我吧。他在哪儿？告诉我！告诉我！我必须重新得到他……”

无声的抽噎淹没了她的话。老人深受感动，向边哭边抱着自己胸膛的姑娘俯下身来，这时，她紧紧抓着的手正在慢慢地松弛，人也像枯萎的花一样在一点点往下坠。他轻轻地抚摸着她散乱的黑色长发。“聪明点，艾斯特！别哭。孩子是不在了，但是……”

“这不是真的，不，这不是真的！”她怒气冲冲地说。

“这是真的，艾斯特。他母亲离开了我们的国家。对外国人和异教徒来说，日子是很艰难的，对虔诚却胆小的人来说也是如此。他们去了法国或是英国。你干吗要沮丧呢……聪明点，艾斯特……再等几天……一切都会好起来的……”

“我不能，我不能，”她发狂似的嗷嗷哭着，“为什么抢走我的孩子……除了这孩子我可什么也没有了……我必须重新得到他……我必须，必须……他很喜欢我，他是唯一属于我的、完全属于我的人……现在叫我怎么活下去……告诉我，孩子在哪儿，告诉我……”

她又是埋怨，又是抽泣，说起话来就显得杂乱无章和悲观绝望，而且声音越来越小，越来越没有意义，后来就变成了表情麻木的号啕大哭。她的思绪像紊乱的闪电射进绞尽脑汁的头颅里，无法清醒，也无法安静；一切感觉和思考都不停地以旋风般的无情力量围着一个痛苦的念头疯狂地旋转，她说的那些话非但摆脱不了这个念头，反而使它跟着一起转了起来。这沉默无声的、无边无际的海洋，她正在寻觅的爱情的海洋，现在成了绝望的痛苦，现在翻腾喧嚣起来了。她的话杂乱无章地、灼烧着从嘴里流出来，就像是弥合不了的伤口里一滴滴流出的血。老人沮丧地沉默着，他曾试图用温存的话来消解她的痛苦，但他觉得这种激情的原始力和它可怕的烈焰比劝慰的力量要大得多。他等待着，等待着。有时候，滔滔不绝、情绪激动的哭诉似乎有了停顿，激动的程度似乎也减弱了，但是随着一声声抽泣还不断冒出几句话来，又像喊又像哭。一个感情丰富的青春的灵魂正在痛苦中流血。

他终于可以对她说话了。但是艾斯特并不听。她那湿润、呆滞的眼睛里只有一个图像，充塞她感觉的只有一个念头。她像陷入高烧中的谵妄，结结巴巴地说："他笑起来有多可爱……他只属于我，只属于我一个人……有那么多美好的日子……我是他的母亲……现在却不让我得到他了……我只要能见到他，只要再见一面……只要见到他，只要见一面……"她的声音又在一筹莫展的抽泣中消失了。她从老人胸前慢慢垂了下去，完全蹲在了地上，虚弱和战栗不已的手还紧紧抱着他的膝盖，嘴里不断发出悲伤的呻吟。她挤缩在一起抽搐着的身体，以及深埋着激动的面庞像是被愤怒的痛苦击毁了。她绝望的思绪已经疲惫不堪，只是一再喃喃地重复着同样的话："只要见到他……只要见一面……只要见一面……只要见到他。"

老人朝她深深俯下身来。

"艾斯特！"

她一动不动。嘴唇还在继续无意识地、平淡地说着那两句话。他想把她扶起来；他抓着她的胳膊，那胳膊没有一丝力气，一动不动，像是一根断了的树枝；胳膊又软绵绵地垂了下去，只有嘴唇里还在单调、无意识、结结巴巴地念着这句悲伤的话："只要见一面……只要再见到他……只要见一面……"

正当他一筹莫展的时候，忽然想到了一个奇怪的念头。他俯在她耳朵上说："艾斯特！你可以见到他，见一面或者常常见，随你的便！"

她像从梦中惊醒似的，一下跳了起来。这句话像是流遍了她的全身，使她的身体一下子活动起来，她伸直了腰。她慢慢地又恢复了清醒。但是她觉得自己的思想还不很清楚，因为本能上她并不相信从痛苦中竟会又得到这么大的幸福。她毫无把握地望着老人，心里左思右想，摇摆不定。她没有完全理解他的意思，所以在等着后面的话。她对一切还模糊不清。可是他没有说话，只是怀着善良的预兆望着她。他用胳膊轻轻抱着她，仿佛怕把她抱痛似的。这么说，这不是梦，不是瞬间的谎言。她的心怦怦直跳，怀着纷乱的期待怦怦直跳。她像个小孩，乖乖走去，毫无目的地倚在他身上。但他却几步把她领到画架前，动作极其迅速地把罩在画上的布揭掉。

起初的瞬间，艾斯特站着一动不动。她的心也不跳，像是凝固了。但是，随即她就贪婪地朝画像扑去，仿佛要把可爱地微笑着的幸福孩子从画框里拽出来，让他重新回到生活中来，这样她就可以感受他笨拙的四肢的娇嫩，在他的小笨嘴上逗出笑来。她并没有想过这只是一幅画像，只是画了画的一块布，只是生活的一个梦，她不去考虑，只是体会，她的目光闪烁着，陶醉在幸福之中。她紧贴画像站着，一动不动。她的手指有点颤，有点痒，渴望重新战战兢兢地抚摸孩子光滑柔嫩的身子，她的嘴唇像火一样灼热，想要温柔地吻遍这梦寐以求的胴体。一股幸福的暖流流遍全身。热泪随即夺眶而出。但是这已经不再是愤怒和指责的眼泪，而是突然充满她内心并且就要溢出来的诸多奇怪感情。他紧紧抱着她，感到少女僵硬的手上的抽搐现在也轻轻地消解了，一个犹豫不定的，但却是温柔与和解的声音萦绕在她身边，将她轻轻地、甜蜜地摇入了远离现实的清醒而美妙的梦境。

在欣喜中，老人又有了那种疑惑的惊惶不安的感觉。这件作品多么奇特，就连创作了它并将它摆放在那儿的自己心里也产生一种神秘的感觉，画上光线衬托出的那种柔和的庄严是多么超凡脱俗！这难道不像供人们崇敬的圣徒像吗？那些心情压抑和沮丧的人看到这些圣像，烦恼和忧愁不是就会被奇迹般地净化和解脱，突然忘掉痛苦，走回家去吗？姑娘凝视着自己的形象，没有好奇，没有羞耻，而只有对神的献身与爱慕，难道她眼睛里不是燃烧着神圣的火焰吗？他感觉到一定有一个目标，有好些奇怪的路可以通往那儿；一定有一种意志，不像他的意志那样盲目，它有预见，引导着自己的各种愿望。这些想法像虔诚的钟声使他这颗对上帝的恩惠充满感激的选民的心欣喜不已。

他小心翼翼地拉着艾斯特的手，把她从画像前领开。他没有说话，因为他也热泪纵横了，不愿让她看见。他觉得仿佛头上一片温暖的流动着的光华，如同圣母像上的光华；仿佛在这房间里，在他们身边还有某种巨大的、说不出来的东西，用看不见的翅膀嗖的一下飞了过去。他望着艾斯特的眼睛。这双眼睛现在不哭了，也不再倔强了，只是还罩着一层轻柔的反光面纱。他觉得周围的一切都更加明亮、柔和、美好了。一切都在向他显示着奇迹和神圣。

他们俩还一起待了很久。他们又像以前那样谈话了，但更加心平气和，更加纯净，好似两个彼此非常了解、不用再互相试探的人一样。艾斯特安静下来。这幅画又赐给了她幸福美好的回忆，她又重新拥有了她的孩子，不过比现实中要神圣得多，深沉和慈祥得多，所以一看到这幅画她就激动和快乐起来。现在，这幅画完全属于她的美梦的外壳，是她自己，是她的心灵。现在，谁也不会把这幅画拿走。每当她看到这幅画，它就属于她一个人，而她是有权永远看到这幅画的。由于神秘的预感而战栗不已的老人高兴地答应了她怯生生的请求。现在，她天天都有了同样的幸福和充实的生活，她也不必再为自己的渴望担惊受怕了；这个小小的容光焕发的形象对别人来说是救世主，而对孤单的犹太少女来说无意中也成了爱与生命之神。

她又来了几天。可是画家想起了几乎已经忘掉的委托。买主来看了这幅画，虽然他对作品背后的秘密奇事一点儿也不知道，但是画上那种宽容的慈爱和这个永恒象征的素朴庄严也深深感动了他。他热情地握着画家的手，而他的朋友却以谦逊虔诚的态度谢绝了称赞，仿佛面前的这幅画不是自己的作品似的。他们决定不久就用这幅画去装饰圣坛。

第二天，这幅画就被装饰在圣坛上空着的一侧。奇怪的是，圣坛上的两位圣母成了陌生的一双，稍许有点相似，不过神态大相径庭。她们看起来像姐妹俩，一个还信心十足地沉溺于生命的欢乐，另一个却已经尝到了难咽的苦果，体验了昔日的惊恐。但是，两个人头上都有一片同样的光华照耀着，仿佛她们头顶上爱的星星在闪亮，她们脚下，注定用一生去走的那条路总要穿过欢乐和痛苦……

艾斯特也随着画像来到了教堂，仿佛在这里发现了自己的孩子似的。这孩子对她来说是陌生的，她心里的记忆已经慢慢消失了，这使她滋生了一个母亲的信念，要让梦境变成现实。她伸展四肢在画像前一躺就是好几个小时，像信徒躺在救世主的画像前一样。萦绕在她心里的还有另一个信念；钟声响起来了，呼唤人们去做祈祷，这是她所不了解的；她也听不懂神甫的话。人们在响亮地合唱，歌声像混浊的波涛声响彻教堂，飞升到神秘的朦胧里，犹如一片芬芳的云高高地挂在座椅的上空。她最恨这些女人和男人的信仰，现在他们就在她的周围，他们嘟哝的祷告声盖过了自己轻声对孩子诉说的温存体贴的话。

但是，这一切她都没有感觉到，她的心太困惑了，不可能去了解和探索；她只盲目地沉湎于一个愿望：每天看她的孩子，至于外界的事她也就不再去想了。她正在成熟，但本能的风暴已经过去，所有的渴望都消失了，或者说流到促使她一再去看那幅画像的念头中去了，这念头像具有磁力的魔法，任何力量都解不开它。她从来没有像在教堂的这段漫长时间里那么幸福过，这里的庄严和隐蔽的欢乐，她都感觉到了，但并不理解。她唯一的痛苦是有时会有个陌生人跪在画像前面，虔诚地仰望着圣婴，可是这个孩子属于她，只属于她一个人呀！随后，往日那种不可遏制的妒忌的执拗又在她心里猛烈地升起来了，怒火在燃烧，简直要驱她去撕打和痛哭；在那样的时刻，她的神志越来越紊乱，连现实世界和梦境也区分不开。只有躺在画像前的时候，她才会重新获得宁静。

和煦的春天过去了，圣婴的创作已经完成，风暴已过，花也开了；现在，夏天似乎要赐给圣婴以极庄严的安静。夜晚变得温暖和明亮，狂热的激情已经消退，温存甜蜜的梦落在了艾斯特的头上。现在，她的生活好像已经恢复正常，无论在平和还是热情的节奏中，时间都在同样地流动，那些在黑暗中失去的目标都在寻找着自己的光明大道，一直通向遥远未来的光明大道。

夏日终于带来了它最绚丽的盛典，圣母马利亚节，弗兰德最美好的日子。身穿节日盛装的长长的节庆队伍，越过平日充满辛劳人群的田野，长条旗迎风飘扬，各色旗帜猎猎飘动。圣体匣像太阳一样照耀着秧苗，教徒举手加额祝福，祈祷声发出和缓的轰鸣，连麦捆听了都索索颤抖，恭顺地躬身俯首。在高空，嘹亮的钟声不间断地向远方传送，辽远的闪闪发光的教堂钟楼发出欢快友好的声音作为回应。此起彼伏的钟声欢快地回荡着，轰鸣声震耳欲聋，好像大地本身在歌唱，倨傲的森林和波涛澎湃的大海也参加进来。

这辉煌发源于生气蓬勃的农村，汹涌奔腾地流入城市，漫过了雄伟的城墙。手工匠人单调的喧扰停止了，每日劳作的喘息声静默了；只有乐师奏着吹管和风笛，漫游在一条又一条街巷，跳跳蹦蹦的孩子们以银铃般的声音欢天喜地地应和着这快乐的演奏。那些必须整年在收藏柜橱里虚度时日的丝绸服装和发黄的饰物迎着太阳闪闪发光；一群群穿着节日盛装边走边聊的人汇合在一起，奔向教堂去做礼拜。大教堂的沉重的大门以缭绕的香烟和芬芳的凉爽迎接这些虔诚的教徒，教堂里简直就是撒满鲜花的春天，圣像和祭台精心装饰着繁盛的花环。千百支蜡烛射出神奇的光，照耀着充满管风琴声和歌声、散发着香气的黑暗，神秘莫测的光线和令人毛骨悚然的朦胧的微光，从高处和幽深的暗处颤巍巍地渗进来。

随后，虔诚、骇人的气氛好像突然涌向大街小巷。虔信者的队伍成形了，教士们肩上抬着主祭坛上那幅非常有名的马利亚画像，开始庆典的游行；关于那幅画像，好像流传着许多应验的奇迹。静穆也随着画像进入街上嘈杂的人群，沉默的俯首躬身一时遍及整个人群。于是，队伍后面的人脸上现出一道宽宽的虔诚祈祷的皱纹，直到画像又回到宽敞凉爽的教堂，被收入熏香的洞穴里。

但今年，浓重的乌云给虔诚的庆典蒙上了阴影。几个星期以来，隐约有一种压力遍布全国的大地，可疑暧昧的消息逐渐增多，说什么旧的特权应该一律宣布废除。争取自由的战士和新教徒开始活动了。不怀好意的流言从农村传来：新教的传教士在城郊的露天广场上向成千的人传教，向武装起来的市民贡献晚餐。西班牙的士兵遭到了袭击，日内瓦人在唱赞美诗时教会遭到了攻击。不过，所有这些消息都是未经证实的，但人们还是感到一场即将出现的大火的火星已在秘密地闪烁，那些有智有谋的人在密室策划武装反抗，队伍在一无所有的阶级中迅猛壮大。

节庆将第一个浪涛推向安特卫普，那是一些不可救药的暴民，他们从来也没有私下联系过，却在暴动时突然聚集到一起。谁都不认识的不三不四的人一下子出现在形形色色的酒馆里，对西班牙人和僧侣大肆谩骂，野蛮地威吓。从各个角落和声名狼藉的小巷里冒出来许多奇奇怪怪的怕见阳光的平民百姓，人人带着一副被激怒的抗拒的面孔。争吵在增多，间或有小的冲突，但还没有酿成普遍的激愤，只是像孤独地嗞嗞作响的火花自生自灭。奥兰宁亲王还在进行严格的训练，监视这伙贪婪好斗、恶毒凶狠的暴徒，他们只是为了蝇头小利而与新教徒勾结在一起。

规模庞大、光彩夺目的游行庆典激起了被压迫者本能的愤怒。信徒的歌唱里第一次混杂进戏谑的言词，虚张声势的恐吓四处飞扬，还有恶意讥诮的笑声在空气中震荡。很多人按照赞美诗的曲调唱着争取《自由者之歌》的歌词，一个年轻的小伙子跟伙伴们开着玩笑，用悲叹的声音模仿教士传教，其他人则像爱恋中的女人，卖弄风情地摇着帽子，向画像致意。士兵和少数敢来参加庆典的信徒无可奈何，只好咬紧牙关忍受越来越放肆的嘲讽。这些挣脱了枷锁的平民百姓，自从意识到自己的反抗力量以后，变得越来越难控制：几乎人人都拿起了武器。那些阴险的思想至今还只在用谩骂和骇人的威胁为自己开辟道路，现在则渴望行动了。在庆典当天和此后的数日里，即将发生的骚动就像一场大雷雨前的浓重乌云，压在城市的上空。

女人和那些忧心忡忡的男人，自从游行时出现令人恼火的危险场面以来，一直守护着各自的房子。大街现在已被暴民和新教徒占领。艾斯特最近几天也一直待在家里。但她对暴风雨和各种事件一无所知，只是模模糊糊觉察到，小酒馆里的人越来越拥挤，妓女们刺耳的声音混杂在激动的男人们吵闹谩骂的声浪中。她看到了周围那些女人张皇失措的面孔，也看见一些人在窃窃私语，但是她对一切都漫不经心，从来也没为此询问过养父。她只是更多地想着那个孩子，他早已在梦境中变成了她的孩子；所有的回忆都在那幅画像中变得朦朦胧胧。她觉得这个世界不再是陌生的，而是没有价值的，因为它什么也没有给过自己，她在童年时就失去了为爱奉献的思想，失去了她这个年龄的少女对神强烈的需要。只有在偷偷走向那幅既是她的神又是她的孩子的画像时，她才呼吸到真正的生活，而平时的所作所为只不过是一个耽于梦幻的人充满渴望却无意义的活动，犹如夜游患者从一切东西旁边茫然地走过。一天又一天过去了，在一个白色薄雾笼罩着的漫长夏夜，她偷偷从家里逃了出去，来到教堂里，跪在那幅使她懵懂的灵魂神化了的画像面前。

这些日子像重担压在她身上，因为人们封锁了她到她的孩子身边去的路。在圣母马利亚节期间，过节的人群挤满高高的通道和管风琴嗡嗡作响的教会主堂；她不得不像被侮慢的乞丐，低声下气地乞求着，走出混乱虔诚的人群，转向出口，因为这一天信徒们络绎不绝地站立在那些圣母马利亚的画像前，她害怕被认出来。她悲哀地，甚至是绝望地往回走，对这一天太阳忧郁的光辉丝毫没有察觉，只知道她看不到孩子了。妒忌和愤怒袭上心头，因为她看见朝圣的人群纷至沓来，为了虔诚地进香穿过教堂的大门，走进蓝色的散发着香气的黑暗之中。

使她感到更悲哀的则是第二天，人们不准她走上那条布满危险人群的大街。小酒馆的喧闹像讨厌的浓烟直往她房间里灌，使她不堪忍受。不能看到孩子的画像的一天，对她迷惘的心来说，就像一个没有睡眠也没有梦的黑暗阴郁的夜，一个只有痛苦、黑暗和渴望的夜。她还不够坚强，不能忍受孤独寂寞。深夜，当养父跟客人们坐在一起时，她蹑手蹑脚地走下楼。她碰了碰大门，长出了一口气：门是开着的。带着终于呼吸到久违的新鲜空气的舒适，她悄悄地溜出门，匆匆朝大教堂走去。

她跑步经过的几条大街都是黑洞洞的，充满沉闷的连续不断的轰隆声。各处单独的团伙都聚集起来准备闹事，奥兰宁亲王起程的消息促使所有无拘束的暴力蠢蠢欲动。过去只是个别地和随意冒出来的恐吓，现在听起来就像一道道命令。这当中也有醉汉的狂嚎和被煽动起来的人，他们高唱造反之歌，连别人家的窗户都被震得轰轰直响。武器不再被隐藏，斧子、镐头、剑和木钉在不安定的火炬中闪光；像一股贪婪的潮水，只踌躇了几分钟就喷着泡沫卷着波涛漫过所有的堤坝，这些心怀恶意的人也很快抱成一团，势不可挡。

艾斯特没有注意到这不驯服的人群，不知是不是从旁溜过时撞到了一个人粗壮的胳膊，那人好奇地色眯眯地一把揪住她裹着的头巾。她根本不问这帮人为什么突然变得如此狂暴，她对他们的活动和口号丝毫不懂；她只感到厌恶和恐惧，于是越来越加快脚步，直至最后气喘吁吁地站在高大的罩着白色月光面纱的大教堂面前，它正躺在众多房屋的阴影中酣睡。

少女微微打了个寒噤，然后颤抖而又镇定地从一个侧门走进去。一条条高大的没有光线的通道都是黑洞洞的，只有淡彩色的窗玻璃周围有一线神秘的银色月光在颤抖闪烁。一排排的椅子上已空无一人。各个宽阔的鸦雀无声的空间里，没有一个人影晃动。祭坛前面，黑色的静止不动的矿石底座上立着圣徒的形象，就像微微颤动的萤火虫，从似乎无底的深处，向小教堂上面，闪烁着长明灯摇摇晃晃的光。在死一样的寂静中，一切都是神圣的、静谧的，空间里充溢着沉默的庄严肃穆，她怯生生地迈着脚步，吃力地摸索着走向侧门，颤抖着，压低声音念念有词地跪在那幅画像前。在扑朔迷离的黑暗中，画像好像从厚厚的散发着香气的云雾中向下望着，无限的近而又无限的远。这时，她没有再想什么。跟往常一样：她少女心灵所有混乱的向往，全被织进完美甜蜜的梦境里；热情像从她所有的神经中溢出，仿佛令人陶醉的云飘浮在额头四周。在合为一体的无意识的虔诚和无意识的爱的渴望中度过的这漫长的几个小时，好像是一剂甜丝丝的、微微使人麻痹的毒药，这漫长的几个小时是一汪黑暗的泉，是极乐的夜神的恐惧，它包含并接近一切神的生命。然而，所有的欢愉都只存在于甜蜜的、无法遏止的、因狂喜而颤抖不止的梦境中。她激动的心孤零零地在教堂无边的寂静里敲击。一束柔和明亮犹如蒙着银色雾气的光从画像上投射下来，好像是由一盏深藏在内心的发光的灯照射下来，但她在极度兴奋的梦境里认出了自己的孩子，他把她从冰冷的台阶上举起来，送进充满幻想之光的亲切温暖的梦境。她早已意识不到这孩子是一个陌生的孩子。她梦见神，梦见一个女人模样的神，和自己完全一样的有血有肉的人；模模糊糊的对神的思念、寻觅者的狂喜和成为母亲的渴望，共同编织成虚假的梦想的网。现在，对她来说，光亮就蕴藏在这广大的沉重的黑暗之中。在对人语和钟鸣一无所知的令人战栗的寂静中，竖琴发出柔和的声音；在她那四肢伸展的身体上空，时间迈着无声的脚步在前进……

突然，一次撞击使大门摇动了一下。接着，是第二次、第三次，吓得她站起来，凝神去望那可怕的黑暗。随后，雷鸣般的撞击声又响起来，整座高大的傲然屹立的建筑都被震得发抖，孤寂的灯光像火红的眼睛颤动着穿过黑暗。被冲开的门闩的嘎吱作响，像孤立无援的叫喊，响彻空荡的大教堂，恐怖的声音混乱而有力地撞在四壁上。许多人露出贪婪的目光，愤怒地捶打着大门，激动的嘶鸣闯入这空旷的孤寂之中，就好像大海轰鸣着冲破堤岸，翻滚着相互碰撞的浪涛站在睡梦中的神殿门前大声叹气。

艾斯特如梦初醒，心慌意乱地侧耳细听。但就在这时，大门终于被推倒了。黑压压的人流猛地涌了进来，整个大厅突然充满了咆哮和喧闹，愈演愈烈，好像还有数千人等在外面起哄。欣喜若狂的火把突然像贪婪的手一样高举起来，迷乱的、血染似的光落在那些粗野的被盲目的热情扭曲了的面孔上，从这些面孔上射出的狂热目光好像充满犯罪的渴望。艾斯特现在才模模糊糊地意识到半路上碰到的那个阴森的团伙的意图。第一阵劈啪的斧头砍落在讲坛的木头上，画像呼啦呼啦地倒在地上，雕像全被折断，咒骂和嘲讽旋风般从这黑压压的浪涛中倾泻出来，火把像被这愚蠢的举止吓坏了似的，在浪涛上不安地跳动。这会儿，浪涛又混乱地朝着主祭台涌去，对什么都是又抢劫又捣毁，又诅咒又亵渎。圣饼像白色的花朵撒了一地，长明灯嗖的一声被野蛮的拳头砸飞，就像一颗流星穿过黑暗。越来越多的人在往里边挤，火把也越来越多，不停地闪烁。一幅画像被烧着了，火苗一伸一伸地冒得老高，像急速跳动的火蛇；一个人伸手抓住管风琴，被打碎的管子发出错乱的音调，尖声响着，求助似的穿过黑暗。人影又出现了，仿佛来自癫狂迷乱的梦境。一个满脸是血的放肆家伙在其他人野兽般的狂吼中用圣油擦他的靴子，破衣烂衫的无赖穿着补丁摞补丁的大主教长袍趾高气扬地摇来摆去，尖声怪叫的妓女在散乱肮脏的头发里插着闪着金色圣者光环的小雕像，盗贼用圣器举杯痛饮红葡萄酒。在大祭坛旁，两个人手持闪光的战刀为争夺一件镶宝石的圣体祭器打得不可开交。妓女们在教堂前跳着淫荡醉人的舞蹈，喝醉酒的人对着圣盘呕吐，愤怒的人用闪耀的斧头无情地打碎眼前看到的一切。这喧闹，和粗声粗气的骂声、尖锐刺耳的怪叫联成一气，组成一首千奇百怪的大合唱；这狂暴，像令人生厌的瘟疫，冒着浓烟升腾到黑暗的顶点，它们脸色阴沉地向下看着火把跳跃的火焰，相对于这些绝望之人的讥讽，它们仿佛是静止不动、不可企及的。

艾斯特藏在祭坛的阴影里，已经处在半昏迷的状态。她觉得，所有这一切都是一场梦，像虚假的幽灵似的一下子就会消失。但是，第一批火把已经冲进了侧面的过道。这些人为盲目的热情所鼓舞，像喝醉了酒似的，他们全身颤抖着跳过格栅，或者干脆劈啪一通砍断格栅，推倒雕像，从圣龛上撕下圣像。短剑在不停颤抖的火把的光亮里像火蛇似的闪闪发光，愤怒地捅破柜橱和带着被打碎的框架倒在地上的画像。黑压压的人群带着他们冒着浓烟、不停颤抖的火光踉踉跄跄向前走来，越走越近。艾斯特屏住呼吸，更深地紧缩入阴影里。由于恐惧和痛苦的等待，她的心都停止了跳动。她还不知道眼前发生的事意味着什么，只感到害怕，突然的、难以控制的害怕。脚步声越来越近。一个魁梧粗野的汉子一斧子砍断了格栅。

她以为已被人发现。但就在随后的一刻，她看出了这些侵入者的意图。这时，在侧面的祭坛上，圣母马利亚的雕像随着一声尖利的叫喊，被砸得粉碎，落在地上。她心中的恐惧减弱了；然而，他们还想把她的画像也消灭，那是她看见他们借着不稳定的火光又吆喝又嘲讽地把一幅幅画像强拉下来捣毁踩坏时，才完全弄清楚的。她的全部思想立刻便集中在这样一个可怕的闪电般震颤的念头上：他们是想要戕杀那幅画像。但在艾斯特迷乱的梦中它早就是她的孩子了，早就同一个活生生的孩子别无二致了。眨眼间，一切都亮起来，如同沉浸在刺眼的光束里。一个念头，她平时就有的念头，此时此刻千百次地涌现，在她心中点起了一把火：要救这个孩子，她的孩子。在这一刹那，梦想和现实在她心中绝望地交织在一起。宗教破坏狂向祭坛冲来。一把斧头高高地举在空中——一瞬间，她失去了一切清醒思考的能力，跳到画像前张开双臂……

简直就像施了魔法一般，斧头从无力地垂下来的手里咚的一声闷响，落在地上，熄灭的火把从另一个人僵硬的拳头里咝咝响着坠落。这一幕像一道闪电，惊动了醉汉般吵嚷的人群。只有一个人的喉咙里声音越来越低地咕噜着：“圣母……圣母。”

所有的人都面如死灰，全身颤抖地站在那里，有几个人甚至双膝抖动着跪下来祈祷。没有一个人不怔怔地战栗。这不可思议的幻觉般的场景压倒了一切。毫无疑问，这里发生了一个人们常提到的应验的奇迹：一位显然具有画像特征的圣母，保护了那幅画。当人们看到少女几乎和那幅栩栩如生的画像一模一样的容貌时，他们被鞭打的良心受到了感动，任何时候也不如这转瞬即逝的一刻里更加虔诚。

但这时，又有另外一些人冲了过来。火把照亮呆若木鸡的人群和紧紧压在祭坛上的少女。喧闹吞没了静默。一个妓女的尖叫声向后传去："前进……这是酒馆老板家的那个犹太姑娘。"魔力突然消失了。这伙被侮辱的强盗羞愧而愤懑地冲了上去。粗野的拳头把艾斯特打到一边，她趔趔趄趄退了好几步。但她挺住了；她在为画像而战，这幅画像就好像是她自己的热血和生命。她操起一个很重的银烛台，盲目、愤怒、顽强地对着圣像破坏者打去；一个人骂骂咧咧地冲向她，又一个人怒不可遏地跳到她前面。短剑像一道短暂的红色闪电，艾斯特摇摇晃晃地倒了下去。祭坛的碎片像下雨似的落在她身上，她再也感觉不到疼痛了。圣母的画像跟这孩子，圣母的画像跟这受伤的心，在唯一的一剑挥下后，双双倒了下去。

咆哮的人群继续冲击着；掠夺者从一个教堂跑到又一个教堂，大街上充满了无法遏止的喧闹。恐怖的夜降临在安特卫普，惊恐和震颤带着这个消息潜入家家户户，在锁好的大门的后面跳动着一颗颗胆怯的心。但暴乱的火焰仍像一面旗帜飘扬在举国上空。

老画家听到袭击圣像的消息后，也是在难以克制的恐惧中度过了这一夜。他双膝颤抖着，抓住一个耶稣受难像，划着十字发誓要拯救那幅曾赐给自己神之恩宠的画像。这是一个疯狂的、阴郁的夜，令人恐惧的思想一直折磨着他。天刚放亮，他在家里就待不住了。

来到教堂前，他最后的希望崩溃了，就像被砍倒了一样。教堂的大门被撞破了，破布、碎片以及血污的痕迹在告诉人们圣像破坏者走过的无情道路。他吃力地抬起脚，穿过黑暗，走向他的画像。他向圣龛抓了抓，但抓了个空，然后双手无力地垂了下来。他心中的信仰，多年来在虔诚的感恩歌里唱过的信仰像被掠走的燕子一样突然不见了。

他终于控制住自己，打了打火。火石打出了短暂的亮光，照亮了眼前的景象，他一见便吓得踉踉跄跄地往后退。在被砸碎的一堆废弃物中间躺着那幅意大利画家悲哀可亲的圣母画像，圣母的心已被短剑刺穿，正流着鲜血。但被刺穿了心脏的不是画像，而是人，是圣母本人……当急速闪起的亮光又熄灭时，他的前额上已渗出了冷汗，以为自己做了一场噩梦。但火石再度亮起时，他认出了艾斯特，少女带着致命的伤口躺在那里。通过一个与众不同的奇迹，她——自己圣母画像的化身——展示出了那个陌生画家笔下圣母的特征和流血而死的命运……

这便是一个奇迹，一个众所周知的奇迹。但是，老人再也不愿意相信奇迹。他看见她，看见照亮自己暮年的那朵温柔可爱的花已经死去，躺在自己那幅被砸碎的画像旁边，就在这一刻，他灵魂中响着虔诚信仰的琴弦一下子被扯断了。在他心中活了七十年的上帝只用了一分钟便被他否认了。难道赐给如此之多的创造者幸福和辉煌的明智仁爱的上帝之手就是为了无目的地将这少女重新拉进黑暗？这不可能是神的意志，只是恶作剧般的游戏！这只是一个生命的奇迹，而不是神的奇迹。这是偶然事件，像成千上万匆匆而过的事件一样，交错纠缠，自生自灭，而不是奇迹！难道在上帝那里善良纯真的灵魂如此之少，以致他在懒散的游戏中把她抛了出去？他第一次站在教堂里怀疑上帝，因为他曾相信他是伟大的、善良的，现在却不再理解他的道路了。

他低头朝年轻的死者看了好久，她曾经多么温顺地把那么多傍晚的快乐时光奉献给自己的晚景。当在她裂开的双唇四周看到显而易见的极乐时，他变得更仁厚、更正直了，谦卑恭顺又回到他善良的心上。他可不可以问一句，是谁创造了这奇迹，使这个孤独的少女为圣母的荣誉视死如归？他可不可以论一论，这是神的意旨，还是生活的安排？他可以用语言把他所不知道的爱藏起来吗？他可以因为不理解神的本性而反对神吗？

老人一阵战栗。此刻他觉得很可怜。他感到，在漫长的七十年的岁月里，他一直孤独地迷失在神和生活之间，他曾想彻底理解那些简单但又模糊的事物。它们难道不正是照耀在蓓蕾初绽的少女头上、产生同样奇异影响的两颗星吗？它们——神和爱——难道不曾在她心中合而为一吗？

第一缕晨光悄悄地照射在窗前，但并没有把他照亮。因为他对即将到来的新的一天，对自己在如此漫长的年月里经历过的生命不再有任何向往；他曾被生命的奇迹所触动，但从未被完全照亮。他心神安定地感觉到自己现在已接近那最后的奇迹，再不是假象和幻梦，而是永恒的、模糊不清的真实。

（桑仁　译）

# 不能忘记的人

*一次经历*

有一个人曾在人生的两桩最困难的事情上使我受到了教育：第一桩是为了完全的内在的自由而不屈从于世上最强大的力量——金钱的力量；另一桩是生活在人们中间，成为所有人的朋友，连一个敌人都没有。我要是忘记这样一个人，那就是忘恩负义。

我是在完全平常的情况下认识了那位极为独特的人。那时我住在一座小城里，一天下午，我带着我的西班牙狗去散步。突然，狗显得极端不安，它在地上翻滚，在树上蹭痒，同时不断地狂叫，发出呼噜的声音。

更奇怪的是，就在狗反常的当儿，我发现有人经过我身边，是一个差不多三十岁的男人，衣着褴褛，没有领子，也没戴帽子。一个乞丐，我想，并准备从口袋里掏出小钱。可这个陌生人非常安闲地朝我微笑，用两只清澈的蓝色眼睛望着我，像个老熟人似的。

“这只可怜的小家伙有些不舒服，”他说，并用手指着狗，“你到这儿来，我们马上会弄好的。”

他用“你”来称呼我，仿佛我们是好朋友似的；他举手投足中流露出的热心的友情使我根本不能对这种亲切表示拒绝。我随他走到长凳那儿，坐在他旁边，他又用一声尖厉的口哨召唤狗。

于是，怪得出奇的事情就发生了：我那只向来对生人极不友好的卡斯巴尔竟跑过来，顺从地把头伏在陌生人的膝上。他开始用长长的敏感的手指检查狗的皮肤。终于，他发出了一声满意的“啊哈”，随即进行了一场看来非常痛苦的手术，因为卡斯巴尔多次狂叫了起来，可即使如此它并没有要跑开的念头。突然，这人把狗放开，它又自由了。

“好了，”他笑着说道，把个什么东西捏在手上举了起来，“可爱的小狗，你现在又能跳了。”狗跑开了，这当儿陌生人立起身来，说了声再见，点了点头就又走自己的路去了。他这样匆忙地离去，我都没来得及想要给他点什么作为回报，更谈不到表示感谢了。他出现时带着一种笃定的自信，消失时也同样如此。

回到家，我还一直在想那个男人的奇怪举动，便把这次邂逅讲给我的厨娘听。

“是安东，”她说，“他对这类事情可在行了。”

我问她，这个人是什么职业，他靠什么维持生活。

好像这问题多么离谱似的，她回答说：“根本没有。职业？他要职业干什么？”

“呶，就算是吧，”我说，“但每一个人毕竟得做某种工作赚钱养活自己吧？”

“可安东不是，”她说，“每个人都给他需要的东西。钱对他毫无所谓，他根本不需要钱。”

每一口面包和每一杯啤酒都必须付钱，人们还必须为住处和服装付钱。这样一个衣着破旧的不起眼的人怎么能绕开这牢不可破的法则，无忧无虑地生活？

我决定对他行事的秘密一探究竟，不久就证实了厨娘说的是完全正确的。这个安东真的没有固定的职业。他优哉游哉，从早到晚在城里游荡，看来毫无目的，但却用一双警醒的眼睛观察一切。他拦住一辆马车的车夫，提醒他注意马的挽具松了；他发现篱笆里的一根木桩已经烂了，于是就去喊主人，建议他把篱笆加牢。多半情况下，人们就委托他来做这项工作，因为大家都知道，他从来不是出于贪心才给人出主意的，而是出于真正的善意。

我看到他给多少人帮过忙啊！有一次我看到他在一家鞋店里修补鞋，另一次是在一家公司里当临时服务员，还有一次是在领孩子们散步。我发现所有人都在有困难的时候去找他帮忙。真的，有一天我看到他坐在市集的女贩中间叫卖苹果，原来是摊位的女主人在坐月子，她请他来代班。

在所有的城市里，有许多人什么工作都能做，这是肯定的。但安东的独特之处是，不管工作多么劳累，他总是坚持拒绝多拿一分钱，只要够一天生活的就行了。若是这天他恰巧日子过得去，那就根本不要报酬。

“我会再来找您的，”他说，“若是我真的需要什么的话。”

不久，我就清楚了，这位奇怪的小个子男人，尽管衣衫褴褛，却为人热忱，他为自己找到了一个全新的经济来源。与其把钱存在储蓄所，他宁愿在周围的世界里放进一笔道义存款。在所谓无形的信贷上，他积蓄了一笔小小的财富，即便是那些极端冷酷的人，面对一个心甘情愿为他们服务且不索取报酬的人，也不能无动于衷。

只需在大街上见到安东就能看出人们是以怎样特殊的方式敬重他。各个地方都有人亲切地向他致意，每个人都向他伸出手来。这个平凡正直的人穿着破旧的衣服在城市穿行，就像一个慷慨大方、和蔼可亲的地产主一样，看管着他的财产：所有的大门都朝他敞开，他可以在任何一张凳旁坐下来，一切都供他支配。我从来没有如此清楚地理解一个不为明天担忧而只简单地信赖上帝的人所拥有的力量。

我必须老实地承认，安东在与我的狗打过交道之后，每次在路上经过我身边，都只是轻轻地点下头向我致意，在他眼里仿佛我是随便某个陌生人一样。开头，这使我感到恼火：显然，他不希望为这件小事受人感谢，可这种客气的态度却使我觉得自己被排除在伟大和亲密的团体之外。于是当我的房子需要修理时——屋檐水槽滴水——我就让厨娘去叫安东。“他这个人不能随便去叫的。他从不长时间待在同一个地方。但我能把消息告诉他。”她这样回答说。

我知道了，这个奇怪的人根本就没有住处。尽管如此，再没有比找他更容易的了。他仿佛有一部无绳电话将每个城市联通在一起似的。人们只消对他遇到的第一个人说：“我现在需要安东。”这消息就会一个人一个人地传递下去，直到某个人偶然碰到他为止。事实上，他在当天下午就到我这儿来了。他用审视的目光环顾四周，在穿越花园时说，这儿得加一道树篱笆，那儿需移植一棵小树。最后，他仔细地检查了屋檐水槽，就开始工作了。

两个小时后，他说修好了，随即便走掉了——又是在我向他道谢之前。但这次我至少委托厨娘郑重其事地付钱给他。我问她，安东是否满意。

“当然啰，”她回答说，“他从来都是满意的。我要给他六个先令，但他只拿了两个，这就够他今明两天用的了。但是，如果博士先生碰巧有一件多余的旧大衣能给他的话——他说。”

我很难描述自己的喜悦之情，能去满足这样一个人的愿望，在我熟悉的人中他是第一个奉献得多索取得少的人。我急忙追上去。

“安东，安东，”我朝下坡喊道，“我有一件大衣给你！”

我又看到了他那明亮安详的目光。他对我跟在自己后面追来一点儿也不感到惊奇。在他看来，把多余的一件大衣送给另一个极为需要的人，这是再自然不过的事情了。

厨娘翻找出我的那些旧衣物。安东看了看，从一大堆里拿出一件大衣，试了试，随即非常平静地说：“这件我穿着合适！”

说这句话时，他带着一个主人的表情，有点儿像从商店陈列的货物里挑选自己需要的东西。随后，他对其他衣物又投去一瞥。

“你可以把这双鞋送给住在萨尔泽巷的弗里茨，他太需要了！那些衬衣给正阳大街的约瑟夫，它们对他有用处。如果你认为合适的话，我替你把这些东西带去。”

他是用一个人向另一个人表示自然而然的善意时所带的慷慨大度的语气说这番话的。我感到必须为此感谢他，他把这些衣物分配给了那些我根本不可能认识的人。他把鞋和衬衣包了起来并补充说道：

“你真的是一位高尚的人，这些东西就这样送掉了！”

他走掉了。

可事实上，我写的所有书得到的称赞远没有这句朴素无华的话使我兴高采烈。在此后的年代，我还一直怀着感激之情想到安东，因为几乎没有一个人在道德上给予过我如此之多的帮助。每当我锱铢必较时，就忆起这个人，他生活得无忧无虑、自由自在，因为他从不要求更多，够一天用的足矣。这总是引我去做同样的思索：如果世上的人彼此信赖，那就不会有警察，不会有法庭，不会有监狱以及……不会有金钱。不过要想让所有人都像这个人一样生活，总是全力投入而只取其所需，我们复杂的经济秩序不也该做些改进吗？

多年来我再也没有听到安东的消息。但是我几乎能向任何人断言，我对此毫不担心：他绝不会被上帝抛弃，并且，更为肯定的是，绝不会被人们抛弃。

（高中甫　译）

# 骷髅头塞德拉克（片断）

路琴娜·塞德拉克是远近闻名的“骷髅头”；这个丑陋的女人生了一个孩子。一八九九年秋天，这个不足信的消息在南波希米亚的小城多比岑引起了数不清的街谈巷议。她那可怕的、简直能把人吓破胆的丑陋是常常引起哗然的原因，与其说是幸灾乐祸，不如说是怜悯同情；即使最不拘俗套、爱开玩笑的人也不敢相信，这么一个无用的脏罐子还能找到盖子。但是这个叫人胃口倒尽的奇迹却被一位年轻的猎人证实了：在塞德拉克居住的那片远离城市的森林里，他曾看见一个呱呱直叫的婴儿偎依在她怀里咂着嘴吃奶。与此同时，农家妇女带着她们的提桶把这个五光十色的新闻传进了多比岑城所有的商店、小铺、饭馆和住宅。在整个十月的灰暗晚上，大家都不谈别的，只谈这个意外诞生的婴儿和他假定的父亲。在老主顾固定不变的餐桌上，两个地道的酒徒狡黠地相互碰杯，一个人格格地笑着怀疑另一个人是那孩子倒胃口的制造者，而对面那个正儿八经的药剂师则用逼真的色彩描述他想象中的做爱场面，弄得两个人又喝了不少烧酒才恢复平静。二十八年以来，这个不幸的造物第一次给她的同胞带来了节疤横生、含义莫测的笑谈。

诚然，这笑谈是无比残酷的，但在很久以前，大自然就允许残酷与这个可怜的畸形人同在了；它使那个长梅毒的啤酒工人的私生女在娘胎里就给压扁了鼻子，而那个恐怖地附着在她身上的诨名更是跟她同时降生的，因为还没来得及细看，那位四十年里见过无数丑胎怪胎的接生婆便手画十字，失口喊了一声："一个骷髅头！"在一张人的脸上，为了保护眼睛和把嘴唇罩在阴影里，鼻子的线条本应向上耸立着，使光和影在脸上不停地变化。但在这孩子打呵欠的地方却只有一片低低的虚无：只有两个呼吸用的窟窿，黑得像两块弹伤似的，空荡荡地、令人作呕地点在粉红色的肉的平面上；这么看上一眼（不忍久看的一眼），便逼着你想起死人的头颅，在那瘦骨嶙峋的前额和白花花的牙齿之间也是这样一片虚无，一片令人胆战心惊的虚无。后来，当被第一阵惊恐紧紧缚住的接生婆继续检查婴儿时，她发现它形体正常，器官完好，十分健康。这个可怜的孩子和别的婴儿一样，除了一英寸的骨头和软骨，除了一指宽的肉，什么也不缺。但大自然使我们如此习惯了它正常的匀称性，以致同它经过考验的和谐有微小的偏离也会使我们反感、惊惧，并激起对这失败的造物的愤怒。令人吃惊的是，这厌恶不是投向随心所欲的创造者，而投向了无辜的被创造者：在个人的痛苦之外，每个致残和发育不全的人都不得不像吞食恶果似的蒙受健全发育者令人难以忍受的不快。这样一来，由大自然的偶然错误造成的一只斜眼、一片错位的唇、一张豁嘴就逐渐变成一个人持续增长的痛苦，一个灵魂不可消除的灾难，一种恶魔似的灾难。由于它的缘故，人们竟很难相信，在我们这个旋转着的星体——地球上，还有什么精神和正义可言。

路琴娜·塞德拉克叫骷髅头，还是小孩子的时候她就理所当然地知道。人们在教给她说话的同时也告诉了她什么是缺陷；每一秒钟都使她重新记起，自己由于骨头的缺分短寸而被无情地驱逐出公正的人群。孕妇要是在大街上遇到她，就急忙转身离去；到市场上来卖鸡蛋的陌生农家女见到她就用手在胸前画十字，因为这些纯朴的女人除了认为是魔鬼压扁了她的鼻子外，再也想不出任何别的原因；就连那些亲切友好地照料她的人在交谈时也露骨地低下眼睛。然而动物看不出人的丑陋，只能感受到人的善，因此除了在动物那里，她从来也记不起曾清楚地从近处看到一只眼睛的瞳孔。幸运的是她有些呆钝，感觉不灵。所以，由于神的不公正，她在众人面前只是阴郁地忍受。她无力恨他们，但也无心爱他们。她很少关心这座完全陌生的城市，因此当好心的牧师诺萨尔从中斡旋在城外森林里为她找到一个看房人的位置时，她非常满意。那座森林离城有八小时步行路程，十分偏僻，几乎见不到一个人影。无尽的树林从多比岑一直延伸到遥远的黑山森林地带，就在那中间，R 伯爵命人按照外国的风格为他的狩猎客人建造了一座原木垒成的木屋。那木屋除了秋天的几个星期，一直无人居住；就在那里，在与人隔离的时间里，路琴娜·塞德拉克被安排在一间底层房间里当看守。除了看房子和在严冬喂鹿和野生动物，她没有别的事情要做。她可以随心所欲地去做一切，实际上，她也就是这么做的；她饲养山羊、家兔、母鸡和其他小动物，倒腾些鸡蛋、母鸡和母山羊的小买卖。她就这样在森林里生活了八年，由于有心爱的小动物在身边，她把人们都忘记了，人们也忘记了她。现在，他们都说是出了这样的奇迹：一个双目失明的或喝醉了酒的汉子找上了她，给骷髅头弄出了一个孩子（对生孩子这件令人迷惑不解的事，他们也不可能有别的解释）。在过了多少年月之后，就是这件奇事又把多比岑人注意的热点引到神的这个被遗忘了的丑陋造物身上。

然而，在城里只有一个人听到这奇闻不发笑，而是愤怒地吼叫，他就是市长。尽管大自然有时会不友好地处置一个生物，上帝会忘记自己的一个造物，但是如果可以允许政府忘记一个人，政府就不成其为政府了，一部管理得有条不紊的纳税人名册不能容忍违反法规。一个五个月的孩子竟然还没有呈报，没有登记入册，市长（此外又是面包师）愤愤地抱怨不止，牧师也跟他一起气哼哼地说：一个五个月的孩子竟然还没有洗礼！这是异教徒的行为。在世俗和神权的两位掌权者进行了详细对话以后，市区书记长万德拉克便被派到森林里去劝说路琴娜·塞德拉克牢记她对国家应尽的义务。一开始，她就粗暴地斥责了他一顿，她说孩子是自己的，谁也休想插进来管闲事，这事儿只跟魔鬼有关。但胖得发喘的万德拉克斩钉截铁地回答说，她是完全正确的，一个未洗礼的孩子当然属于魔鬼，魔鬼很快就会来管这事儿了，如果她拒绝给孩子洗礼，她将同他一起进地狱。这时，这个糊涂女人对好心的牧师诺萨尔突然怕得要死，便在第二个星期日用蓝花布裹起孩子顺从地把他带到城里去了。为了避开好奇和讥笑，洗礼被安排在大清早举行，证人是一位半失明的女乞丐和为人正直的万德拉克，又哭又闹的男孩取了他的前名，也叫卡莱尔。最难堪的事是到市政府办手续，当时为了填清表格，市长询问孩子的父亲，无论他还是好心的万德拉克都无意中露出了不该有的微笑。路琴娜没有回答，只是紧紧地咬着嘴唇。于是，这个未知者的儿子便继承了她的姓，从此名叫卡莱尔·塞德拉克。

谁是小卡莱尔的父亲，事实上，骷髅头路琴娜也说不上来。在去年十月一个多雾的晚上，她背了个木桶，很晚才出城。在树林深处，迎面出现了三个小伙子，也许是偷木贼，也许是野贼或吉卜赛人，总之是生人。浓密的树叶将林子遮得阴暗无光，看不清他们的脸；他们也同样弄不清站在眼前的是谁（这也许就避免了她的自作多情），他们仅从胸前鼓胀的衣衫上辨认出眼前是个女人，便色眯眯地向她逼近。路琴娜急忙转身想逃，但一个人比她还快，从背后跳了上来，狠狠地把她扑倒在地。路琴娜的后背在被压碎的木桶上格格作响，她想喊，但那三个人飞快地把她的裙子拉到头上，撕开衬衫，用打成结的布条把她乱抓乱推、狠命猛击的双手捆绑起来。于是，事情就发生了。他们是三个人，在被裙子蒙上眼睛以后，她看不到他们的面孔，而他们又全都一句话也不说。她只听到一阵笑声，是咕咕的深沉的狞笑，然后是一阵舒服的满足的喘息声。她只闻到烟味，觉察到胡子拉碴的脸。她觉得自己突然在痛苦中被死死地抓住，用力地翻转，然后又是疼痛。当最后那个小伙子离开她的身体，她想站起来摆脱他们时，一个人用棍子使劲打了她的头。她又栽倒了：跟他们是开不得玩笑的。

直到他们已经跑得远远的了，她才敢站起来，浑身是血，满腔愤怒，受尽侮辱，筋疲力尽。由于疲倦和愤怒，她的膝盖瑟瑟发抖，倒不是感到羞臊：这令人厌憎的身体对她没有什么重要，她已经受过太多的虐待，以至对这可恶的袭击不再感到有什么特别；但她的衬衣被撕碎了，绿裙子和围裙也被撕碎了，此外，这些无赖还打碎了她宝贵的木桶。她思索着要不要回城立刻告发这些毛贼，但城里那些人只知嘲弄她，能帮她的人一个也没有。想到这里，她便愤怒地、吃力地一步一步走回家去，跟温柔善良的动物们在一起，它们还不时用柔软的嘴轻轻地舔她的手呢——这时，她便把那卑鄙无耻的突然袭击完全忘在脑后了。

几个月以后，当她发觉自己就要做母亲了，才感到惊恐。她立刻下决心把这个不受欢迎的孩子消灭。可不能像她自己那样再生一个怪胎！可不能让一个无辜的孩子去经受她本人所经受的一切！最好立刻把它弄掉，清除，埋葬。为了不让人知道自己的状况，她在那几个星期里避免到城里去。后来，在产期快临近的时候，她预先在沤肥的烘堆旁挖了一个深坑，打算在孩子出生后立刻把它埋进坑里。这样有谁会知道呢，她想，甚至没有一个人到林子里来。

在五月的一个夜里，阵痛突然可怕地向她袭来，就好像有一只只灼热的利爪狠抓她的五脏六腑。她蜷缩在地上嗷嗷叫个不停，老天爷竟连点灯的时间都没给她留。路琴娜的嘴唇被牙齿咬得直流血；像动物一样，孤零零，没有帮助，受尽折磨，她在赤裸裸的地面上生下了她的孩子。余下的力量正好够她蹭回床上去。她一头扑在床上，一点儿力气也没有了，只是一堆湿漉漉、血淋淋的东西，一觉睡到大天亮。当她在光亮中醒来，才想起发生了什么事，而且立刻想到接下来该做什么。所幸，她无须再去杀死那个野孩子了；所幸，他应该已经死了。但她侧耳细听，竟听到有一丝细细尖尖的声音从地上传来。她缓步蹭过去一看，原来那孩子还活着。她用颤抖的手轻轻地触摸孩子。先是前额，然后又摸摸那小小的耳朵、下巴、鼻子，她颤抖得越来越厉害，一阵恐惧，一阵既粗野又惬意的恐惧攫住她的心：出乎意料的事发生了，那孩子长得很健全。生来奇形怪状的她，竟生了一个纯粹的、真正的、健康的孩子；耻辱已到了尽头。她惊异地呆呆望着这个粉红色的肉团。那孩子看上去很伶俐，她甚至认为很美，他不是骷髅头，他长得跟所有的孩子一样，蝌蚪似的小嘴上还露出一丝细浅的微笑呢。于是，她再也无力去实现自己的决心了，她把轻柔呼吸的小东西抱在了怀里。

现在，事情都好起来了。现在，日子不再百无聊赖了，孩子细浅地呼吸着、小声地哭叫着偎依过来，用两只小小的婴儿的手触摸她。直至今日，她除了自己残缺的身体还从未占有过什么，现在则有点什么属于她的东西了：她创造的这个东西，要比她寿命长，要比她存在得久；她需要这东西，这东西也需要她。在这五个月时光里，路琴娜·塞德拉克完全沉浸在幸福中。孩子为她一个人成长着，其他所有人都不知道，这很好。他没有父亲，这很好。世上没有人知道他父亲是谁，这很好。因此，这孩子完全属于她，完全属于她一个人。

正因如此，当可怜的万德拉克从市政府带来消息，让孩子去洗礼并登记入册时她才如此愤怒地朝他大喊大叫。她那农民模糊的自私心理以不可理解的直觉认为：人们一旦知道了这个孩子，就会从她手里把他夺走。眼下，这孩子属于她，只属于她一个人，但是如果市政府的人、市长、国家要把他的名字写进一本讨厌的册子里，那么这个原本只属于自己的人就属于国家了。然后，国家就会以某种方式把他缚住，然后，它就可以召唤他、命令他。实际上，把她的卡莱尔带到城里的人们中间去，那也是唯一的一次。慢慢地，连她自己都无比惊异，这孩子长成了一个宽脖颈、黑红脸膛的英俊少年，有一个漂亮的、令人好奇的鼻子，两条敏捷的、笔直的腿；他长成了一个爱好音乐的小家伙，会画眉鸟似的吹口哨，会模仿杜鹃的鸣叫，还能像猫一样轻捷地爬树，跟那只名叫霍赛克的白狗赛跑。他远离人群，看见母亲那扭曲变形的脸根本不知道害怕，他总是嘿嘿地笑，没有一点儿恶意；当她跟他说话时，他那栗子般圆圆的眼睛只看着自己，她感到很幸福；他已经能用结实有力的手帮她挤羊奶、采浆果、劈木柴了。这时，很少到教堂的她又开始祈祷了：恐惧从来没有离开过她，就像他来到自己身边一样，他也很可能被人从自己身边夺走。

但是，有一次她进城卖小山羊的时候，万德拉克突然挡住她的去路；这对他简直是轻而易举的，因为七年以来他那个地道的波希米亚肚子变得更宽更松弛了。他喃喃地对她说，突然碰到她，这很好，这样就省得自己作讨厌的旅行，跑到森林里去了。他必须跟她一起商量着办一件事。他问塞德拉克是否知道一个七岁的男孩需要进学校。她则气哼哼地回答道，她的男孩几岁了、需要干什么，这关他什么屁事。这时，万德拉克紧了紧裤腰带，宽阔的圆脸上罩了一层官方人士带威胁性的庄严阴影。现在，市区书记长先生坚定地说，因为她要是不听话他就得对她采取严厉措施；她是否从未听说过国民教育法，她是否知道人们在两年前就修建了宝贵的新校舍；她必须马上到市长先生那儿去，他将向她讲解在奥地利王国人们是否可以让一个基督教徒孩子像可爱的动物一样成长；如果她不乐意，那么狗棚里总还有一个角落留给她，孩子嘛，人们会从她手里夺走，送进孤儿院。

听到最后的警告，路琴娜的脸色变得煞白。诚然，这一点她早就想到了，但她又总希望他们忘却她的孩子。不过，他早就在市政府那本该死的册子里了。谁进了那个名册，就不再属于他自己了。现在，他们已经开始要从她手里夺走他了。因为尽管她的卡莱尔有两条强健的腿，也不能每天走八个小时的路去上学呀，再说，要是住在城里，他靠什么生活呢？最后，向她伸出援助之手的，和往常一样，还是诺萨尔牧师。他愿意每星期都把孩子接到自己那儿去，到星期六、星期日和假期，孩子再回到她身边。在他那里，女管家会无微不至地照顾孩子。那个善良的胖女人友好地跟她确认此事时，路琴娜用凶狠的目光凝视着她。她真想纵身向她扑去，因为这个女人拥有卡莱尔的时间比自己多得多。但在牧师面前，她没敢那么做。她别无良策，只好同意。然而，她变得面如死灰，从那畸形的脸上突然愤怒地出现两个漆黑可怕的窟窿，女管家好像看见了魔鬼似的，吓得在厨房里直画十字。

从此以后，路琴娜经常进城。整个夜里，她必须步行八个小时，才能从角落里自豪地张望那么一小会儿，只见她的卡莱尔穿着整洁，写字石板上有一块擦拭用的海绵来回摆动着；他在其他小男孩中间向学校走去，强壮而活泼，比大多数孩子英俊，不像自己似的胆怯而可憎。看这么一次也就只有几分钟，她却要花八个钟头走过来，又花八个钟头走回去。从森林里来时，她总带着些鸡蛋和奶油，而且变得更热情、更会做生意，一心想给儿子做一件新衣服。如今，她也第一次知道有星期天了，上帝是把这样的日子当作庆典的礼物送给众人的。小卡莱尔学习踏实，成绩优秀，牧师甚至说起要出资送他到别的大城市里去读高级学校。但这时路琴娜像发疯似的坚决反对，她说不，他必须留在这里，现在就指定他到她的森林里去做伐木工人。这是重活，但离她更近，从她开辟的森林小道走只需四个小时。这样一来，她就能时不时地给他送饭，在他那里坐上一个钟头了。即使见不到他，只远远地听到那结实有力的斧头砍树的声音，她心里也在欢快地鸣响：这是她自己的血液，她自己的力量啊！

除了他，她什么都不认识了，就连那些动物她也不怎么放在心上了。除了他，世界上别无他人。因此，她几乎没有发觉，一九一四年爆发了战争。很奇怪，从她这里发觉的事竟只是令人高兴的。因为成年男人走了，林场给青少年工人加了工资；当她带着鸡蛋和母鸡进城时，也无须像从前那样恭顺地站在门厅里等待那些妇人了，不，她们总是到街上来老远地追她，迅速地出高价用镍币买走她的新鲜鸡蛋。她藏了一满箱银币和钞票；再有这样三年时间，她就能跟她的卡莱尔一起搬进城里住了。这便是她从战争中得知和想到的唯一的一件事。

但是，在这几乎不能用月份计算的时间里，有一次，当她把饭送到儿子那儿时，他低着头，一边喝汤一边说，这个星期日他不能回她那里去了。她很惊讶。为什么呢？这是自他出生以来第一次不在自己身边过星期日。他一边咀嚼一边说，因为他必须跟其他人一起去布德维斯入伍服兵役。服兵役，这个词她不懂。他解释说，现在男子到了十八岁都要去当兵，报上早就刊登了，昨天他们又从市政府收到了通知。

路琴娜立时脸色苍白了。一个趔趄，血液从她脸上飞散了。她从来不曾想过他也十八岁了，人们也可以把他从自己身边夺走了。现在她才明白：他们当初把他登在市政府的那本该死的册子上，原来就是为了这个，这些强盗，原来是为了把他拖进他们的战争，那该诅咒的战争。她僵直地坐着，当卡莱尔惊异地抬头朝她望去时，头一回被母亲吓了一跳。因为坐在那里的，简直不再是人了，他第一次亲自感觉到“骷髅头”这个词是什么意思，就是因为这个词儿他还给了自己那个鲁莽的伙伴下巴上一拳呢。从一张骨白色的失血的脸上，两只黑咕隆咚的眼睛直勾勾地望向虚无，嘴巴很刺眼地陷在肉上两个黑窟窿下边空空的洞穴里。他不禁有些战栗。这时，她站起身来，抓住他的手。“来，到那边去。”她命令道。她的声音沙哑地跳动，像坚硬的骨头一样。她把他领到旁边工人堆放工具的谷仓里。那里没有人，她把门关上。“你站在那儿。”她严厉地要求他，然后黑暗里又发出像来自彼岸世界的声音。她解开衣服纽扣，过了好一阵儿才用发抖的手指把那个银质耶稣受难像解下来——她是用一根有穗的带子系着它挂在脖子上的。她把它放在窗台上。

“好了，”她命令道，“发誓吧！”他有些惊恐：“要我发什么誓？”

“对着圣父、圣灵，还有耶稣受难像，你发誓听我的话！”

他还想发问，但她用枯瘦如柴的手指把他的手放在耶稣受难像上。卡莱尔可以听到从外面传来的盘子相撞的声音、工人的笑声和大吃大嚼的咂嘴声，对面田野里是蟋蟀吱啦吱啦的叫声，而谷仓里却是鸦雀无声，只有她的头颅骨从阴暗中威胁地闪着光。面对这黑色的热情，他很害怕。他发誓了。

她舒了一口气，把耶稣受难像重新系到衣服里边。“你已经对着耶稣受难像发誓听话了。你不去参加这该死的战争，让他们到维也纳去找别人好了。你不去！”

他很惊讶，像孩子似的心中充满恐惧。“但是……要受惩罚的。人人都必须去，报上说过。他们大家都去了。”

她凶狠地笑了两声：“你不去，让皇帝老儿买别人去吧。”

“他们找我怎么办？”

她又凶狠地尖笑了两声：“这些蠢驴，他们抓不到你。你跟我到林子里去，让他们到那儿去找你吧！现在我到城里去，对所有的人说你星期日到布德维斯去，已经辞去工作，说你打仗去了。”

卡莱尔服从了，他继承了她那能适应一切的模糊意志。她预先一件一件地为他准备了衣服，于是在星期六夜里，他就偷偷跑到森林管理所去了，她指给他看阁楼下的一张床，告诉他说白天他必须待在那里，夜里才可以出去（那时他们不会来），但不要走得离城太近，那条狗——霍赛克——他必须一直带在身边；只要一英里外有人动，它就会叫。他没有必要害怕城里的那些人，除了万德拉克和那个猎人，还没有一个人到她的这所房子里来过呢。但是，猎人早就被掩埋在意大利的喀斯特荒原里了，而那大肚皮万德拉克也已被她治服了，哈哈哈。

她笑了，只不过为了鼓起儿子的勇气；实际上，每到夜里，恐惧就像原木一样压在她的胸膛上。她说得是除了伯爵和那帮打猎的人，没有人试图出城到这所偏僻隐秘的房子里来。然而，这个小小的糊涂无知的东西，也就是她本人，确实害怕她现在与之宣战的那个由并不相识的人们组成的政权。在多比岑，在布德维斯，在维也纳，他们都有这样的一些册子，里面都写了些什么？到底是干什么用的呢？由于这些该死的册子，他们对什么事儿、对每个人都知道得一清二楚。他们把裁缝乌尔巴的兄弟从美国召了回来，天晓得是怎么回事，还有一个人是从荷兰回来的：这些可恶的家伙，他们把所有的人都找到了。难道他们就抓不着卡莱尔吗？难道他们就查不出，他没去布德维斯，而是藏在森林里了？嗳，就这样没有人可以商量，单独一个人反对他们大家，多么难啊！难道她不该跟牧师说一说吗！难道他不会劝告她吗，她在这里住了这么久了呀。从上面传来的儿子有力的呼吸声穿过薄墙均匀地锯碎寂静，她一直在痛苦中受着熬煎，一位母亲单枪匹马反抗这世上的庞然大物，人们真是把她看错了，这伙人啊，他们住在城里，手中握有无耻的本本、条子、票子。她在床上辗转反侧，紧咬嘴唇，生怕那上面毫无觉察的孩子听见自己在叹息，她就这样睁着眼睛躺在那里，面对深夜和黎明的黑暗，直至清晨。终于，她好像发现了什么似的，立刻跳下床，收拾好东西，急匆匆地、一瘸一拐地进城去了。

她随身带了好些鸡蛋和几只小鸡，她带着这些东西挨门挨户地走。一个妇人想把所有的东西都买下，但她只卖给她两个鸡蛋，因为她想跟许多人说话——这是她事先想好了的诡计——她想跟城里所有的人说话，好让自己的话迅速传播开来。就这样，她从这一家到那一家四处抱怨：真不像话，她的卡莱尔，她的儿子被带走了，被带到布德维斯去了，今天他们把这些小青年也拖去打仗了。不，上帝也不能容忍啊，他们竟把养活穷老婆子的人给夺走了。难道皇帝就看不出，要是他们连这些孩子都需要，那不就要完蛋了吗，难道他不想罢手吗。大家都很注意地听她说，阴沉着脸深表同情，眼睛上像压着块乌云似的紧皱眉头。有些人小心地转过身来，把手指放在嘴唇上，提醒她多加小心。因为捷克的全体人民早就从心里摆脱了哈布斯堡人，在维也纳的外国王子；他们早就秘密地做了旗帜和蜡烛，准备迎接俄国人，宣告成立自己的王国。通过秘密的看不见的途径，大家口口相传，得知他们的领袖克拉马斯和克罗皮奇被监禁了，人们把对他们有影响的马萨里克也监视起来了；士兵从前线带来不确切的消息，说在俄国或西伯利亚组建了德国军团。这样，在个别人付诸行动之前，秘密的协调早已在整个地区发生作用，他们一致同意起义和暴动。因此，他们也带着惋惜的目光满怀同情地注意倾听路琴娜，她窃喜地感觉到，全城都相信了自己的谎言。当她从旁走过时，听到背后有人说，他们连她这个可怜人的孩子也给夺走了；甚至好心的牧师诺萨尔也跟她打招呼，奇怪地眨着眼睛，对她说，不要忧虑，据他所知，这事延续不了多久了。听到大家说这些人多么愚蠢时，这个可怜的傻女人的心猛烈跳动起来。

现在她可是一个人愚弄了全城，他们会把卡莱尔入伍的消息传到布德维斯，再传到维也纳。这样，他们就会忘了他，将来战争过去了，她会承担一切责任的。为了把谎言夯实，为了使别人确信不疑，她现在每周都进城去继续编造她的谎言，说卡莱尔来信了，他开到意大利去了，在战争中他吃的是多么糟。每周她都寄黄油给他，但天晓得会不会半路被偷走，啊，要是他打完仗能再回来，要是他能再待在自己身边，该多好！

就这样过了好几个星期，但有一次，当她又来到城里唠叨她那一套的时候，万德拉克奇怪地碰了碰她，说："到我屋里喝一杯茶吧！"她不敢说不去。但是，当在屋子里单独站在万德拉克对面、感到他想跟自己说什么特别的事儿的时候，路琴娜的全身一直凉到膝盖。他起初来回走着，有些犹豫，然后他小心地关上窗，在她对面坐下。"喂，你的卡莱尔在做什么？"她结结巴巴地说，他该知道，卡莱尔在部队里，昨天刚出发到意大利去了；但愿战争能够结束，她每天都为她的儿子祈祷。万德拉克一声也没应答，只是自顾自地小声吹着口哨。随后，他站起身来，去检查门关好了没有。她从中发觉，他对自己没有半点恶意，虽然他始终连看都不看自己一眼。他喃喃地说，那就好，他只是在想她的卡莱尔有没有偷偷溜掉。天啊，这跟他根本没有关系呀。最后人们就会明白，谁也不愿意把自己的骨头扔到外人的汤里，德国应该去煮他们自己，这蠢到了极点的战争。但是（他又转身看了看门），三天前来了一个作战小分队，一个带着克罗地亚士兵的来自布拉格的宪兵队，他们现在正挨家搜查没入伍的青年：锁匠杰尼什弄残了自己的食指，昨天也被从家里抓出来，五花大绑地被牵着穿过市场。作孽啊，这样一个守规矩的诚实的小伙子。在邻村，他们开枪打伤了一个人，因为他逃跑了。真不像话，他们并没有就此罢休。他们从布德维斯或布拉格带来了一张完整的名单，上面写着所有没有入伍的人的名字。他不该透露政府的事情，但说不定有些事儿是不对的，人们是在错误地坚持那么做呢。

在说话的时候，他没看她，万德拉克只是一直十分好奇地呆呆望着烟斗形成的小圆圈升到屋顶。接着，他站起身来，冷静地说道："如果你的卡莱尔真的入伍了，他们也就白辛苦了。这样，一切都很好。"

路琴娜坐在那里发怔。现在，一切都过去了。他们的名单帮不了什么忙，维也纳那些该死的家伙利用他们的册子查到了她的儿子没有入伍。但她没有追问，她站了起来。万德拉克没有看她，只是笨手笨脚地磕他的烟斗：他们俩是互相理解的。她说了声"谢谢"，便走出去了。

她用僵直的冒着冷汗的膝盖一直走到街尽头，然后突然奔跑起来。只要他们还没有在半路上就好——那个傻孩子还不会自卫呢。她越跑越快，筐也扔了，因汗湿粘在身上的裙子也撕破了，现在她就知道跑啊跑，更深更深地跑进森林，她有生以来还从来没有这样拼命地跑过呢。

夜黑沉沉地罩住了那座房子，这时她从远处听到狗吠，她想：这是忠实的霍赛克，它及时地向我们发出了警告。一切都沉浸在寂静中。谢天谢地，她总算赶到了。她大口喘着粗气，此刻才觉得疲倦。她想，我要让人给做一次弥撒！她又补充了一下，要做两次弥撒，三次弥撒，捐献蜡烛，一生中捐献许多蜡烛。然后，她轻手轻脚地走进屋里，屏住呼吸，侧身细听。当她听到睡觉的人安然无恙、无忧无虑时，当她听到从她身上生出长大的孩子的呼吸时，突然，血液又强有力地、顺顺当当地流遍她的全身。她从梯子爬上去，来到阁楼，摇摇晃晃的手里拿着一支点燃了的蜡烛。卡莱尔正在酣睡。他那又厚又密的棕色头发湿乎乎、沉甸甸地耷拉在前额上，那是男子汉俊俏的前额，宽大的嘴微微张开，露出结实、尖利、闪着光亮的牙齿。烛光一颤一颤地微微摇摆着，在那孩子般天真烂漫的脸上时而现出阴影，时而放出光亮。她又看了看他，他是多么英俊，多么年轻。在他裸露着交叉搭在毯子外的胳膊上隆起白色树根一般的肌肉，宽宽的、健壮的、结实有力的肩膀像光滑的大理石把她照亮：在这肌肉里蕴藏着数十年用之不尽的力量，这是她给他的，在这几乎还没完全成熟的身体里有着惊人充沛的生命力。可是，人们却要她把他交给维也纳的那些人，就为了那么一张愚蠢至极的废纸，想到这里她情不自禁地从牙缝里挤出一声尖利的笑。卡莱尔被吓醒坐了起来，摇晃一下身子，怔怔地对着烛光眨着眼睛。随后，他认出了母亲，便笑了，那是波希米亚到处都听得到的善良孩子的笑。“有什么事吗，”他懒洋洋地打了个呵欠，关节都嘎巴嘎巴响，“天亮了吗？”

但她把他完全摇醒了。她说他必须立刻起床，离开这所房子；她会告诉他最近几天的住处，那是林子的最深处，绝对不要离开那里，一个星期的光景她就去叫他。她把干草捆在一个大行李卷里，然后背起来就领他走上一条秘密的小径，大约一刻钟后，他们来到人迹罕至的树木最稠密的地带，那里有一座年代久远的小猎屋……

（打字稿在这里中断；下面的文字是根据一份手稿由出版者整理出来的，其中补充了一些省略的词。）

她命令他说，他必须待在这里，白天不能露面，什么也不能碰。她又抚慰他，说她会给他送吃的东西来。卡莱尔像往常一样听话。他不明白，但他听从了。每天中午她会给他送饭和烟草来，她这样抚慰他，然后她便轻松地走了。感谢上帝，她救了他。那座房子腾空了。现在他们可以来了。

他们果真来了。他们有巨大的势力。他们为此学过手艺，读过大学。万德拉克巧妙地警告过她。她几乎没怎么睡觉，只躺了两个小时（她不得不整夜地走），五点钟狗就叫起来了。她醒着躺在那里，心在震颤。是他们。敌人来了。但她没动弹，就是下面有一个强硬的声音喊“开门”，她也没动。她慢腾腾地、一步一步地走下来，故意大声抱怨，骂骂咧咧，好像是被人从酣睡中惊醒似的。装模作样是她天生的本事，这个糊涂人。她大声地打着呵欠。然后，她才开门。下边，在惨淡的雾蒙蒙的晨光里，站着一位宪兵队军官，帽子上挂着露珠，这是个外国人，带着四个士兵和一只狗。那军官立刻迈步走进门来，他想知道，她的儿子卡莱尔·塞德拉克是不是住在这里。“以前是，他走了很久了。他到布德维斯当兵去了，全城人都知道。”她回答得很快，有点太快了，惹人注意地快。同时，她也没忘记对方是很会察言观色的，他们看得出自己很不讨人喜欢，说话太快，无拘无束，或者说看得出她的恐惧。这些她也都想到了。“我们要看一看。”军官没好气地说，被雾打湿的红色胡子一动一动的。接着，他用德语发出命令。两个兵站在门前，两个兵站在房后，枪都下了肩。狗跳来跳去，嗅了嗅那只叫贝罗的狗，贝罗不信任地躲避着。士兵各就各位，军官又用德语对他们说了点什么，然后用捷克语对她说：“现在进屋。”

她跟在后面。她心里既害怕，又充满愤怒的喜悦。她想，他不在屋子里，你尽管搜好了。你将一无所获。他迅速走进房间，推开窗板，灰色的空气飘浮在一切物件上方，他四下里看。他打开柜子，望了望床下，掀了掀垫子——什么也没有。“别的房间。”他命令道。好像故意把他当傻子累似的，她回答说：“我没有别的房间，别的房间都是仁慈的伯爵大人的。在这所房子里，伯爵大人只准许外人走到这儿，我发誓。”他没听她的，只喊：“打开。”她让他看了伯爵大人的餐室、厨房、用人房和老爷的睡房。他检查了所有的房间。他很有经验，依次敲了敲墙壁。什么也没有。他一脸怒色，而她心里却笑开了花，那是辛辣的笑、凶狠的笑。他指了指梯阶，然后命令道：“上阁楼。”又是一层喜悦的波涛跃上她的心头。一点儿不假，卡莱尔在阁楼上睡过觉；幸亏好心的万德拉克向她发出过警告，不然他们可就要在这儿抓住他了，这些狗。他顺着梯阶走上阁楼，她跟随在后。那里摆着他的床，一个箱子里放着他的衣服（现在，她刚想起应该把衣服拿走才是）。她发现垫子没有竖起来。她把它忘了。他也看见了垫子。他想知道谁睡在这里，她装傻道：

“是一个仆人一直睡在这里。伯爵大人的私人猎手，每次打猎的时候都来；有时他带两个私人猎手来。”

“现在并没有人打猎。最近谁在这儿睡过?”

没有人在这儿睡过。冬天的时候，那只狗常躺在上面。“这样——”他尖刻地说，“是那只狗。”然后，他照桌子捶了一拳。桌上有一个烟斗，还剩半斗烟呢。阁楼上灰尘飞扬。“他还抽烟斗呢——怎么回事?”路琴娜没有回答。她急得说不出话来。他压根儿不等她回答，而是打开箱子，掏出衣服，问是谁的。“卡莱尔的，他去当兵时留在这儿的。”军官恼怒地站在那里。什么问题怎么回答，她都心中有数。而他什么地方都敲一遍，在阁楼上搜寻着。但那里什么也没有，只有那个垫子。终于他停止了搜查。她的心激烈地跳动着，她感到一块石头终于落了地。他把裤子拉直，当他转向梯阶时，她想：现在他要走了。可得救了！她的血又在涌流。但军官在门槛那儿站住了，他举起手，把两个手指放在嘴上，吹了一声口哨。

路琴娜有些害怕。她哆嗦了一下。口哨通过耳朵撞击她的心底。这是怎么了？现在她有点害怕这个陌生人了。狗已经拾阶而上。它骄傲地来了，因为有人唤它，它跳跳蹦蹦的，发出急促的微小的响声。

这是一只眼神机敏的牧羊犬，尾巴的毛很密，它偎依在军官的胫骨旁，抬头望着他，同时使劲摔打尾巴刷着地面。“注意，海克托。”军官命令道。接着，他从箱子里拿出一些衣物、一双鞋、一件衬衫，都抛在地上。“这儿，去找吧!”海克托走上前来。它稍微朝前探了探它的尖头，把嘴巴拱到衣服里，又嗅了嗅一只鞋。它的鼻子颤抖着，伸进靴子里去闻了闻，抬头干叫了几声，就此屏住呼吸。它颤抖着，使劲摇着长而多毛的尾巴，又兴奋又焦急，它的肋骨、它的内心都在瑟瑟发抖。它闻到了什么。一个任务已经派给它了。军官大声对它说了点什么。他举起手臂又指向床的位置，狗就跑过去闻。然后，它低下头朝着地面，按对角线来回跑。

这狗肚子里真是藏了一个魔鬼。它的眼睛闪闪发光。它闻到了在这对角线里存在过的东西的气味，现在，它沿着气味的踪迹嗅过去，最后又沿着梯阶嗅。那军官跟着它。“找……找！”他在激励它。现在，狗到了门槛旁，它跟着气味的踪迹，顺着梯阶往下嗅去。宪兵队长官目送着它。

到了下边，他高声向士兵发出一道命令。四个士兵走过来，然后紧跟着那只狗。海克托摇摇摆摆地、神经质地从这个树丛跑到那座房子。最后，它用鼻子哼哼唧唧地叫着慢腾腾地走出门，然后一直向前，进了森林。路琴娜的心都抽紧在一起了。她跑下梯阶，不由自主地走到门前；她想在它后面，或在它前面，叫喊，警告，阻拦……她不知道自己怎么了。但宪兵队长官两手掐腰堵在门框那里，封锁住她的路，专横地对她说：“不要走了！坐下！”他指了指绕炉一圈的长凳。她没敢答话，一屁股坐在那里。

她听到士兵的脚步声。皮带在抽打。这时，只有她和宪兵队长单独在一起。那军官坐在桌旁，好像她不存在似的。他从容不迫地磕净高级烟斗，装上烟丝，抽起来。他慢慢地、一口一口地吸着烟，尽可耐心地等待，因为他对自己的事是有把握的。四周变得寂静无声。路琴娜甚至能听见他从肺里喷出烟来的声音：他的从容不迫弄得她直发毛。她坐在那里，垂着冰冷的双手凝视着他。她的血液仿佛冲向了肺腑，这血液一遇空气就凝固了。同时，她身上的一切都被绷紧、被撕碎了，简直要使人瘫痪了。她使劲憋住呼吸，想听到点儿从森林里传来的声音，她感觉到她的呼吸在耳根上跳动，她在自己糊涂的脑子里自问，掏心窝子地问，卡莱尔能不能脱身。突然，她抬起双手隔着衬衣摸寻。她触到了挂着耶稣受难像的位置。她用手攥住它，压在胸前。她开始祈祷了。她祷告着，祷告着：我们的主啊；还说了一些她所知道的祈祷词。她无意中将一个词说出了声。军官侧转身子，严厉地，如她所想，嘲讽地望着她。他大概在想：你就攥在我的手心里，骷髅头，走着瞧吧。此刻的她是这个样子：散落的头发下面是骨白色的前额，张着嘴，牙齿闪着刺眼的光，接着就是那些黑色的窟窿，眼睛和鼻子。他把身子转了过去。他无意地吐了口唾沫，用脚擦着黏糊糊的烟斗油，慢慢地、平静地、不慌不忙地擦着。

这气氛逼得她好像非大声喊叫不可。她简直忍受不了啦，她的身体承受着时间的重压。这简直是无限的时间啊。她颤抖着，她想冲到他面前，向他跪拜，向他祈求，吻他的脚；他毕竟是人嘛，不过是穿着军服的、不可接近的、裹在权力这不可理解的外表里面的……敌人派来的人。但这种做法无疑是违背她的意志的。说不定他们找不到他呢。她又侧耳细听，她凝神谛听，可以说用尽了一切听力。这无限的时间啊。这比她迄今所承受的一切、她已经忍受了四十年的一切还要可怕。她觉得等待的时间比怀胎九个月还要长。

实际上，她才等了半个小时。后来，外面传来杂沓的脚步声和轻微的叮当声。军官站起来，隔门瞅了一眼，嘿嘿地笑了两声。狗跳跳蹦蹦地来了，他讨好它说：“好极了，海克托，太好了。”接着，他头也没回就走出去了。一阵恐惧揪住了路琴娜的心。

她就这样呆滞地站了一会儿。接着，她猛地抬起重似千斤的腿，冲到外边去。太可怕了，他们抓到了他！卡莱尔，她的卡莱尔站在他们中间，两手倒背着被铐在手铐里，人都走了形，佝偻着腰，目光羞涩地瞅着地面：他正去小溪边洗脸的时候，他们抓到了他，把他带来了，他光着脚，穿着裤子，衬衫敞着怀。母亲突然刺耳地尖叫一声，扑向那位军官，跪倒在他面前，抓住他的脚。她恳求他把儿子留给她，儿子是她唯一的亲人，她唯一的亲人啊！看在救世主的分上，把他留下吧，卡莱尔还是一个孩子啊，还不满十七岁呢。他十六岁，才十六岁啊，他们弄错了。他有病，病得很重，她可以起誓，大家都知道，这段时间他一直卧床不起。

宪兵队长很不舒服（士兵们都阴沉着脸注视着他），想拔开自己的脚。但这个疯女人把他的脚抱得更紧了。如果他能可怜这个无辜的孩子，主会为此酬谢他的。为什么偏偏要带走这个孩子，这个病弱的孩子，天哪！怜悯怜悯他吧，不是还有别人吗，那些高大、强壮、结实的人，全国有那么多人，为什么偏偏要带走他呢。看在主的分上，把儿子留给她吧。主会酬答他的善行的，她会天天为他祈祷的，天天。为他的母亲。他的脚，她简直想要吻他的脚。果不其然，这个疯女人俯伏在地上吻起宪兵队长那双沾满黏土的肮脏的鞋来。

由于羞怯，军官变得很粗暴。他把脚挣脱出来，把那个绝望的女人踢开。她在这儿搞什么丑剧！有成千上万的人为了皇帝陛下开赴前线，没有一个人开口叫苦。至于这小子是否有病，那得问医生。只要不把这个逃跑者立即枪毙，她就应该高兴。这样一个逃脱兵役的人本该依法枪决，如果再犯，他就要……

他说不下去了。这时，就在话说到一半的时候，她朝他跳了过去。她突然从底下对着他猛撞，他一趔趄，她就用两手去掐他的脖子。这个强壮的汉子摇摇晃晃地向后退。他连踢带打，终于打中了她。他捶打她的身体，一拳打在她的前额上。接着，他用两个坚硬的拳头抓住她，翻来覆去挤压她的关节，疼得她左右挣扎。但她已经没有反抗能力了，她像野兽似的咔嚓一声咬住他的胳膊，牙齿死死叼在上面不放。他猛兽般咆哮起来。士兵们跑过来拽开她，把她踩在地上。

宪兵队长因为疼痛和愤怒（他羞于被士兵见到自己这副样子）而全身发抖。“戴上手铐，”他命令道，“要给你点颜色看看，你这个下流坯。”他的胳膊火辣辣地钻心地疼。牙齿咬穿了大衣和军服，鲜红的颜色透到外面来，他感觉到血在一滴一滴地流。但他不愿让人看到。在士兵们给她戴手铐的时候，他卷起手帕垫在衬衣下边，然后又相当冷静地命令道：“出发！两个人带着那个小伙子，两个人带着她。”母子俩的手已被他们绑在背后。军官掏出他的左轮手枪说：“谁动一动，就打死他。”

士兵把卡莱尔架在中间。他掉过头去。他们对他说：“走！”他就走了。他目光呆滞地、机械地、毫无反抗地走着，惊恐摧毁了他的力量。路琴娜也毫无自卫能力地走着。已不再需要暴力了。她可以跟卡莱尔一起走向任何地方，直至天涯海角。只要有他在，只要和他待在一起！只要还能看见他：他宽阔的美好的背，他的棕色的浓密卷曲的头发披在壮实的脖子上，哦，他受着折磨的美好的手，现在被背着绑起来了，他粉红色的指甲，还有细小的可爱的皱纹。即使没有士兵，没有命令，她也会走的，只要不离开他，只要知道他在左右。她没有感觉到疲倦，虽然她已经走了很长时间，走了八个钟头了；她没有感觉到脚火烧火燎地疼，在这段时间里她一直没有穿鞋；她也没有感觉到被绑着的双手的重压；她只感觉到，他还在近旁，只感觉到她拥有他，她在他身边。

他们穿过树林，沿着积满尘土的乡间道路行进。当这不寻常的一行人穿过多比岑的主要街道时，正赶上中午报时，钟声在城市上空震响，一切都静止不动。卡莱尔走在前面，左右有累得无精打采的士兵看着，接着是路琴娜·塞德拉克，目光没有一点表情，被打得破衣烂衫、血肉模糊，同样倒背着手戴着手铐，最后是宪兵队长，明显精疲力竭、疲惫不堪，可竭力保持一本正经，摆着姿势。（他又把左轮手枪插到皮套里了。）市场的嗡嗡声沉寂下来。人们走出门，脸色阴沉地朝他们看。车夫坐在自己的座位上愤怒地甩着响鞭抽打马匹，仿佛不经意似的吐着唾沫。男人们使劲皱着眉头，胡子一动一动地咕哝着什么，他们扭过头去不看，实际仍是朝着这边看，真丢人啊，还是个孩子，才十七岁呀，现在倒好，连女人也给抓走了。这是全体的不满，一个民族的怨恨，这个民族早就感到这场奥地利王国的战争是外人的事，只是还不敢握紧拳头冲上前去反对罢了。这不满和怨恨是无声的，但却颇具威慑力地表现在多比岑居民的千百双眼睛里。没有一个人说话。所有人都一声不吭。大街上只听见士兵嚓嚓的脚步声。

无论如何，路琴娜的动物本性也必定感觉到了这种怨恨带磁性的威力。突然，在街心，夹在士兵中间的戴手铐的女人躺倒在地，衣裙都飘起来，她用响得刺耳的声音喊道："兄弟们，帮帮我吧！看在上帝的分上帮帮我！不能容许这种暴行！"士兵们不得不抓住她。接着，她又朝卡莱尔高声说："躺下！他们是把我们往屠宰台上拖呀！上帝睁眼看看吧！"卡莱尔顺从地躺在潮湿的大街中间。

宪兵队长愤怒地赶了过去。"拉起来！"他冲着不情愿干这差事的士兵喊了一声。他们正试图把路琴娜和她的儿子拽起来。但是她打起滚来，像鱼被捆起来抛在沙滩上，她尖声嘶叫着，喘着气，撕咬着：看着这情景，真令人震惊。"上帝睁眼看看吧，上帝睁眼看看吧！"她这样吼叫着。最后，他们只好把母子俩拖着地走，活像把家畜拖到屠夫那里一样。路琴娜发出非常刺耳、非常难听的尖叫声，一遍一遍地喊着："上帝睁眼看看吧，上帝睁眼看看吧！"她被拖来拖去，直至增援的士兵赶到，他们才把她推到城区拘留所里去，这时她已半裸着身子，一头被撕得乱糟糟的石灰一样灰白的头发。是时候了。城里的人都愤愤不平地聚集起来，目光变得更阴沉了。一个农民唾了一口。几个女人大声说起话来。响起了口哨声；男人们向他们拥去，警告他们；孩子们瞪大眼睛呆呆地望着，心惊胆战地面对这残暴的骚乱。

终于，他们被拖进了拘留所，两个人在一起，充满对权势的仇恨。

城区司令官气愤地撕开他绣着金线的领子，一边愤怒地在办公室里来回走着，一边怒斥那宪兵队长。大白天押着戴手铐的逃兵，甚至押着一个戴手铐的女人在大街上走，那不是笨蛋吗，不是连上帝都不要的蠢货吗！全城都在谈论这件事，他应该自己跟维也纳交涉去。难道在波希米亚这个地方被煽动起来进行反抗的事还不够吗！本来天黑以前是有时间收容那个小伙子的。至于那个女人，活见鬼，为什么把她也一块儿抓来了。宪兵队长指着自己被撕破的大衣说，她攻击他了，还咬了他，这个疯狂的下流女人；为了士兵的安全，他不得不逮捕她。但司令官还在继续骂："那就非得大白天拖着他们从城里走吗！不可以这样对待女人。这是大家不能忍受的。干这种事！要是把女人也牵扯进来，就会惹出事情来。在这里，一定要把女人置于局外。"最后，宪兵队长吓得小心翼翼地问，他现在应该怎么办。"把那个小伙子弄走，就在今天晚上，跟其他人一起送到布德维斯去。这跟我们有什么相干，让那些该……（他本想说该诅咒的军队头子，但他及时收了口。）让那该负责任的机关去管好了，我们已经尽了职责。在他被送走之前，让路琴娜留在拘留所里。明天她就会安静下来了。他一离开，就放她走。她一走，那些女人就安静了。最后她们也就不嚎了。然后，她们不是上教堂，就是上别人的床。"宪兵队长退了出去，让他极为恼火的是，为此自己要行军一整夜了。他暗地里想，这是最后一次受这份罪了。

确实，估计正确也不难。路琴娜在拘留所完全安静下来了。她一动也不动。静静地躺在板铺上。但是，她不感觉疲倦。她仔细地听着。她知道，她的儿子就在这座房子中某处的另一个房间里。卡莱尔仍然在这里，她只不过看不见他，听不见他说话，但她能感觉到他。她只知道，他就在近处。尽管天生愚钝，她仍然能感觉到，她不是孤单的，大门外有同盟者。为了她，还有可能发生点什么事。也许牧师会伸出援手，他一定会听说人们怎样把他们母子俩拖进了拘留所。说不定战争已经结束了呢。她听到某处的一个信号、一句话。卡莱尔还在这儿。只要他在这儿，就还有希望。因此，一切都是这样静，静得连呼吸的声音也听不到。监狱看守走到城区司令官那儿汇报，他得悉塞德拉克现在安静了，刚才他不是说过了吗。明天人们将把卡莱尔送走，然后一切又会恢复平静。

（关惠文　译）

# 猩红热

在家的时候，朋友们就对他说过：如果往维也纳去，那么就应该在约瑟夫施塔特找一间自己的房子。这里靠近大学，大学生们都喜欢居住在附近。那是因为这片街区安静而略存古意，又由于传统的关系，便成了大学生们的大本营。因此，他把行李暂时存在火车站，立即着手打听，然后穿行在条条陌生而喧闹的街道。他从许多匆匆忙忙的人身旁走过，那些人像是被雨追着跑一样，都不大乐意答复他，只给个简略的回答。

秋日的天气严峻无情。刺人肌肤和湿漉漉的阵雨噼里啪啦下个不停，冲刷掉了灰黄色的树上还在颤抖的最后的树叶。淅淅沥沥的雨发出鼓点般的声响，并且把忧伤的天空撕成无数根灰线。风有时候吹得雨帘往前倾斜，如同吹起一方飘动的手帕；有时候又把雨滴抛向墙壁，发出噼噼啪啪的声音；有时甚至撕裂行人的雨伞。没有多久，街道上便只能看到颠簸的黑色马车，拉车的马都喷吐着热气，间或还有从他身旁飞快跑过的几个人。

年轻的大学生一家一家不停地走，上上下下了许多级楼梯。他很高兴，在那些短暂的时间里他躲开了来势汹汹的风雨。他看了很多房间，但是没有一处中他的意。也许要归咎于这一场雨和令人战栗的苍白灯光——那灯光使所有的房间都显得沮丧，充满让人病快快的沉闷空气。他顺着弯曲和潮湿的楼梯爬到上边，看到许多既粗陋又肮脏的寄住宿舍，这时候他内心里一直受到轻微约束的感觉清醒了。不知怎地，他总有种初步的预感：在这些伛曲、破旧和低矮的郊区房子外墙之后隐藏着重大的忧伤。他对于找房子越来越绝望了。

终于，他选定了自己的房间，在约瑟夫施塔特的高处，离绿化带不远。那是一所古老、粗陋，但具有旧式民居的那种舒适宽敞的房子。房间陈设简朴，实在比他所期望的还差。但是窗子向外对着一座大院子，一座古老的市郊院落。院子里有几棵树，现在正在雨中发出簌簌响声，冷得微微颤动。这片最后的、畏缩的绿色，就像对自己业已失去的故乡花园的回忆，把他吸引来了。随后，他在前室里上了钟表，一只金丝雀在钟壳里边啾啾鸣叫起来。在他察看房子期间，金丝雀的花腔一直不倦地唱着。他觉得这是个好兆头。他也喜欢女房东。那是一位上了些年纪、形容憔悴的女人，按她自己的说法，是一名公职人员的孀妻。她和小女儿只住了一间简陋的小房间，另外还有个大学生住在隔壁的房间，房门上的名片也表明了住客的身份。

还有几个小时才到晚上，他本想再走马观花地看看这座陌生的、几年来渴望看到的城市，但是冷飕飕的风雨消除了他的欲望。

他走进一家咖啡馆，然后便长时间心不在焉地看台球桌上那个白色球如何随着红色球跑。他听到周围许多陌生人的谈话。他努力抑制住嗓子眼儿里慢慢涌起来的想一吐为快的痛苦失望的感受。然后他又一次尝试逛逛大街，但是雨势太猛了，他浑身湿透、雨水淋淋地走进一家饭店，毫无乐趣地快速吃了顿晚饭，然后便回家了。

现在，他站在自己的房间里环顾四周。靠墙并排放的两个东西好像被遗忘了，那是两只旧箱子，没有任何内在的联系，没有优美的形象，也没有生动的活力。如果人们走到近处弯腰一看，就只会叹一口气。床上的床罩已经褪了颜色。一盏白色的灯散射的光在昏暗的、阴森森的房间里忧伤地不住摇曳。还有一个旧式的维也纳火炉。房间里还有几张彩色画片和照片，颜色都已苍白，而且是没有关联地堆放在一起。这些也许在这里凝望了许多年的陌生面孔都已不能辨认了。凹凸不平的地板不时地颤抖，窗户也关闭不严，如果风助雨势打到玻璃上，便会啪嗒啪嗒地响个不停。

他冷得发抖，拘谨地站在这些陈旧的破烂中间。谁在这张床上睡过？谁在这把靠背椅上休息过？谁往这面镜子里看过？现在他自己苍白的孩子气的面孔正异常恐惧、几乎是在哭泣着从镜子里看他呢。在这里没有什么使他想起过去经历过的事。一切都是陌生的。因此，他觉得浑身冰凉，直透骨髓。

已经该去睡觉了吗？现在是九点钟。这是他第一次在陌生的房子里睡觉。家里人现在大概都还在金黄色的灯光下围着圆桌亲切地进行着从容不迫的交谈。现在他知道，金黄色头发的姐姐埃迪特很快就要起身向钢琴走去，还要弹奏起来，完全如他要求的那样，弹奏一首忧郁的奏鸣曲或者是随便一首欢快的华尔兹。但是他今天是在哪里呢？往常在家里他会站在钢琴旁边的阴影里，随着曲调梦想，一直到埃迪特站起身来，真挚地对他道声晚安的时候为止。

不行，现在他还不能去睡觉。他走过去，从已经打发人取来的箱子里拿出几样东西。一切都是家人细心包裹好的。他在拆开整齐的包装时，必定会想起怀着爱心为自己包装东西的那双手。令他格外高兴的是，在书籍中间他发现了一个惊喜：姐姐的照片。这是她偷偷地给他放进书里边的，照片上还写有一行真诚的话。他长时间凝视着这张爽朗微笑的面孔。然后，他又把照片摆放在写字台上，让照片亲切地看着他，给自己这个无家可归的人以安慰。但是他觉得，照片上的微笑好像越来越模糊起来，好像在模糊之中姐姐正与自己一起悲伤。他觉得照片已经完全模糊了，他简直不敢再去看了。

他还得从这个昏暗的、无所慰藉的小房间里再走出去一次吗？他走到窗口，看到雨还在下个不停。许多雨滴聚集在模糊不清的窗玻璃上，停住不动，直到落下新的雨滴把它们带走。于是这些雨滴便急转直下地奔流，就像眼泪从孩子的面颊流下。总是有新的雨滴从四面八方而来，所以雨滴便不住地奔流而下，仿佛外边的整个世界把它的悲伤都哭成了无数泪水。他站着不动，也许有半个小时之久吧。这种充满沉闷痛苦的含糊不清的低声演奏，这种持续不断的流淌，这些诉苦的树木奏出的令人费解的音乐——这种泪珠滚滚的奇异景象深深地触动了他的心。他感到一阵猛烈的、呼唤眼泪的悲伤。

他很想放声呼喊。可是这就是他在维也纳的第一个晚上吗？在梦中，在与姐姐和朋友们的交谈中，他已经对这第一夜预想了许多次。当时没有什么是明确的，但确有着某种激烈的、明亮的东西，穿行在光亮闪耀的大街上，向前，一直向前走去，仿佛一切豪华到明天就不复存在了，仿佛要在这第一个小时里就经历难以忘怀的事情。在愉快的谈话中他想象过自己忘乎所以地歌唱，往空中抛掷帽子，心里怦怦直跳。现在，他站着不动，站在模糊不清的窗玻璃前，冷得发抖，而且是孤单一人。他凝视雨滴是如何往下流动的：最初是两滴雨，然后是三滴，现在又变成了两滴。他注视着雨滴如何修成看不见的、运载其他同伴往下滑动的轨道。他紧闭上眼睛，以免热泪突然间流淌下来，流到他冰凉的手上。多年以来自己所渴望的就是这样而已吗？

然而时间过得多么缓慢呀！古老摆钟木壳上的指针很不引人注意地向前爬动。他感觉到晚上的恐惧愈来愈有威胁。这是一个孤独的人在陌生房间里说不清道不明的孩子气的恐惧。这是他再也无法否认的、强烈的思乡之苦。在这个大城市里他是孤单一人。这里，上百万人的心脏都在突突地跳动，但是除了这场噼里啪啦地下着的幸灾乐祸的雨以外，没有一个人对他说话，也没有一个人听他讲话，或者对他这个正在强忍啜泣和眼泪、像孩子一样害羞的人看上一眼。他确实不知道如何躲开那藏在黑暗之后，用发光的眼睛无情地盯住自己的恐惧。他从来没有像现在这样渴望过讲话。

这时候，隔壁房间的门发出哗啦响声，砰的一下又关上了。蹲在地上的人猛地站起身来，仔细地听。隔壁房间有个粗壮但是经过训练的声音在哼唱一段大学生的歌曲。然后他听见嚓的一声划着了火柴，这显然是点灯的声音。这人可能就是他的邻居。就像女房东所讲的那样，是面临毕业考试的法律系学生。他深深地吸了一口气，因为他觉得自己的孤独短暂地平静了下来。隔壁房间传来沉重而紧张的来回走动的脚步声。歌声越来越清晰可闻，使他这个偷听的人突然羞愧起来，颤抖地站着谛听。他一声不响地回身走到桌子跟前，好像是怕隔壁的人透过墙壁看到自己似的。

现在隔壁房间的歌声停止了，来回的走动也归于静寂。显而易见，他的邻居已经坐了下来。现在簌簌的雨滴又开始向他诉说了，令人恐怖的孤寂又从黑暗中向外窥视了。

他觉得好像要闷死在这个狭小的地方一样。不，现在他不能继续孤单一人。他鼓起劲来，等到面颊不再因久躺而发红，清了清嗓子，然后便轻步出门，向邻居的房门走去。他两度停住了脚步，不过最后还是心存犹疑地用手指敲响了陌生的房门。

随之而来的是一阵显然感到惊讶的沉默。然后是一声响亮的“进来”。

他把房门拉开，一团蓝色烟雾迎面扑来。狭窄的房间里烟雾弥漫。乍一看，一切东西都模模糊糊地处于浓浊的、遇风便蒸腾而升的云雾里。他的邻居挺身直立，惊讶地看着走进门来的客人。他已经脱掉了外衣和马甲，衬衣也半敞着，很随便地露出长着护心毛的宽阔胸膛。他的体格强健，像农民一样结实。他的鞋在地板上到处堆放。与其说他像大学生，不如说更像一个工人，站在房间里，嘴里衔着一个短杆烟斗。现在，他用劲儿把烟斗上的烟吹到房门口。

来人讷讷地说了两句话："我是今天住到这里来的，作为邻居，我想来对您作个自我介绍。"

于是主人机械地迅速并拢双腿说："非常欢迎。我是法律系学生施拉梅克。"

为了不失时机，造访者也赶快报出了自己的名字："我是贝尔托尔德·贝格尔。"

施拉梅克飞快把他打量了一番，说："您是上第一学期吧？"

贝格尔作了肯定的回答，接着还补充说，今天也是他到维也纳的第一天。

"您当然是学法律的吧？比较多的人是学法律。"

"不是。我是想到医学系注册的。"

"是这样，那太好了。终于来了一位……不过还是请您坐一会儿吧！"

这请求是诚心实意的。

"同学，您要来支烟吗？"

"谢谢。我不吸烟。"

"噢……那很好呀。现在不吸烟的人快要灭绝了。那么，来一杯法国白兰地吧，这酒不错。"

"不，谢谢……多谢了。"

施拉梅克耸了耸肩膀，笑着说："亲爱的同学，您不要生气。但是我相信，您是人们所说的那种怪人。不喝法国白兰地，也不吸烟，这是很令人生疑的。"

贝格尔的脸变红了。他为自己如此笨拙，且把自己的笨拙如此暴露无遗而羞愧难当。但是他觉得，迟延的答应必定显得更加可笑。为了找点话说，他便再次请求对方原谅自己的夜晚造访。可是施拉梅克不让他把话说完，而是用一连几个问题紧紧抓住了他。他们几乎是同乡：一个来自讲德语的波希米亚；另一个来自摩拉维亚。没有多久他们就在记忆中找到了共同的熟人。于是，交谈很快便活跃起来。施拉梅克讲到考试和他参加的大学生协会，讲到好像是大学生本性的无数蠢事。在他的讲述中有一种生气勃勃的真诚，一种嗓门儿洪亮的欢乐，一种故意为之、甚至是虚荣的习气。显而易见，他很高兴自己能使一个新来的、一个同省区的老乡表示钦佩。他取得的成功比他自己知道的更多。贝格尔渴求知识的好奇心无比强烈。他仔细听取了施拉梅克讲述的一切，因为他觉得这些事情就是在维也纳等待他的新生活。他喜欢那充满活力的讲话，喜欢施拉梅克吸烟时在粗大的蓝色圆锥形里喷云吐雾的神态。他对一切琐碎的事都很重视。因为这是他遇到的第一个真正的大学生，所以也就不加选择地把施拉梅克看作是最完美的大学生。

他也很想对施拉梅克讲述一些自己的事情。但是他突然觉得，与这些新鲜事相比，家里的那些琐事简直无关紧要，毫不引人注意。至于那些文科中学里的趣闻笑话、在外省的经历，都是没有意义的。他突然觉得，迄今为止，他所有的思想和语言都属于童年时代，直到今天才开始了成人时期。施拉梅克根本没有注意到对方的沉默，只是为这个见习修士畏缩惊叹的眼神沾沾自喜。应施拉梅克的要求，贝格尔小心翼翼地用手抚摸了经过他头顶的短发、形成一条显眼红线的三处伤疤。对于施拉梅克所讲述的约定决斗和比剑，他更是惊叹不已。想到不久以后，自己也要与一个敌手四目相对而立，他就觉得既畏惧，又热血沸腾。他请施拉梅克把放在墙角的剑给他一把，让他拿一小会儿。当然，他很吃力地举起那把剑时，是有些疼痛的感受的。这时候他才发觉自己瘦如幼童，两臂绵软无力。他还觉察到了自己与这位壮实有力的小伙子的差别，于是油然产生了妒意。轻松自如地舞动这把剑，呼啸生风，全力以赴拨开阻拦，直刺对方的面门——他觉得这都是闻所未闻的事。他觉得所有这些日常的事情都很重要，都值得赞叹，就像值得追求的伟大事业一样。他讲话时那种胆怯的惊叹使得施拉梅克越发健谈、越发亲切了。施拉梅克像对待老朋友那样同他说话，展开他容纳了对学生生涯全部理想的彩色画卷。贝格尔着迷似的注视着这幅画卷，在这里面他看到了自己新生活的先行者。

到了夜半时分，他们终于互道了“再见”。施拉梅克真诚地与贝格尔握手，拍打贝格尔的肩膀，并用同龄人称为自发友谊的感情向贝格尔保证，他是一个“可爱的家伙”，会使年轻人愉快和着迷。

他为这种印象陶醉，他回到了自己的房间，突然觉得这个房间不再孤寂，不再昏暗了，尽管雨滴还在不断地敲打窗子，各处的缝隙都还在涌进冷气。他心中想的尽是那些陌生的、闪光耀眼的事情。到达这里的第一天就立即结识了这么一位朋友，他觉得这是难以形容的幸运。然而没有多久，他的情绪中又掺进了一丝轻微的忧伤。他感觉到，与这个两脚坚定地站在生活中的人相比，自己显得多么软弱，多么幼稚，多么小学生气。在自己的同学中，他向来是最软弱、最无力、最多病的；在娱乐活动和放肆欢闹方面他也总是落在后边。但是到了今天他才觉得这是很令人痛苦的。将来他能变得像施拉梅克那样坚强、有力和无拘无束吗？他产生了一种狂热的渴望：要能够那么机灵、那么果断地讲话，要长出健壮的肌肉，要能够坚强地对待生活，无论如何也不在生活中随波逐流。他将来能够成为那个样子吗？他心存疑虑地端详着镜子中自己腼腆、瘦削、没有胡子的娃娃脸。他又想起，自己用这只绷不起肌肉的娇嫩胳膊很勉强地才把剑举起来。他想起来，两个小时以前自己还像个孩子似的几乎哭一场，原因不过是昏暗、天冷和身边没有一个人。一种忧虑悄悄地降临到了他的身上：在这个陌生的城市里，在这种需要力量、勇气和傲慢的新生活里，他这样软弱幼稚的人，会遭遇什么情况呢？不行——他努力振作了起来——他要战斗到成为价值完整的人时为止。这就是说，他要像他的朋友那样强壮有力，他要向他的朋友学会一切：摇摇晃晃的闲逛步态；爽朗果断的讲话风格；他要增强自己的肌肉，要成为像他的朋友那样的男人。现在，忧虑和欢乐、希望和沮丧掺杂到了一起。他的梦幻愈来愈混乱了。当残灯冒起浓烟的时候，他才看到夜色已晚，赶紧上床。这时候，窗外严峻无情的九月秋雨还在不停地敲击。

这就是贝尔托尔德·贝格尔来到维也纳的第一天。

在随后的一段时间里他的情况依然是这样：忧伤和欢乐、希望和失望不断地混杂在一起。这是一种错综复杂的感受，始终令他感到生疏而不是适应。他对于独立，对于大学生时代和维也纳生活所期待的重大事件、意外事件和新鲜事件兴许都不会出现。倒是有几样东西很美：九月柔和阳光中的美泉宫和金黄色的林荫大道，大道向高处延伸，抵达宫殿的制高点——凯旋门，从那里可以俯瞰名贵的花园和富于活力的宫殿的恢宏全景；还有一些进行演出、聚集起众多名人的剧院很吸引人，节日聚会与庆祝活动呈现出一派高雅的景象；大街上时有许多漂亮和罕见的面孔从他身旁经过，闪烁着千百种许诺和诱惑。但是这些始终还只是外貌，而绝非深入了内部，好比始终只是贪婪地翻阅一本打开的书，而非直接的交谈和亲身经历。

几天以后，他立刻对这个新世界的内部进行了一次独特的探究。他有些亲戚住在维也纳，这都是些高贵的人。他去看望了他们，随后他们便请他吃饭。人人对他都很亲切，连那些差不多同年岁的表兄弟也都很亲切。不过他感到太过分了：他觉得人家只是用邀请来尽到一种责任，还觉得他们在用克制和同情的微笑打量自己的西服。他很为乡下的时尚和自己的腼腆感到羞愧；与表兄弟们充满自信的举止性格相比，他的腼腆必定令人感到可怜。告辞时他反感到高兴，他之后也再没有到他们那里去。

就这样，各种事情都把他推回第一天晚上的友谊。他满怀一个小伙子的全部热情沉醉于这场友谊。他完全信赖那个健壮有力的人；那人也乐于接受他感情奔放的爱戴，而且用对于内心冷淡的人而言很少见的随时乐于帮助的诚意回报他。几天以后，施拉梅克就向高兴得红光满面的贝格尔建议用“你”相称了。可是贝格尔在相当长时间里用起“你”来还是笨拙和畏缩的，他对这位朋友的优势的尊重异乎寻常。他们同行的时候，他经常从侧面偷眼观看对方，为的是学习他那阔步和自信的行走姿态。后来他就有了把头伸到每个漂亮姑娘鼻子下边去的大方自然的举止。他甚至喜欢一些不良习惯，比如用棍棒在街上格斗闹事，衣服里总是散发出优质烟草的气味，在饭馆酒店里发表高声挑衅的讲话，以及其他没有见识的恶作剧。每当施拉梅克讲述关于女孩子、决斗以及远足郊游等无关紧要的故事时，贝格尔都能一连几个小时洗耳恭听。他甚至觉得这些根本与他无关的事情都很重要。他为这些故事激动不已。他觉得这些故事就是实在的生活，就是生活的原貌，所以他非常渴望也能体验一番这类事情。他暗自希望，施拉梅克有一天会把他推进一场这样的惊险活动。但是施拉梅克态度怪异，总把他排除在重要的活动以外。显而易见，他觉得这副幼稚的、嘴上无毛的面孔太没有派头。他去参加大学生协会的时候，很少把贝格尔带去，两个人主要是在咖啡馆或者宿舍里相遇。

没过多久贝格尔就觉察到了这一点，暗自苦恼。在他的友谊中，正如在每个小青年的友谊中一样，有某种类似爱情的东西：先是异常的激情，然后是轻微的猜忌。当他看到施拉梅克对一个刚刚认识的很单纯和无足轻重的人也像对自己一样热诚，经常还更加无拘无束的时候，便产生一种当然不敢表露出来的愤怒。后来他还感觉到，在认识施拉梅克的几个星期里，尽管自己非常热衷于接近人家，却始终没有比第一天晚上更近一步。施拉梅克对贝格尔的一切事情丝毫没有表现出后者对施拉梅克的事情所表现出的那种热情洋溢的兴趣。施拉梅克对他表示衷心的问候，仅此而已，接着便讲述起自己的事，如果贝格尔要讲他的事，他就勉强听一听。贝格尔对此感到恼怒。

后来又发生了最不愉快的事：贝格尔从每一句话里都感觉到，施拉梅克没把他当作一回事儿。就像对自己的称呼那样！现在施拉梅克总是叫他“毛孩子”，而不是最初的贝尔托尔德。这样叫听起来亲切热诚，但却总是使他痛苦。因为这正碰到多年来他心中不曾愈合的伤口：他总是被人看作一个孩子。有好几年，他在学校里像个女孩子那样，人人都觉得他既柔弱又畏缩。所以现在，应该成为一个男子汉的时候，他的外表还像个小男孩，他还有男孩子的胆怯和神经过敏。人们都不肯相信，他已经是个大学生了。诚然，他还不满十八周岁，但是外表看起来比他幼稚的行为还要年幼得多。他心中日益坚定起了一种怀疑：施拉梅克只是看在同学的分上对自己表面客气而已。

一天晚上，他完全确信了自己的怀疑。他在市区里长时间地漫游。在人群潮涌的大街上他再度痛苦地感觉到了绝对的孤单。所以他又到施拉梅克房间里去聊天。施拉梅克对他表示衷心欢迎，但是坐在沙发上，没有站起身来。

桌子上放着大学生协会的软帽，火样的鲜红，很引贝格尔注目。他最心爱和最机密的愿望就是，被施拉梅克带进他的协会。到了那里他就会有自己现在痛苦地缺少的一切，就会有亲密的交往，有个俱乐部。到了那里他就会变成自己想要成为的样子：强壮有力，男子气概，一条成人的汉子。几个星期以来他一直在等待施拉梅克的建议。他经常作些谨慎的暗示，但是显然没有受到理会。现在他急切地想有一顶这样的帽子。他觉得这顶软帽犹如旺盛的火焰一样在桌子上不住地颤动。这火焰在闪烁，在发红，在使他的全部思想为之陶醉。他不得不说到这顶软帽。

“明天你要去参加大学生酒会吗?”

“当然了,”施拉梅克立刻兴奋地说，“到了那里就非常愉快。新近吸收了三名一年级新生。的确，都是很出色健壮的青年。再说我作为大学生协会的第二号干事必须到场。情况会非常好的。不要在星期四两点钟之前来找我，我们准保到早上才能回家。”

“是的，我想那会非常愉快的。”贝格尔说。他还想等待下文，施拉梅克却缄口不言了。为什么还要谈下去呢？但是桌子旁边的那顶软帽很吸引人。那是火一样的鲜红色，火一样的鲜红色……那顶软帽像血一样闪光耀眼。

“你说……你就不能把我领进大学生协会吗？当然只是带着去而已……你要知道，我是很想去那里看看的。”

“但是，好吧，你就来一次吧。不过明天不行。但你去一次看看，只作为客人。你肯定不会喜欢那里，毛孩子，因为他们常常表现得粗野放荡。不过如果你愿意的话……”

贝格尔觉得有话从喉咙里涌了上来。他突然看到那软帽，那个红色的、吸引人的梦好像是在浓雾中一样。这就是眼泪吧？他狂怒起来，但又忍气吞声地脱口说出：

“为什么我就不会喜欢呢？你到底是如何看待我的呢？我是一个小孩子吗?”

在这话音里、在这语调里是颇有些内容的，因为施拉梅克猛地站了起来。现在他真的是诚心实意地向贝格尔走来，拍着他的肩膀说：

“不，毛孩子，你可不要生气，我没有那个意思。但是根据我对你的了解，我相信，这样的事对你是不合适的，你太文雅、太正派、太诚实了。到那里去的人必须是粗暴的，必须是其他人望而生畏的汉子，而且就是为了喝酒才去的。现在你能设想在礼堂里面随时可能出现的酗酒或者殴斗的场面吗？想不出来吧？这绝不是坏事。不过你是不适合到那里去的。”

是呀，他是不适合到那里去的，现在他觉得施拉梅克说的是对的。但是他到底适合干什么事情呢？生活需要他去干什么呢？他不知道，为了这坦诚相待的谈话，他应该对施拉梅克生气呢，还是应该对他表示感谢。对这次谈话，施拉梅克当然一分钟以后便忘光了，他继续闲谈。但是在贝格尔的心里却愈来愈深刻地铭记着这样的念头：所有的人都认为他的质量是低劣的。桌子旁边的那顶红色软帽像生气的眼睛一样注视着他。这个晚上，他没有再待多久便回自己的房间了。他坐了下来，两手支在桌子上，纹丝不动地呆看着灯，一直到后半夜。

第二天，贝尔托尔德·贝格尔干了一件蠢事。他通宵没有入睡。一想到施拉梅克认为自己低能、怯懦、只是一个孩子，他便非常痛苦。于是他下定决心，要向人们证明自己并不缺少勇气。他想寻衅斗殴，想去进行一次决斗，向施拉梅克表明，他不是胆怯的。

他没有成功。在与施拉梅克过往的谈话中他知道了这样的事情是如何开始的。在郊区饭店一间低矮狭小的房间里，他每天都坐在几个佩戴同样颜色徽章的大学生对面。与他们接近并不困难，因为他们从来不谈论其他问题，他们的全部思维活动围绕的就是所谓的名誉损害问题。

他从他们的餐桌旁走过时，故意碰碰撞撞，带倒一把椅子。他平静地径自走去，没有道歉。他的心在胸膛里急速跳起来。

这时候传来严厉的威吓：“你不会小心点儿吗？”

“您这是要管教我吗！”

“竟敢如此放肆！”

这时他转回头来，索要名片，并且递过去自己的名片。他感到高兴的是，递名片时自己的手没有发颤。一分钟过后整个事情就无可挽回了。他傲气十足地走出餐馆时，还听见他们坐在餐桌旁的笑声。其中一个兴高采烈地说：“一个十足的无赖！”这句话败坏了他骄傲的兴致。

然后他便跑回家去。他面色发红，兴奋得口吃，不顾唐突造访了刚刚起床的施拉梅克。在房间里他把一切都讲给了对方听，当然他隐瞒了人家最后的那句评语，也闭口不提自己是故意弄倒椅子的。不言而喻，施拉梅克必须去当他进行决斗的助手。

他原来的希望是，施拉梅克会拍拍自己的肩膀，祝贺他成了一个健壮的小伙子。然而施拉梅克看着名片，陷入了沉思，牙缝里还发出吱吱的响声，十分生气地说：“你可真是找对了人！他是个像树一样壮实的人，我们中间最优秀的击剑手之一。他会让你粉身碎骨的。”

贝格尔却无惊惧之感。对他来说，在击剑中失败是理所当然的事，因为他还从来没有拿过佩剑呢。他甚至还会为脸上有道可怕的伤疤而感到高兴，因为那样就再不会有人来问自己是不是一个大学生了。但是施拉梅克的态度使他感到很不愉快。现在施拉梅克手里拿着名片，不住地来回走动，还咕咕哝哝地说："这可不是轻率的事。他是说你放肆，对吧？"

最后，施拉梅克穿戴整齐，对贝格尔说："我马上就到大学生协会去，给你找一位第二代理人。你放心好了，我会把事情准备妥当的。"

贝格尔真的是无忧无虑，他感到一种狂热的、简直是奔放的喜悦，因为现在他第一次正式被人作为大学生和成年人对待了，而且他也有自己的事情了。突然，他几乎感觉到了关节里的力量。现在当他拿起佩剑舞动旋转的时候，他觉得坚定地劈刺简直是一种乐趣。整个下午他都在激动地走来走去，梦想这场决斗。他确信自己将要失败，但是这一点并不使他痛苦。恰恰相反，他的失败能向施拉梅克和其他人表明：他不是胆怯的。即使血溅满脸，他也会岿然不动。不管他们是否要把他撕得粉碎，他都丝毫不会动摇。然后他们就会愿意给他一顶红帽子了。

贝格尔的血完全变热了。晚上七点钟，施拉梅克回来的时候，贝格尔情绪激动，跳起来迎了上去！施拉梅克却很轻松愉快地说：

"你看呀，怎么样？毛孩子，一切顺利，事情已经办妥当了。"

"我们在什么时候决斗？"

"毛孩子，我们可是不会让你与那个人决斗的。事情当然已经调停好了。"

贝格尔立刻变得脸色苍白，两手颤抖，心中勃然大怒，眼睛里饱含着泪水。这时施拉梅克对他说：“这可不是轻而易举的事。下一次可要多加谨慎！不是每次问题都能这样顺利了结的！”

贝格尔竭力想搜索出一句恰当的话，但是白费力气。失望可是太可怕了。最后他流着眼泪哽咽地说：“不管怎样我要多谢你。不过你这样做并没有使我满意。”说罢他就走了出去。施拉梅克惊愕地目送他走出房间，认为这种异乎寻常的举动应当归咎于新生的激动，没有继续思考下去。

贝格尔开始环顾四周。他的生活终于要摸到底了。他到这里已经几个星期了，但是见识并不比第一天更多。一幅幅景象慢慢地飞向远方，如同散乱飘动的白云。童年时代那些充满幻想的诺言现在都变得苍白无力，零零散散地消解在雾中了。这真的就是维也纳吗？就是那个大城市，就是从他第一次用生硬笨拙的字母在纸上涂抹出这个名字那天起自己多年以来的梦想吗？也许当初他只想到许多楼房，还想到旋转木马必定比教堂年集上的个头更大，色彩更漂亮。然后他慢慢地从书本里找出各种颜色，让那些吸引人的、值得追求的女子卖弄风骚地在大街上行走，房子里住的都是胆大包天的冒险家，夜里到处都是疯狂的大学生协会活动，所有这一切都出现在呼啸纷乱的旋涡中，这就叫青春和生活。

而如今有什么呢？一个房间，既很狭小，又是空荡荡的。为了不在汗湿衣衫的书房里度过几个小时，他在早上就跑出房间。一个去处是匆忙吃顿饭的客店，还有一个是咖啡馆，他在那里专心阅报和看人，竟会忘了时间。他还会漫无目的地在喧闹的大街上转悠，直到筋疲力竭、又回到狭小空荡的房间里为止。他也到剧院去过一两次。但是对于他来说，那始终是痛苦的经历。这是因为，如果他站在顶层楼座上边，挤在素不相识的众人中间，就能看到下边正厅的后排净是体态优雅、善于辞令的男人们和珠光宝气、袒胸露背的女人们。他看到他们如何互相问候，如何取笑和装腔作势。大家都互相熟悉，彼此需要。书本没有撒谎，形形色色奇遇的现实版本就在这里。而对于这些奇遇，他原来都是怀疑的，因为它们和他无缘。平时隐藏在沉默的房子里的人世生活就在这里；恋爱事件、冒险艳遇、人生命运都在这里了。他觉得，正是在这里人们从许多井筒子中下到生活的财富里去。但是他站在这个地方，远远望去，不能进入其中。实际上他童年时代的看法是对的：这里涂了色彩和不停转动的旋转木马比家里的更高大；这里的音乐比家里的更响亮和令人着迷；这里的热情也比家里的更疯狂和令人窒息。不过现在他只是站着旁观，而无法参与进去。

使得他站立旁观的并不只是胆怯，贫穷也束缚住他的手脚。他从家里得到的生活费是够的，但是他仍觉得太少了。这种仅仅够安静和简单地过活的收入使他不至从匮乏的悬崖上摔下来，然而对于那种足以构成青年时代意义的奢华浪费来说，是远远不够的。他知道自己没有可供挥霍的钱，他也意识到那些令自己模模糊糊感到很美好迷人的事情都办不成，为此他很是羞愧。比如坐上出租马车在普拉特游乐场里风驰电掣般地兜风，又如在某个豪华酒店里与女人和朋友们喝香槟酒通宵厮混，再如任性地挥金如土、不加查点。烟雾弥漫的小酒馆里那种粗野的大学生夜生活令他感到厌恶。一个热切的愿望愈来愈热切地滋长起来：待到经济充裕时，他要从无聊的日常惯例中逃出来，投入更有生气的、伴随生活有力节拍和青年人无拘无束的律动一起活跃起来的情绪中去。但是，这一切他都办不到。每天的结局都是在晚上沉闷地回到狭小和惹人厌烦的房间里。各种阴影在这里拖得长长的，很像是被一只凶恶的手撒开似的。镜子发出的亮光也仿佛被冻僵了一样。在这里，晚上他害怕早上的苏醒，而早上他又发愁漫长的、令人昏睡的、无聊单调的一天要怎样捱到晚上。

在这期间，他怀着某种绝望，非常勤奋地埋头学习。他第一个到教室和实验室，也是最后一个离开的。他怀着麻木的贪欲工作，从来不关心他人，于是没过多久他便在同学中不得人心了。他试图在这种疯狂的工作中战胜对其他问题的执念，他也成功地做到了这一点。他在晚上工作以后，经常几乎再不觉得需要与施拉梅克交谈了。他只是完全盲目地埋头工作，没有任何野心。他只是为了麻醉自己，从而不必考虑自己必须放弃的许多问题。他懂得，在这激情中有一种不可思议的秘密，很多人都用它掩饰了自己一生的无用和空虚。所以他希望也能够赋予自己的生活一种意义。当然他忘记了，青年人最早想要的可不是生活的一种意义，而是纷繁多样的生活的全部。

一天下午，他比往常略早一些丢开工作回家。在走过他朋友的房门时，他忽然想起来，自己已经四天没有见过他了。他上前敲门，没有人回答。但是在施拉梅克这里他已经习惯了这样的情况：如果施拉梅克与朋友们胡闹了通宵，那么经常是要睡到很晚的。

现在他把门打开，觉得昏暗的房间空荡荡的。但是这时候，在窗子前的靠背椅旁边忽然有什么东西活动起来：原来是一个坐在施拉梅克怀里的高个子姑娘，她纵声大笑，跳了起来。

贝格尔本想立刻退出房间。显而易见，他们没有听到敲门声，他感到很不自在。但是施拉梅克呼地站起身来，抓住贝格尔要挣脱的胳膊，把他拉到跟前："你看呀，这就是他。他就像怕蜘蛛一样害怕你们这些姑娘。噢，不行，现在你溜不掉的。喂，卡尔拉，你看呀，这就是我给你说起过的那个毛孩子。"

"我什么也没有看见呀。"这是一个有点尖的响亮声音。房间里的确太暗了，透过一片朦胧，贝格尔只是隐约看到了白色的牙齿和一双欢笑闪光的眼睛。

"怎么样？要点儿灯光吧？"施拉梅克说着就去点灯。贝格尔感到很不愉快。他的心不安地跳着，但是再也逃不走了。

对这位卡尔拉贝格尔早有耳闻。近几个星期以来，她成了施拉梅克的情人。她是某个商店里的店员，一个很快乐的小东西。贝格尔在自己的房间里听到过两人的说笑和耳语。但是他很胆怯，没想过要与她相遇。

灯点亮了。现在他看到她是站着的，高个儿，很漂亮，是个体态丰满、胸宽肩厚、健康结实的姑娘。她有一头火一样鲜红的头发，还有一双欢乐的大眼睛。她是个有点儿土气的人，有点儿像使女，衣着和发式也很随便。也许正是施拉梅克使得她这样一塌糊涂的吧？事情看起来就是这样。但是当她向他走来，向他伸出手来并说"你好！"的时候，那无拘无束、放纵自负的风度是令人愉快的。

“怎么样？你中意吗？”施拉梅克问道。他是要开一个使得贝格尔狼狈不堪的大玩笑。

“他可是比你可爱呀！”卡尔拉笑着说，“只是太可惜了：他是一个哑巴。”

贝格尔的脸红了起来。他想要说点什么。这时候卡尔拉笑着向施拉梅克跳了过去，说：“你看呀，有人和他说话，他就会脸红起来。”

“你让他平静一下，”施拉梅克说，“他不会伤害姑娘们的。他只是很害羞，但是你会鼓起他的勇气的。”

“那当然，这可不坏。您过来吧！我不会咬您一口的。”

她果断地抓住贝格尔的胳膊，强迫他坐了下来。

“可是，小姐……”无可奈何的贝格尔结结巴巴地说。

“你听见了吗？他说的是小姐，小姐。亲爱的毛孩子先生，您不要叫我小姐，您要永远叫我‘卡尔拉’。”

施拉梅克和卡尔拉，两人都无拘无束地大笑起来。贝格尔觉得自己看上去一定手足无措，为了不显得更可怜，他也随着笑了起来。

“你知道吗？”施拉梅克说，“让人拿一瓶酒来。喝了酒也许他就不再那么羞答答的了。怎么样？毛孩子，前进吧，畅饮上一瓶，要不最好是两瓶，愿意吗？”

“当然愿意。”贝格尔说。最开始的突然袭击一过，他渐渐开始自信起来。他便出门喊女房东。女房东送来酒和酒杯。现在他们三人围桌而坐，聊天欢笑。卡尔拉坐在贝格尔的旁边，还向他敬酒。

贝格尔的胆子显然大了起来，在卡尔拉转身对施拉梅克说话的时候，他敢于充分端详她了。现在他比较喜欢她了。她那纯净白皙的脖颈与头顶上火焰般鲜红的头发形成一种诱人的反差；她那不受约束的活泼，她那粗犷、强大而且充满热情的力量吸引住了他。他不停地看她性感的鲜红嘴唇，看她大笑时张口露出来的坚实雪白的牙齿。

有一回他正在盯住她看时，她突然把他逮个正着，向他提了一个问题。“您喜欢我吧?”她无所顾忌地笑着说。“我也喜欢您!”她毫无恶意地这样说，没有奉承讨好的意思，但是这话使他听得舒畅，甚至使他短暂地陶醉。

贝格尔变得越来越活跃。他那被掩饰起来的文科中学生目空一切的态度突然在心中像温泉一样喷涌出来。他开始讲故事，说笑话。在酒劲的鼓舞下，他的全部讲述都闪射出自己从不了解的狂热的青春火花。连施拉梅克也为之惊讶。“哎呀，毛孩子，你怎么变成这样了呢？你看呀，难道你一向是这个样子，而不是一个胆小鬼!”“是的!”卡尔拉笑着说，“我刚才不是对你说过吗？我会从他的鼻孔里把蠕虫拉出来的。”

女房东又送了一次酒。他们三个人兴高采烈，声音愈来愈响。往常几乎从不饮酒的贝格尔觉得被这种不常见的欢乐气氛提高了情绪。于是他放声大笑，乱开玩笑，完全没有了羞涩。喝到第三瓶的时候，卡尔拉开始唱歌了。然后她便向贝格尔建议相互以“你”相称。

“你说不是吗？施拉梅克，你是允许这样的。他是个很可爱的小伙子。”

“当然。前进！友爱之吻！”

贝格尔还没有来得及仔细考虑，就感到两片湿润的嘴唇已经贴到自己的嘴上。这个吻给他的既不是痛苦，也不是愉快，高低摇晃的欢乐无影无踪地消失在粗野和薄雾般的欢乐之中，使他恍惚神迷个不停。现在他只有一个愿望：把这种美好的、无拘无束的混乱喧闹，这种来自姑娘、美酒和他的青春的轻度陶醉继续下去。卡尔拉的面颊也红润了。她还在不时地对施拉梅克挤眉弄眼。

施拉梅克突然对贝格尔说：“你看过我的新佩剑了吗？”

贝格尔没有这种好奇心。但是施拉梅克仍拉着他走。在他们弯腰的时候，施拉梅克低声对贝格尔说：“就这样吧，毛孩子，你快走吧！现在我不再需要你了。”

贝格尔惊愕地盯住他看了片刻。然后他明白了过来，便道了一声晚安。

当他站在自己房间里的时候，觉得脚下有一点晃动。前额上青筋直跳，四肢无力，所以他很快便躺在床上了。第二天，他第一次睡过头，耽误了上课。

不管怎么说，这次相会尽管很短暂，却在他的性格中引起了不规则的轻微激动。他迷迷糊糊地沉思起来：这是否是一个什么错误，是否是一个神秘的谎言，是否是对友情的渴望。在他从孤寂里对无拘无束的亲热的要求中是否还有另一种费力掩盖起来的要求在活动呢？

他回想起了与姐姐相处的那些日子。他想起来那些蓝色的晚上，那时候他们坐在暮色苍茫的花园里。他看不见姐姐的容貌，只在朦胧之中看到她的白色衣裙光亮闪烁，十分轻柔，就如同在夜幕笼罩的天空里经常有一片柔情缠绵的云在闪光。令人愉快的说话声从黑暗中传了出来，银铃一般，轻声细语，经常还伴着响亮的笑声，充满温情体贴，每当这时，每当这样的音乐扑到他的心上，就像表示亲热的微风或者温顺的鸟儿扑来的时候，使他充满幸福感的就是这些吧？这真的只是姐弟间的信赖吗？这里边——在最深的底层，由于无欲的友情而冷却下来的——难道没有一种隐蔽起来的对女人的亲近，一种最敏感、最甜蜜的女性感情吗？他现在模模糊糊渴求的一切，不会也许就是一种光辉，一种女性感情照临他生活的痕迹吗？

从那个晚上以来，他对生活肯定有了了解，他渴望任何一个女人。他不是强烈地渴求一种关系、一种爱情，而只是渴求随便一种与女人的亲切接触。如果他所希求的那些不熟悉与奇妙的东西都是和女人连在一起的，那么，女人就不是种种秘密的守护者，而是吸引人的，充满希望的，既渴求他人又被人渴求的。现在他开始在街上进行更多的观察了。他看到很多年轻的女人、漂亮的女人。她们的眼睛里都闪耀着光彩，暴露出许多东西。这些走起路来摇摆得像轻盈舞蹈一样的女人，这些挺直腰板环顾四周傲慢得像皇后一样的女人，这些安坐在车厢里欢欢乐乐地用懒洋洋的目光扫视惊讶地观看她们和惊叹不已的人群的女人，都是属于谁的呀？在她们的心里不是也有渴望吗？在成千上万的家门里边，在大城市无数惊恐不安地拉上窗帘或满怀渴望地敞开的窗子里边，不是肯定也有许多女人吗？那些女人的心中也都有要求，就像他的要求一样，而且仿佛正张开双臂迎着他展现出来。他不是像她们一样年轻吗？相同的渴望不是铸成了一切吗？

现在他很少去听课了，而是很经常地去逛大街。他觉得，最终他必定会遇到能够看懂他眼睛里颤抖的信号的某个女人，必定有偶然事件帮助他实现意外的邂逅。他怀着强烈的嫉妒和贪欲看到年轻小伙子们抢在自己前边与姑娘们相识，看到一对对情侣情意绵绵地偎依着消失在晚上的公园里，于是他心中渴望自己的恋情的要求越来越迫切了。当然他渴望的不是什么放荡行为，而是一个女人，体贴、温柔，像他的姐姐一样亲切、可爱、孩子般的忠实，并且一到晚上就有那样奇妙轻柔的声音。这样的景象充满了他的梦想。

每天中午他穿过花市街回家的时候，总是遇到许多年轻姑娘热情洋溢的面孔。她们都是十五六岁，刚从学校里出来，三五成群，喋喋不休地说话。她们蹦蹦跳跳，迈着这个年龄女孩子的步伐，不安份地到处窥视，哧哧暗笑，还摆动着书包。他每天都从远处遥望她们，看她们活泼清新、笑容可掬的面孔，看她们身穿短裙的苗条身材，看她们轻微摇摆的臀部，看她们那无忧无虑、天真烂漫的欢乐。于是，他心中便急切地渴望向这些女孩子学会欢笑，学会清爽的愉快。他每天都看她们，因此她们也都认识了他。每逢他走过来，她们便以引人注目的方式互相推推搡搡。她们放声大笑，用无所畏惧的挑衅目光注视着这个总是转开目光、匆匆走过的人。她们看到他畏畏缩缩，惊慌失措，红着脸快步走过她们面前的样子，就一天天变得更加放肆起来。而他却在几番踌躇之后还没能勇敢地同她们攀谈。她们不是比他更像男孩子，更有男子气概吗？他那畏缩羞怯的样子不是像姑娘似的惊慌失措和天真幼稚吗？

他回想起姐姐几年前在家乡开的一个玩笑。她秘密地把他装扮成一个姑娘，并且突然领到她的女友们中间。最初她们都没有认出他来，后来便一起很放肆地大开玩笑纠缠他。当时他还是个男孩子，站在那里簌簌发抖，脸上泛出红晕，几乎没有勇气睁开眼睛看她们给自己拿来的镜子。当时他就是很羞怯的，但是那时候他还是个孩子。现在他差不多是个成年人了，还是不善于忍受欢笑的眼光，没有像生活所要求的那样强壮和粗暴。为什么他不能像施拉梅克或者其他人那样呢？他真的是低能吗？他真的还像一个孩子吗？

他总是一再想起，当年自己是如何伪装成姑娘站在那些哈哈大笑、无所顾忌的少女中间，不敢睁开眼看。那些姑娘现在都变成什么样子了呢？她们都熟悉亲吻和爱情了，她们都穿长衣裙了，其中有些人已经有了丈夫和孩子。她们全都已从当时的房间、从少年时代冲到生活中来，而他却还一直站在原地。与其说他是一个男人，倒不如说他是一个姑娘，他是一个两眼迷惘低垂、待在孤寂房间里、脸色发红的孩子，不敢抬头仰视……

有一次，那是在元月下旬，贝格尔又到了施拉梅克那里。自从他在独自逛大街中感觉到一些诱人的乐趣以来，便很少来这里了。天气很糟，近几天下的雪已经融化，但是风依然凛冽刺骨，要独占整个大街。乌云在像瞎子一样俯视下方的灰蒙蒙的天空里追逐奔忙。一阵猛烈的、打得人生痛的骤雨开始了，这雨像冰凌一样刺骨。

施拉梅克勉强向他道了声日安。每当他的事儿出了岔子，他总是表现得粗暴而无所顾忌。现在他正烦躁不安地走来走去，同时不停地吸着烟斗。“事情不妙！”他从牙缝里喃喃地说。

贝格尔平静地坐了下来，他不敢问施拉梅克到底发生了什么事儿。他知道，施拉梅克会讲出来的。

终于，施拉梅克突然放声说话了：“这样的坏天气！我还真的没经历过。现在又得为件蠢事奔波了！”

他又怒气冲冲地快步走来走去，用尺子在空中呼地急速一劈。这时候贝格尔才谨慎地问道：“到底发生了什么事儿？”

“我的那个花花公子老同学前两天惹了两个家伙。今天四点钟干了起来，明天还要出乱子。我下个星期就要考试，不得不为另一些事情操心。再说他惹的是两个肯定比他强的人，笨蛋，傻瓜。如果这次考试失败了，那我就完蛋了，还得再读一年，像小学里的留级生一样。我怎么能不恼火呢。”

贝格尔一言不发。没过多久，他就对诱人的光彩背后的比剑行为有了了解——那种光彩给愚蠢的行为镀了一层金。他参加过一次大学生酒会，在节庆气氛和繁琐的仪式之后，他看到那些酩酊大醉的大学生在早上的阳光下，都是面色苍白发灰。他还在郊外一家狭隘肮脏的酒馆里出席过一场比剑。自从参与了这些活动以来，他对这类事件所奉行的那种严肃的真诚就变成一笑置之了；从那以后他从内心里对诸如此类的事情就彻底没有兴趣了。当然这情况他从来没敢对施拉梅克说。这样的做法已经成了他的习惯。现在他们两个人坐在那里，都沉默不语，各自想着心事。窗外风声沙沙，越来越响了。

这时候钟声响了，紧接着有人敲门。

卡尔拉歪戴着帽子走了进来，堆满笑容的脸上散落着湿漉漉的头发。“现在我很美，不是吗？怎么样，你好吗？”她向施拉梅克走过去，要亲吻他。施拉梅克心绪不佳，躲开了她的吻。“我要用夹克衫把你沾湿。傻瓜！害怕了吗？”

她把夹克衫脱下来，扔到了沙发上。大家都默不作声。贝格尔不知怎地感到很不愉快。自从那个晚上饮酒结交以来，贝格尔与卡尔拉又有过几面之缘，但是他再没有感觉到那种无拘无束的友好爽快。自那时起，冲击着他生活的性爱热浪使得贝格尔在女人身旁感到不安和激动，他对自己的强烈感情几乎害怕起来。

施拉梅克也是一言不发，他的心绪很坏，桃色事件和考试总是萦绕在他的脑际。沉默令人不快地延续下去。

现在卡尔拉显得很生气：“我觉得，我的到来打扰了这位仁慈的先生。今天下午我可是请了假，要来看你们是怎样睁着眼睛睡觉的。我不能不说，你们都是可爱的人。”

施拉梅克站起身来，拿起他的冬季外套，说：“亲爱的孩子，你无论什么时候来我都欢迎，这一点你是知道的。只是这会儿不太合适，我必须出去。现在是三点半钟，四点钟的时候，菲克斯要在奥塔克林下车。”

“那个小捣蛋活该这样，他对大家都很放肆！如果你现在出去了我之后要怎么办呢？难道最终要我开开心心地到大街上瞎晃悠吗？”

“亲爱的孩子，我到七点钟才回来。你尽管待在这里呀。”

“我在这里干什么好呢？睡觉吗？多谢你啦。我从昨天晚上九点钟一直睡到了今天早上。带上我去吧。我很想看看他们是如何把菲克斯揍个稀巴烂的。”

“你净打鬼主意，这可不行。”

“好吧，没有意见。那么，我就待在这里等你，毛孩子就留在我这儿。毛孩子，这样好吧？”

贝格尔不知该如何回答。面对这样的突然袭击，他束手无策。他几乎不敢仰头看她。那两个人都大笑起来。

“当然，”施拉梅克说，现在他的情绪又好起来了，“当然，我让你们两人单独待在一起。你还认为这小子是个胆小鬼吗？”

“他可根本不是小子，他是个姑娘。”

这时他们两人又大笑起来。贝格尔心想，他们对我是多么轻视呀：为什么现在我不能一起大笑呢？为什么我要这样手足无措、张口结舌，不敢开玩笑，什么都不敢说呢？他心中的愤怒油然而起。

“那么，好啦，就这样吧，”施拉梅克说，“我要冒一次险，不过你们两人要是干什么勾当，我可是不饶人的。”

“那是需要两个人的。”

“你……你是知道的，我可信不过你。”

“我说的根本不是我自己。”

现在，他们俩又大笑起来。那些健康生活充实欢乐的笑声毫无恶意，但是在贝格尔听来却痛得如同受到鞭笞一样。走开吧，一走了之，走开十万八千里，他模糊地这样想着。要不就去睡觉，要不就像他们那样轻松愉快，绝不能这样无话可说地坐下去，绝不能这样愚蠢畏缩，不能这样幼稚迷惘，不能让人怜悯。

施拉梅克戴上了帽子，说："好吧，我看就检验一下吧……不过如果……你们可要吃苦头的……七点钟我就回来了。毛孩子，好好听话！你要是干什么坏事，我会从你的眼睛里看出来的。还有，不要让我可怜的姑娘感到无聊。再见！"

施拉梅克粗野地搂住卡尔拉的臀部，卡尔拉转开脸格格地笑了起来。他还用劲吻了卡尔拉几下，又向贝格尔挥了挥手才离开。外边的房门砰的一下关上了。

现在，房间里只剩下贝格尔和卡尔拉两个人。街道的上空正风雨交加。火炉里边偶尔劈啪作响，好像有什么东西断裂。房间里越来越安静了，几乎可以听见近旁摆钟细微的声响。贝格尔坐在那里，好似睡着了一样。他不用抬头就能感觉到卡尔拉正在微笑着注视自己。他觉得她的目光像是电的刺激一样触摸到了他的头发，并且往下一直触摸他的双脚。他觉得简直要闷死了。

卡尔拉跷起二郎腿坐在那里等待着。现在她俯身向前，面带微笑。面对一片寂静，她突然说："毛孩子！你害怕了吗？"

真的，是害怕了。她是怎么知道的呢？他感到害怕。但是他抑制住害怕，冲口说出："害怕？害怕谁呢？也许是说怕你吗？"他讲得气势汹汹，这不是他本想要有的样子。

沉默再一次在整个房间里颤动。卡尔拉站起身来，把衣服摆弄平整，还在镜子前梳理整齐弄乱了的头发。她看到自己的眼睛在欢笑，然后半转过身说："坦率地说，毛孩子，你真叫人害怕。给我讲点什么吧。”

贝格尔感觉到不断增长的愤怒，既是对卡尔拉，也是对如此笨拙的自己。他本想再给她一个怒气冲冲的回答，但是这时候她向他走了过来，友好而亲切地坐在他的身边，像个小孩子似地恳求他说：“你就给我讲点什么吧！不管讲什么聪明的事或者愚蠢的事都行。你们整天都在看书，因此必定知道些什么事情。”她把整个身体靠在他的身上，这是她与一切人亲近相处的自由随便的作风。但是那只柔嫩温暖的胳膊往贝格尔的胳膊上一放，就使他茫然不知所措了。

“我想不起来任何事情。”

“我觉得，你绝不会想到什么聪明的事。这么漫长的白天里你究竟在干些什么？我看是在瞎晃悠。不久前我在约瑟夫施塔特的街道上看到过你，不过你行色匆匆，要不就是不想理我。我觉得，你一定是正在追求哪位姑娘。”

他想要表示异议。

“没什么，没什么。这没有什么关系。毛孩子，你说，你到底有没有过男女关系？”

她对他欣笑迎视，他的惶惑迷惘让她兴奋极了：“这就露底儿了，你脸红了。我早就知道你有这种关系，你这只胆小的耗子。我想什么时候能去看看她长得究竟怎样？”

贝格尔在绝望中只知道一件事，总是那一件事，就是到此打住。他变得粗暴起来：“这是我的事儿，与你有什么关系？你还是管好自己的关系吧！”

“可是毛孩子，你干吗这样喊叫？我对你真有点儿害怕了。”她故作惊恐万状的样子。

贝格尔猛地站起身说：“那么，永远不要再叫我毛孩子，我忍受不了这种叫法。”

“可是施拉梅克也是这样叫你的呀！”

“那是另外一回事。”

卡尔拉笑了，她非常喜欢他那孩子般赌气的样子。

“那好吧，现在我讲些别的事情。毛孩子，毛孩子，毛孩子，我把它说了三遍！”

他的鼻翼翕动起来：“别这样叫，我跟你讲过了。我忍受不了这种叫法。”

“但就是叫你毛孩子——毛孩子！”

他攥紧了拳头。他的血涌到了脸上。他站在她面前一步远。她听见他喘气的呼吸，看到他的眼睛闪射出威胁的光芒，不由得后退了。但是稍后她又变得无所顾忌，两手抱臂笑了起来，露出洁白闪光的牙齿，像是自言自语地说：“嘿，竟然还会这样！毛孩子现在凶狠起来了。”

这时，贝格尔向卡尔拉扑了过去。这句讥讽鞭笞一般打到他身上，让他想把她痛打一顿，揍几下，惩罚她，使她不敢再讥讽自己。但是结实有力的姑娘一下子就熟练地抓住了他的拳头，把他的手往下弯。他感到很疼，手腕被她紧紧地抓住了。现在他丝毫活动不得。卡尔拉抓着他如同抓住一个孩子，抓住一个玩具。两个人的脸相距一步远，相对注视：贝格尔的脸因愤怒而扭曲，眼中涌起盈眶的热泪；卡尔拉的脸则惊愕不已，她会用力，有优越感，几乎是在微笑。她抓住贝格尔有一分钟之久，就像抓一只无力挣扎的小狗，他的手腕疼痛难熬，再有一分钟，肯定就要屈服了。这时候她把他放开了，和缓地把他推开，说：“好了——现在你又听话了吧！”

但是他又扑了过来，自己竟然软弱到被卡尔拉制得束手无策，这使他很恼火。现在他必须战胜她，制服她，不许她对自己任意讥讽嘲笑。于是他突然抱住她的腰，想把她摔倒。现在，两个人胸膛紧贴胸膛，气喘吁吁。对他那令人费解的激愤、那种怒气冲冲和咬牙切齿，她觉得很惊讶，也很开心。他张开的手愈来愈有力地紧压在她柔软的、没有穿紧身胸衣的上身。她的身体总是灵巧地躲闪开来，扭动着宽大的臀部。在扭打中，贝格尔的脸碰到了她的肩膀和胸脯。他在混乱中感觉到一种柔和暖人、使人陶醉的香气，这香气使他的胳膊越来越软弱无力。他不时地听到她心脏颤抖跳动的声响和从她被压住的胸部深处发出的咯咯笑声。他觉得自己的肌肉都麻木了。他摇撼树干一般摇撼她健壮有力的身体，这身体有时候会作一点让步，但是绝没有弯下腰来，而且在反抗中好像劲头越来越大了。直到她觉得这样的游戏太愚蠢，才三两下挣脱开来，她猛然把贝格尔往后一推，就甩开了他：“现在你可该安静了吧！”她的声音里充满了愤怒，甚至是威胁。

贝格尔踉跄后退。他的脸火辣辣地发烧，两眼充血，因此他觉得周围的一切都是红色的，火红色的。他又第三次扑上去。他盲目地、不假思索地张开双臂，活像个醉鬼。突然之间，情况有了变化。她那散发开的浓烈香气，她衣服的沙沙声，还有与她的身体热乎乎的接触，使得他疯狂起来。他不再想狠狠地揍她或者惩罚她了，而是想要占有这个刺激起自己性欲的女人。他把她拉向自己，一头拱到她那撩人的身体上。他激动地双手抱住她的整个身体，急切地咬她的衣服，想把她压倒。她还一直在大笑。他的触摸使她有些痒。不过在她的笑声中，渐渐有了一种陌生、嘶哑的声音。她好像更激动了。她的胸脯惶恐不安地起伏。她的身体在扭斗中紧贴着贝格尔狂躁的身体。她强有力的双手愈来愈不安地颤抖。她的头发披散开来，飘落到肩膀上，发出色情的香味，而且很浓。她的脸变得越来越激动。在扭打中，她的短上衣被揭了起来，还被弄掉了一个纽扣。情绪冲动的贝格尔突然看到她雪白的胸脯在紧张不安地闪动，他筋疲力竭，呻吟起来。他感觉到，她根本不想抗拒自己，她是愿意被征服、被摔倒的，但是自己的力量连这一点也做不到。他无力地在她身边摇摇晃晃。有那么一瞬间，她仿佛想自己往后倒。她狂喜地把头向后仰着。他看到她的眼睛突然闪射出从未见过的光亮。现在她说“哎呀，毛孩子，毛孩子！”的时候，含有一种温情、一种不能抑制的急迫叹息。于是他拉住她，他感觉到她没有倒在自己瘦弱颤抖的手里，突如其来的贪婪使他抓住她披散的红色头发，想一下子把她弄倒。她由于愤怒和疼痛尖叫起来。在暴怒中，她用力一推就甩开了贝格尔虚弱的身体，他便像个轻飘飘的棉团那样跌飞出去。

贝格尔跌跌撞撞地往后退去，然后当啷一声在放佩剑的墙角摔倒了，从手直到胳膊立刻出现一道明显的伤痕。

他像昏迷了一样，足有一分钟，躺着没动。这时候她走了过来，她还在激动地颤抖，但是不放心地关怀说："你这是怎么啦？"

他没有回答。她扶他站起来，还抚摩他。她的心里毫无恶意。他起身时很是费力，因为他的左手插在上装口袋里，目的是不让她看见自己的伤势。他不愿意承认，自己的体力竟然虚弱到不能制服一个有意顺从的女人，这使他心中的愤怒像烈火一样燃烧起来。有一瞬间，他觉得自己必须再攻击一次。同时，他感到衣服口袋里的伤口已经在流血，热乎乎的、湿漉漉的。

他踉跄地往前走，对惊惧地想要扶他的卡尔拉不加理睬。他的眼前是一片泪水的云雾，几乎看不见房间门。他心中觉得万事皆空，一切都无所谓了。在他的衣袋里，血还在流。但他模糊地觉得身上别的一切都不复存在了。他盲目地摸索着向前走去……走向房门……走出房间……走进自己的房间。

一进房间他就躺到床上，把受伤的胳膊伸到床沿以外。伤口还在流血，有时候还重重地啪嗒一声落到地板上一滴，但贝格尔根本没有注意到。他心中波涛翻滚，仿佛要闷死似的。终于，猛烈的啼哭和痉挛爆发了，贝格尔趴在枕头上愤怒而痛苦地抽噎。痉挛把他孩子似的发烧的身体一连折磨了好几分钟，然后他才觉得舒服了一些。

他谛听隔壁的声音。卡尔拉在那边故意重步走动，而他则在这边纹丝不动。现在，脚步声沉寂了，她开始把箱子弄得咯吱咯吱响，还擂鼓似的敲打桌子，意在让人注意。显然，她是在等他回去。

他继续谛听。他的心跳越发响了，但是肢体却一动不动。

她又来回走动了一会儿。然后，她用口哨吹起一支华尔兹舞曲，还敲击着节拍。过了一会儿，他听到外边的门开了，并且在走动声中重重地关上了。

在那个漫漫长夜里和第二天的早上，贝格尔都在等待施拉梅克前来，谈自己与卡尔拉之间发生的事。他确信，卡尔拉会立刻把一切告诉施拉梅克。他只是不知道，她是把事情描绘成一场凶狠的战斗呢，还是说成一次可笑的、无意义的乱发脾气。他通宵都在冥思苦想该如何回答施拉梅克。他构思了质问与反驳的长篇对话。为防无路可走，他甚至还编造出某些活动，以便快速地切断讨论。有一点他很清楚：现在，他的友情处于危急关头，一切都成了过去，或者必须彻底从头再来。

但是他白等了一场。施拉梅克没有来，一连几天都没有来。实际上，这个情况并不奇怪，因为通常施拉梅克也只是在需要人帮忙或者是想讲述自己的什么事情时才来找贝格尔。往常贝格尔为了见到他总是得去登门拜访；这一次，他觉得施拉梅克是不想露面，而他也不想到施拉梅克那里去。他怀着平静、恼怒而且使得自己万分痛苦的固执心情等待着。这些天里，他完全是独自一人，没有人到他这里来。他的自卑感空前地强烈：他觉得没有人需要自己，没有人喜欢自己，也没有人用得着自己。现在，尽管有各种失败和屈辱，可他加倍地感受到与施拉梅克的友情对自己的意义。

就这样过了一个星期。一天下午他坐在写字台前正想工作的时候，听到急速的脚步向房门走来。他听出来这是施拉梅克的脚步声，便立即站起身来。这时候房间门已经被推开，又砰的一声关上了。施拉梅克站在他的面前，气喘吁吁，一边笑一边抓住贝格尔的胳膊摇来晃去，说：

“你好呀，毛孩子！别人都来了，只有你缺席，我们也要看到你，你必须来跟我们喝上一天。还有事情也很顺利，真的，我通过了考试。谢天谢地，这是最后一次考试。下个星期你就得对我说博士先生了。”

贝格尔十分惊讶。他设想过各种可能，只是没有想到他们两人会这样相见。他正要结结巴巴地说几句话表示祝贺，施拉梅克打断他说：

“好啦，好啦。现在别说了。先别费心想那些，现在就走，到我那边去。我们要好好庆祝一番。我还要把一切事都讲给你听。这就走吧，卡尔拉已经在那里了。”

贝格尔有些惊慌。他突然害怕与卡尔拉在一起，因为她还会嘲笑自己，而他在她与施拉梅克之间又会像个小学生一样脸红。他想回避。

“你一定要原谅我，施拉梅克。我不能去。在这里表示最好的祝贺！我就不去了，我有很多事要做呢！”

“你要做什么？你这家伙，现在我通过了毕业考试，你要做的是什么？你必须高兴起来。你必须一起来。其他什么事儿也不要去做。快点儿走！”

施拉梅克抓住贝格尔的胳膊，把他拉走了。贝格尔觉得自己太软弱了，竟无力反抗。他只是模糊地感到施拉梅克具有支配他的威力。施拉梅克像拉一个姑娘似的把贝格尔拉了过来。他第一次完全懂得了，女人是如何完全违背自己的意愿，只是出于对强力渐渐萎缩的崇拜感情而不得不听任一个这样强壮、开朗、生活乐观的男人的控制。此时此刻，一个女人对丈夫的印象必定就像他对施拉梅克的印象一样：她必定有憎恨，有愤怒，然而也有受强者支配的软弱感受。贝格尔根本不觉得自己在走路，也根本不知道是怎么回事，就突然进入了施拉梅克的房间。

卡尔拉就站在房间里。她看到贝格尔，便向他走过来，用引人注意的亲切目光打量他。这目光像轻柔的波浪那样围住了他。卡尔拉还向他伸出了手，但没说话。她很好奇地又一次注视他，就像是在打量一个陌生人，但又有所不同。

施拉梅克为餐桌忙碌不停。他需要干些事情，讲讲愿望。他激动的心情和强大的活力需要这样的阀门。每逢有什么事情吸引他，他就需要来人，好发泄自己的兴奋。往常他是很冷漠的，更确切地说是沉默寡言的，但是今天他整个人都活跃起来了，都处于孩子似的狂热喜悦之中。

“那么，我们现在喝些什么呢？我这干燥的喉咙什么也不能给你们讲。怎么，没有酒？我们已经很久没有饮酒作乐，今天晚上更是一切都乱七八糟。我们来煮茶吧，煮那种耗功夫的、滚烫的茶。你们意下如何？”

卡尔拉和贝格尔都表示同意。他们并肩坐在餐桌旁边，但是贝格尔不与卡尔拉说话。他脑海里有一个思想翻来覆去，就像被关在房子里的灯蛾一样嗡嗡乱飞。他像个亡命之徒一样与身旁这个女人搏斗过，那是一场梦吗？他不敢正视她，只觉得周围的空气令人窒息。他的喉咙就像被绳子扎住了。幸好施拉梅克毫无觉察。施拉梅克把杯盘碗碟弄得叮当响，嘴里吹着口哨，还说个不停。他很高兴为这两个人充当堂倌，精神焕发地为他们服务。然后他在他们对面的靠背椅上坐下，豪迈愉快地开始了他的演说：

"你们看，我无需对你们讲，我从来学得一塌糊涂。当我身穿报丧的衣服磨蹭到考场前时，我碰到一个老朋友卡尔——你是认识他的——看到我缺乏勇气，就开始对我大加安慰。但是我只是恐惧地问他——你们想象不到一个正人君子在考试前的一个小时里会变得多么可怜——考试是否困难，他在两年前遇到过什么问题。当他给我讲第一个问题的时候，我对此一无所知，浑身瘫软无力。于是我赶快请他给我解说——那是一个宪法史的问题——他给我讲解了一番，随后便陪我进去，看我是如何被屠宰的。"

现在他在讲些什么？贝格尔听不下去。他讲的一切都来自远方，声响如同说话而又没有意义。他心里一直在颤抖的思想是，坐在他身边的是与自己进行过搏斗并且把他打败的女人，这个女人现在不是在讥讽他，而是在用温情、隐秘而又散发光亮的眼睛打量他……

这时候他突然大吃一惊，有个手指轻轻地顺着他的伤痕抚摸他无意间放到餐桌上的手。那伤痕还是一道红，像是火红的饰带。当他的手急速抽出的时候，贝格尔在卡尔拉的目光里遇到一个问题，一个几乎饱含柔情和同情的问题。灼热之火直冲到太阳穴上，他不得不紧紧扶住靠背椅。

施拉梅克还在那里不住地讲说：“因此，你们可以想象吗，我刚一坐下的第一个问题，正是卡尔讲解给我的那个。我听到身后有咳嗽声和哧哧笑声，但是我忽然觉得太容易了，我根本不生他们的气。我开始说了起来，一切就像溶解的奶油那样：人一旦运动起来，就会继续运动下去。我一直讲到舌头都疼了，天知道我是一个多么笨的家伙，但是我竟讲出来了。”

贝格尔听不进一句话。他只感觉到，那手指又一次抚摸起他的伤痕，好像被这种默默无声的动作痛苦地撕开了伤疤似的，一阵震颤传遍了他的全身。他突然把手从桌子上抽了回来，就像是从炽热的托盘上抽回一样。他心中产生了一种愤怒的迷惑。在注视她的时候，他发现了，她闭着的嘴唇像在梦呓一般嚅动；她低声嘟哝说：“可怜的毛孩子！”

这是摆在她嘴唇周围的无声的暗示，还是她当真讲出来的话呢？她的情人和朋友施拉梅克就坐在那边，还在狂热地继续讲说。这时候，贝格尔轻轻地哆嗦起来，他感到眩晕，觉得自己苍白无力；卡尔拉在桌子下边轻柔地握住他的手，并且放到自己的膝盖上。

他又觉得血涌到了脸上，同时心中淤塞不通，手上的伤口痛如火烧。他还感觉到卡尔拉柔软浑圆的膝盖。他想把手抽开，但是肌肉不听使唤，它依然像个熟睡的孩子一样卧在那里，温柔地待在那儿动也不动，被遗忘在奇妙的梦里。

而在另一边——烟雾中的那个声音是多么遥远呀——他的朋友，也就是现在他所欺骗的人，还在无忧无虑的欢乐中大讲特讲自己的幸运。“我最高兴的是狂妄的菲克斯这下输了钱。你们想一想，这个无耻之徒与大家打赌说我要落选。所以后来当我出考场的时候，他根本不知道该怎么办。他一定是既高兴又生气，我给你们说，他做的那副鬼脸，那副鬼脸呀……可是你们到底在干什么？我怎么觉得你们好像都睡着了似的?”

卡尔拉没有把手松开，因此贝格尔不得不一直想着“手……手……膝盖……她的手”。但是卡尔拉笑着表示异议说：“没有睡着。如果像你这种懒人也当上了博士，我们可不该无话可说吗。实际上我倒很想看看一个考试不及格和脑水肿的人是个什么样子。”

两个人都笑了。贝格尔哆嗦得越发厉害了。由于姑娘的伪装掩饰，他感到一种神秘的恐惧。她还一直握着他的手，她握得很有力，戒指都在他的手指上压出了血印；她还把她那丰满的腿靠在他的腿上。与此同时，她平静地，那么平静地继续说下去，使得他不寒而栗。“现在你说吧，到底要怎样庆祝这样一个上帝的奇迹呢?如果没有夜游活动，那你简直就是卑劣小人了。你竟成了博士，新出炉的博士。可是如果毛孩子成了博士，那就根本无可非议。你要注意，会有这么一天的。”

她的臀部完全紧靠着贝格尔的臀部，他感觉到她身体的柔软和温暖。他眼前的一切东西都开始摇晃起来，血从内向外痛苦地涌上额头。

这时候摆钟打响了。钟里的布谷鸟……布谷鸟用轻细的声音鸣叫了七次。他猛然站起身来，结结巴巴地说了几句话。然后，他便向另一个人——是他还是向她，他不知道了——伸出手来。有一个声音——那必定是她的声音——说："再见!"他觉得轻松和高兴，随后房门在他的身后关上了。

转瞬之间，当他站到自己的房间里时，他觉得一切都清楚了：现在他失去了他的朋友。如果他不想偷窃自己的朋友，他就不能再和他交往了。他觉得，他可能抵抗不住这位少有的姑娘的诱惑。她头发的香味、肢体热情剧烈的痉挛和那欲望的力量，这一切都在他的心里燃烧了起来。他知道，如果她再像今天这样用诱人的微笑盯住他看，自己是无力抗拒的。她对他突然如此强烈地爱慕起来，以至于为了他而欺骗坚定、漂亮、健壮的施拉梅克，那个自己暗中非常嫉妒的人。这是怎么回事呢？他对此全不理解，他感觉不到骄傲，也感觉不到愉快。他只感到一种强烈的忧伤：为了不在施拉梅克跟前变成流氓无赖，现在他必须躲避开他的朋友。当然，他与施拉梅克的友谊并没有成为自己所期望的那样。许多事情他都看透了，那些一度使他感到迷惘、现在已成为过去的事情，如今想来竟多得无穷无尽。这是他在维也纳还拥有的最后的东西，一切都滑过去了，先是种种希望和好奇心，然后是学习的乐趣和勤奋，而现在还剩下的最后一样东西就是友谊了。他觉得，此时此刻自己太可怜了。

这时候他听到隔壁房间里传来一阵声响，那是轻轻的哧哧笑声，现在声音大了。他凝神谛听，两只手放在怦怦直跳的胸口。他们是在嘲笑自己吗？卡尔拉把一切都告诉施拉梅克了吗？归根结底，这是引诱自己的预谋游戏吗？他凝神谛听。不对，这是另外一种笑声，其间有接吻声，还有哧哧的笑声，然后又是对话，是亲热，他们丝毫不感到害羞的亲热。贝格尔不由得攥起拳头，一头栽到床上。为了不再听到任何声响，他用枕头堵住耳朵。他产生了一种可怕的感觉，一种狂怒的厌恶、令他作呕的厌恶，对他的朋友，对这个婊子，对自己，他几乎参与了这样一场令人讨厌的游戏，一种对整个生活不假思索、筋疲力竭、异常惊惧和瘫软无力的厌恶。

在那些抑郁的日子里，他给他的姐姐写了一封信：

"亲爱的姐姐，我很感谢你给我的生日贺信。最近这些日子里我感到沉重。你的信提醒了我，告诉了我：今天我满十八岁了。我读过之后，觉得这与我无关，觉得这不是真的。因为信中所有那些关于我的自由与青春的幸福的话，如果不是出自你可爱的手，如果不是用我幼年时代所熟悉的笔迹写的，我真要看作是一种讥笑。因为如今我生活中的一切与你所能想象到的我的样子完全不同，与我自己原来的希望也完全不同。把这一切都写给你，我很难过。但是在这里我再没有别的人可谈。这几天我没和一个人说过话。有时候我在街上，跟在别人身后，听人家谈话，只是为了要知道说话的声音是否好听。我对什么也不了解，对什么也不知道，什么事情也没有办成。现在我毫无目的，正在走向毁灭。这几天我没有任何重要的事情，没遇到一副熟悉的面孔，你不明白孤寂地处于千百个人中间意味着什么。

"我和施拉梅克的关系也是一切都成了过去。这里发生的事情我不能对你一一详述，因为你不会理解这里的事，甚至我自己也几乎不能理解。我没有过错，他也没有过错，而是在我们中间有了一个类似双刃剑的东西。现在，在我失去了他以后，我才知道，他是我在维也纳所拥有的最宝贵的东西。

“还有一件事，我只能告诉你，你可不要透露给别人，就是现在我不再学习了。这几个星期我没有去上课，我的书本上已经积满了灰尘。我不明白这是什么原因，可是我再也学不下去了，我变得愚顽不灵。这里没有什么职业吸引我，没有什么职业能帮助我摆脱可怕的令人窒息的孤寂感。在这里，我再不想做任何事情，这里的一切都令人厌恶。我憎恨我所走的街道上的每块石头，我憎恨我的房间，我憎恨我遇到的人。我带着痛苦呼吸寒冷、潮湿和肮脏的空气，这里的一切都压得我喘不过气来。我要毁灭了，就像沉沦在一个泥潭里。也许我还太年轻，可以肯定，我太软弱。我没有铁拳，没有决心。我像个孩子一样立身于忙忙碌碌的人群之中。

“我明白了一点：我必须再回到家里。我还不能这样孤单地生活。也许还要过几年。但是现在我还需要你，还需要父亲母亲；我还需要爱我的人，需要他们在我周围并且给我以帮助。是的，这是幼稚的，是一个孩子在黑暗房间里的恐惧，但是我别无他法。你一定要告诉父母亲，我想放弃学业，再回到家里，当一个农民，或者当一个抄写员，或者无论当个什么。你会告诉父母亲的，会向他们说清楚的，对吧！请你赶快做这件事吧。现在，我觉得脚下的土地好像燃烧起来一样。我始终不大明白，但我心里的一切都催逼我回家。现在，在我写信的时候，一切都令人十分渴望地苏醒了。我知道，我别无他法，我必须回到你们身边。

“这是一次逃跑，是对生活的一次逃跑，而且不是我的第一次逃跑。你还记得吗？当初我被送到文科中学，第一次走进教室的时候，里边有六十个陌生的孩子，都用好奇、傲慢、讥嘲和惊讶的目光看我。那时候我也是立刻就跑掉了。我跑回家里整整哭了一天，再也不肯回到学校。现在我还是那时候的那个孩子。我还有那种愚蠢的恐惧，还有那种焦急的、要回到你们身边、回到一切爱我的人们身边的乡思。

"我必须离开，我必须离开。一旦有了乡思，我便没有了退路。我知道，如果我回到家里，作为一个生活所不喜欢的失败者回到家里，很多人都会嘲笑和讥讽。我知道，这么一来父母亲心中的希望也就会骤然落空。我知道这种虚弱是幼稚可笑的，是怯懦的。但是我不能做任何与此相反的事情。我觉得，在这里我无法再生活下去。谁也不会知道近几天我在这里所忍受的事情，谁也不能比我对我自己轻视得更厉害。我觉得自己如同一个命运已定的人，一个有病的人，一个残疾的人。我与别人完全不同，所以眼噙泪水。我感觉到自己更糟糕，更低劣，更无用。我是……"

他停住了。他担心自己的痛苦剧烈爆发。现在，在笔尖迅速倾泻着激动情感的时候，他才注意到，自己的心里积聚了多少痛苦，而且这种痛苦会突然爆发，直奔向宽广的激流。

他可以写这些吗？他可以使仅有的亲人心烦意乱，把没有人能够解除的负担硬压在他姐姐温柔的心上吗？他好像在云遮雾罩的远方看到了她那有一双明亮大眼睛的面庞，两只眼睛在微笑中闪射光彩。他还看到，她如何惊惧地紧绷着嘴唇，脸上掠过一阵颤动，泪水从变得苍白的面颊上缓缓流了下来。为什么要骚扰这样的生活，一个呼救的喊声就会使她惊恐万状。如果要有一个人受苦，那他就独自一人承受。

他打开窗户，把信撕得粉碎，并且把碎纸片撒进了黑暗之中。不，他宁可在这里静悄悄地走向毁灭，也不去求助于人。他不是学习过，生活消灭一切不适用和衰弱的东西吗？生活也会公正地对待他，不会放过他的……

白色的纸条缓慢地飘落到院子里，犹如巨大的石头沉入了深不可测的水中。夜空昏黑，没有星光。有时候，较为明亮的云彩掠过黑暗的高空飞去。风把呼呼响的潮湿空气吹向无数沉睡的房舍。处处都有轻微的骚动，持久吹动的风就像是激动的呼吸，不停呻吟的窗户和颤抖的树木都发出飒飒的响声，仿佛有人在黑暗中的噩梦里低声说话。风刮得越来越大了，云彩像闪电一样更快地飞过天空的黑色大衣。在少有的激烈动荡中，谛听的人一下子就认得出来，这是带来春天的最初几个奇妙夜晚的冲动。

随后，春天来了，来得十分缓慢，像个犹疑不定的客人。在这个陌生的城市里，贝格尔几乎不再认识春天了。往常每逢消冰融雪的风第一次吹过白茫茫的原野，每逢黑色的土块从雪底下绽开跳起，他的感觉如何呢？他常常站起身来，打开窗户，感受吹到袒露的胸脯的清风，倾听渴望树叶的林木的呻吟，这时候他那天生的无法抑制的恐惧到哪里去了呢？他对千百种琐细事物的喜悦，对远方的鸟鸣和追逐飘浮的白云的喜悦，对土壤里缓缓细流的嚣响的喜悦，都到哪里去了呢？听到土地里发出细微的沙沙声，看到园中树梢长出细小发黏的芽苞，看到它们随后长成畏畏缩缩的嫩叶和一朵仅有的没有色彩的花时，他的喜悦到哪里去了呢？在血液深处颤动的不安何在？无拘无束的火热的欢乐何在？甩掉大衣，沉重的鞋踏在鼓胀起来的湿漉漉的土地上奔跑，在高冈上突然放声高喊，无意义地欢呼，就像一只鸟直冲上云霄，他的喜悦何在？

啊，这里的春天如此宁静，因此也没有任何骚动不安。或者是因为他心中困倦的疲劳和百无聊赖使他完全感觉不到快乐，感觉不到烘暖房顶的柔和的金黄色阳光，感觉不到街道变得爽朗明亮和充满生机。为什么这一切很少使他感动，以至于他从来不到外边，不到普拉特游乐场，也不到卡伦山上去——他只是从远方看到了这座山，不过好像被流动的空气推近了一般。他的活动范围有限，从来没有走出过市区。他越来越疲倦了。他坐在通常只属于儿童和少数老人的申博恩小公园里。他是为了学习或是阅读前去的，但是从没有碰过书本。他只是看孩子们怎样游戏，他心中也产生了要与他们一起玩耍，重新返回到那种明快的无忧无虑中去的愿望。

他早已放弃了学习。他只是悄悄苦度生活，静观种种事物，但却对什么都没有兴趣。他曾经想重新振作起来，于是就去了医院。他进入宽敞的庭院，里面的树木开满鲜花，它们无忧无虑地轻轻摇曳，对周围可怕而神秘的命运好像一无所知，这时候他忘记了自己，在一条长椅上坐了下来。那些病人都穿着亚麻布的蓝色长衣走了出来，迈着初愈的胆怯的脚步。现在他们都在休息，双手平静无力，没有微笑，也没有交谈，只是沉浸于觉醒的生命的麻木和迟钝的感情之中。他就这样坐在他们中间，让温暖的阳光从手指尖缓缓流去，疲倦得梦一般空无所视。他忘记了自己来这里干什么，他只感到，现在人们都走了，在圆形大门的后边是一条喧哗吵闹的街道，时间在慢慢流逝，而阴影在不引人注意地向前延伸。当有人给病人发出返回信号的时候，他大吃一惊。他不是作为他们中间的一员坐在那里吗？他不是也许比他们所有人病得更重、更接近死亡吗？说也奇怪，他再没有任何追求了，他就干坐着，看时光渐渐流逝。

到了晚上，有时邪恶的灯光在他的心中跳动。他的衣着逐渐不修边幅了，他与他看不起的女人鬼混，他把她买来，麻木地在咖啡馆里坐上若干个夜晚。但是他对发生的一切既没有乐趣也没有欲望，仅是出于对无可救药的孤寂的一种模糊的恐惧。自从不再与别人交谈以来，他的嘴唇周围出现了明显的皱纹，因此他避而不看自己在镜子中的映象。还有几次，他想振作起来，不过总是又落回到若有所思但却没有目的的冷漠状态，就像是被堆积起来的孤寂的重负压得要死一样。

然而，生活把他召唤了回来。

有一次他在深夜回到房间，疲乏、烦恼，对沉默地等候他的房间充满恐惧。这时他发觉自己必定是把房门钥匙遗落在路上了。他按响门铃，给他开门本该是施拉梅克，然而踢里踏拉的脚步声匆忙响起：女房东举起煤油灯，认清来人，打开了门。灯光照到她凌乱的头发，照到她那使贝格尔几乎感到陌生的面孔，贝格尔看到她因为熬夜太久眼皮发红，嘴周围都是忧伤的皱纹。随后他惊惧不安地想，究竟发生了什么事，使得这个女人到夜间两点钟还没有睡觉？于是他便担心地询问。

“哎呀，博士先生，您有所不知呀，我的女儿米齐得了猩红热。

她的情况很糟，很糟！”她又低声哭泣起来。

贝格尔吃了一惊。他对这件事竟全然不知。他甚至不知道这个女人有一个女儿。有几次他外出或者归来时，在外面昏暗的前厅里看到过一个瘦弱的孩子，是个十二三岁的姑娘，她说声“您好”就快步走开了。他从来没有同她说过话，只是看到过她。他突然感到心头沉重，几个月以来，咫尺相距，一墙之隔，可他从来没有观察过。发生这样的不幸，就在他生活的近旁，他却没有预料到。他是如何渴望得到别人的依赖的，而当死亡在隔壁房间与一个孩子搏斗时，自己却像畜牲一样地睡觉。

他想安慰哭泣的女人：“就会好起来的……您放心好啦……”然后他又怯懦地说：“也许我可以看看您的女儿吧？我固然懂得还很少……还只是刚刚入门，但是我仍然……”他心中对于学习的渴望突然强烈地苏醒了，他真想返回去，把书打开，重新开始学习。

这女人踮着脚轻轻迈步，领着贝格尔朝病人那里走去。这是一间狭小的旅馆房间，里边闷热并且弥漫着煤油灯的浓烟，迎面是一个火墙。在这里，人们对春天毫无所知，只是从偶尔受阳光照射的窗玻璃苍白无力的反光中认识太阳。当然，现在他看不清楚这个房间是多么简陋，因为一切东西都融化在模模糊糊的昏暗之中，只有在放床的角落发出微弱的黄色灯光。那姑娘在不安的睡眠中，面颊烧得发红，一只消瘦的胳膊垂落在床沿外边，像是被忘了一样。她的嘴唇收拢，乍看起来，那漂亮的面孔上没有生病的迹象，只有粗大的呼吸声和有时痛苦的表情说明她有病。

女房东轻声讲述，一再因为哭泣而中断：“今天医生来看过她了，但是什么也没有对我说。我在这里守护了三个晚上，白天我得去工作，当然邻居会帮助我，她白天就待在这里。但是已经三夜了，我守在这里，情况不见好转。我的上帝，只要她平安无事，怎么都行。”

一阵啜泣打断了她的讲述，在她的整个述说中流露出一种强烈的绝望。

贝格尔心中冒起一种奇妙的感觉。他第一次觉得自己能够帮助一个人，第一次愉快地觉察到某种具有他职业光辉的东西。

“夫人，不会一直这样下去的。您的身体垮了就不能帮助孩子了。现在您去睡觉，今晚我留在孩子身边。”

“但是博士先生!”

她惊讶地举起双手，好像不能相信有这样的事。

“现在您一定得去睡觉，您缺少睡眠。您就相信我好了。”

“可是博士先生……不……不……您怎么能来做这样的事……不……这可不行。”

贝格尔感到信心增强了，某种良好的自我感觉炸开了近几个月里聚集在他胸中的垃圾。

“这是我的职业，也是我的责任。”他很自豪地说，好像很高兴在夜里，在某个迅速来临的时刻，突然发现了自己整个迷误的生活的意义和目的。

他们没有争执多久。这女人太疲倦了，睡意正重压她的双眼，很快她就让步了。贝格尔还阻止了她怀着真诚强烈的感激之情来吻他的手。然后他便把她领到自己的房间，让她睡在长沙发上。自从孩子生病以来，她都是在厨房的软垫上凑合的。所有这些琐碎的，但是在她的悲剧中却是可怕的事情，他全然不知。于是现在他感觉到，自己的服务不是一种业绩，而是对严重过错的消除。

现在他坐在姑娘的床前，心里有一种难以描述的感受：无论如何，生活好像变得比较温良与和善了，就像他的呼吸现在只要吸气与呼气一样。现在他才看清了狭窄光圈环绕的面庞，来到维也纳的这段时间里，他还从来没有这么密切地感觉到过另一个人的存在，他还从来没有这么长久地端详过另一个人的面容，他还从来没有能够谛听到另一个人面部纹路中所有的一切。他在这样端详她的时候，心中产生了回想：在这干瘦嘴唇周围的某个地方十分温和地熟睡着一种与他姐姐的相似。只是这张脸更加天真、发育不良和忧伤憔悴。一种好奇心慢慢向他袭来：她的眼睛会是什么样子？是否也像姐姐的眼睛。他谴责一般不住地诉说自己的失误。为什么他十分冷漠地从这个姑娘和她母亲身边走过？为什么他从来没有想到过住在他旁边的母女二人？为什么她这张嘴从来没有对他微笑过，这双眼睛对他就像现在被关闭在眼睑的圣龛中一样陌生？为什么他对在柔和呼吸中起伏不停的狭小胸膛里跳动的东西毫无所知？他很小心地把孩子伸到床沿外的干瘦小手拿起来，放到被罩上，他的触动就像爱抚一样温柔。然后他便安静地坐下来，凝视着孩子，痛苦地回想自己耽误了多少学习，并且默默地发誓要从根本上重新开始他的生活。梦想的景象已经消失。他把自己看作是医生，是助人者，这种诱人的思想使得他的血液热了起来。他的目光总是围着这个天真女孩的苍白脸庞，一刻不停地盯着她看，仿佛用这样的目光就能保护她的命运，拉住她受到威胁的生命。

孩子突然活动起来，她睁开了眼。这是一双大大的、烧得发亮的、在泪水中射出光芒的眼睛，她的整个面容变得开朗了。这双眼睛先是在转动，好像一定要在什么地方看穿高烧和阴影尚存的梦的云雾。然后，像是吃了一惊，它们停留在贝格尔的脸上。她的双眼询问一样探触他的面容，然后紧紧地盯住了他的目光。她干裂的嘴唇不大明显地动了一下。

贝格尔站起身来，擦干她发烧的额头，然后喂她喝水。姑娘探身向前，急切地喝了水，随即又无力地躺回到枕头上，两眼目不转睛地看着贝格尔。他似乎不完全理解她的目光，但是在目光的惊异里掺着某种感激。她不住地盯着他看。现在，当他为她那令人费解的深沉目光而略微颤动，转身要在房间里找事做时，简直不需看到就知道，那孩子闪烁泪水的大眼睛到处跟随着自己。他回到床边的时候，她的嘴动了一动。他不明白，她是想要说话呢，还是想要微笑。然后她合上了眼皮，脸上的光泽消失了。她又沉默无力地睡着了，呼吸更加轻微。

在气息全无的寂静中，贝格尔突然觉得自己的心跳得很厉害。他心中有了某种幸福感，而且这种幸福感在无法遏制地增长。他生平第一次主动地把自己置入另一种人的圈子里。他觉得，好像有人在对他大声诉说感激的话和肺腑之言，好像再过几个小时就要有重大和美好的事情发生一样。他简直是在充满深情地俯视这个姑娘，俯视托付给自己的第一个人，他应该为这个人夺回生命，因为这个人为生命赢回了他本人。他毫不间断地望着睡着的女孩，觉得漫长的几个小时变得轻松了。灯光在突然暴跳之后随即熄灭，这时他才发现黑暗已经消遁，清晨已经带着最初的曦光守候在窗前，感到十分惊讶。

上午医生来给病人检查，贝格尔以医大学生的身份向医生作了自我介绍。深感自己无知的痛苦胀到了咽喉，但他还是问了医生，是否还有危险。

“我看没有了，”医生说，“我觉得危机已经度过。值得注意的是，对这类病，儿童的抵抗力比成年人强得多，仿佛孩子们身上还没有用过的生命力能够抵制死亡，战胜死亡。几乎所有儿童疾病的情况都是这样：孩子们征服儿童疾病，而成年人则死于儿童疾病。”

医生检查病人。贝格尔激动地站在一旁。当他看到医生是如何理解病人的每一句话，如何仔细观察病人的每个动作，内心深处感觉到原先被自己盲目选择和长期轻视的职业的奇妙力量。他觉得这种职业全部的美就像突然出现的太阳一样升起来，照临床上，把希望、承诺，也许还有健康，像礼品一样放在那里。此时此刻，他觉得自己整个人生的方向都明确了：他必须积极主动和于人有益，然后大家就不会觉得他是陌生的，他也就不再是孤寂的了。

他就这样接手了整个照料工作。他没有自己的安排，而是专心致志地监视病情的变化。他守在病人床边，度过夜晚和大部分的白天。那一夜确实就是关键的一夜。病人的烧退了。他能够与小女孩谈话了，他很乐于进行谈话。每次他到外边去，总是要给她带来几朵鲜花，总是要给她讲述春天。在通常只有孩子们玩耍的申博恩公园里，春天已经悄悄地把树木变成了绿色。他还告诉她，其他女孩子都已经穿起了鲜艳的衣服。他对她说，明亮的太阳正在外边放射光辉。他给她讲各种故事。他给她朗诵。他许诺她不久就会康复。除了看到她的快乐以外，他感觉不到更为由衷的欢愉。在这种幼稚的故作天真的谈话中他觉得轻松自在。有时候他甚至惊异地听到自己愉快地放声大笑。

面色苍白的小姑娘躺在枕头上只是微笑。她笑得乏力，嘴唇周围现出一道轻轻的、可爱的线条，旋即又像一缕清风一样飞去了。但是在他注视的时候，她的目光——从她那十分深沉的灰白色眼睛最底层闪射出的优美灿烂的目光——平静地落到他的脸上，像一个孩子抱住母亲的脖子那样，完全不感到惊讶和陌生，有的只是热情而忧郁的依恋。现在，她也可以讲话了。不久以后，她与他交谈时便没有刚开始的那种畏惧了。

她最喜欢听他讲述他姐姐的事。她的相貌如何？个头是高还是矮？她穿什么样的衣服？在学校里是不是听话？还有她是否和他一样，有这么一头金黄色的头发？有朝一日，他是否能够安排她到维也纳来？维也纳肯定会比那个名字拗口，那个使她发笑的小城市美好。还有，她是否也这样生过病？她提的都纯粹是孩子气的幼稚问题，而且不断地提新的。但是这并没有使贝格尔感到厌倦，他乐意回答。让他感到愉快的是，他可以满怀热情地讲述他在这个世界上最亲爱的姐姐。因此，当姑娘请他讲他的姐姐的时候，贝格尔便从自己的写字台里把照片拿了出来。

瘦削苍白完全透明的孩子的手好奇地拿起了照片。

“在这里，”她十分小心地用手指抚摸着照片说“这完全是您的嘴。只是您常在这张嘴周围加一道好凶的皱纹，看起来就完全是另外一个样子了。从前我见到您就老是害怕，您就是那个样子。”

“那么现在呢？”他微笑着低声问道。

“现在不再害怕了。但是您告诉我，她也有像您这样的眼睛吗？”

“我想是的。”

“而且也像您的眼睛这样大，对吧？您的姐姐一定很漂亮。啊，您看呀，她的头发跟我的完全一样，也是辫成圆的。母亲最初不想让我用这样的发式。她说，这样的发式会使我显得年纪太大。但是我已经不是孩子了，我已经受过坚信礼了。”

她把照片还给他。他长久地注视着她，没有说一句话。他第一次不能完整地从照片上重新找到自己记忆中的容貌。他姐姐和这个姑娘俊美而苍白的面容不知不觉在他的内心体验里汇聚。他不能把她们再区分开了，在他的心中她们俩的微笑和声音都合而为一，就像现在这两个信赖自己并喜欢与自己在一起的女人在他的生活中合而为一一样。卡尔拉的形象已经从他的记忆中消散尽了。在这么多天里，他一次也没有想到过卡尔拉，也没有想到过那些时光，这会儿当他平静地回想，那就像一次酗酒、一次陶醉、一次愤怒中的蠢行一样。他已经完全忘记了在这里度过的那些毫无生气的不幸日子。

他只是觉得非常幸运。他觉得仿佛在晚间的黑暗中走了很久，突然，很高兴地看到一道白光，像是远方的星星发出的光芒。这道光亮来自一所他可以在里边休息、并且作为亲爱的客人受到接待的房子。自己这个幼稚软弱的人，在女人跟前失去勇气的人，有过什么愿望呢？有经验的人必定觉得他太愚蠢，纯洁无辜的人必定觉得他太怯懦。他确实还是一个需要帮助的人，一个尚未成熟的人，一个梦幻者。他来得太早了，过早地挤到了只渴求生活的成熟果实的女人们跟前。但是这里的这个孩子，女人在她身上才刚萌芽，快要长出蓓蕾，不过还是处于潜藏状态，还是柔弱的，没有骄傲，也没有贪欲。现在迎着他成长的不是他能够做主的命运吗？不是他自己可以培育的灵魂吗？不是一颗无意识地倾慕他的心吗？一个比迄今所有的梦更甜蜜的梦，而且比空虚时刻有如热浪一样拍击他胸膛的模糊形象更为真实。

后来，他对她越发经常地观察和长时间地了解，她的面颊在病后轻微泛红，年轻的面庞很是俊美，使他油然生出一种默默的、完全无所希求的温情。这是一种兄妹间的温情，能够抚摸她瘦小的双手和看到她嘴唇上绽开的笑容，就是幸福了。

有一次她又安静地，十分安静地躺着。他们两人都沉默无言。他突然产生了一种自己并不理解的要求。他走到她的床边，以为她睡着了，但是她只是在安静地躺着，两眼还在对他微笑。她的嘴唇像一朵向内卷曲的苍白的玫瑰花瓣。他突然知道了他想要的东西：用自己的嘴唇只是很轻，很轻地触一下她的嘴唇。

他弯下身来，但是甚至面对这样一个生病的孩子，他也还是没有勇气。

她仰视他说：“现在您在想什么？”

这时候，他感觉不能再沉默了。他用很轻的声音说：“我很想吻你一下，可以吗？”

她一动不动地躺着，只是微笑，那是明亮闪光的眼睛里深深触动他内心的微笑。这不再是孩子的微笑了，而已经像个女人……

说罢他便俯下身子，轻轻地吻起姑娘那细嫩的、没有经验的嘴唇。

几天以后，病人可以第一次起床了。她很高兴离开床铺，坐在靠近窗户的靠背椅里。贝格尔坐在她的身边，很骄傲地看着她。他模模糊糊地感觉到，仿佛自己帮忙拯救了她，仿佛他的事业就是使她如今又重新属于生活。她好像在生病期间长高了，身上的孩子气也悄悄地褪掉了。她像年轻姑娘一样坐在那里。她的愉快不再任性和孩子气，而已经是深思熟虑和感受深刻的了。窗外风和日暖，使人惬意。她轻步走近窗户说：“如果我还不能走出去，那么，春天就应该走进来呀。”贝格尔觉得这就像是一个小奇迹，像是生活中一个从来没人知道的可爱之处。他再也不为自己爱上一个十三岁的姑娘感到羞愧了，他知道，在她康复的这些日子里，他所经历的一切几乎全部都是梦幻和不可重复的。他奇妙地感觉到一种大胆的、完全没有被女性的羞惭所迷惑的信赖，感觉到她对他亲切而愉快的喜爱。现在她经常在交谈中直呼他的名字，拿他开心取笑。欢乐嬉闹中有一种强烈的幸福感，他再不觉得孤寂了，从内心里又发出了欢笑。于是他又记起童年时光里被遗忘了的语言。每当他独处的时候，就产生温柔的梦想。他看到她成为一个女人，看到她聪明、认真和善解人意。他还看到自己与这些景象交织在一起，于是他懂得了，她应该是为他成长，为他发展。

即便不这样，他的孤寂也结束了。姑娘的母亲就在这里，她对他的仰视如同奉神，她好像整天都在想方设法对他表示感激。他经常与她谈话，注意到这个可怜的女人尽管经历坎坷、地位卑微，甚至对生活失望，却保持着令人感动的善良。现在他很后悔从前粗暴地从这些从属于他的人身边走过，同时也愉快地感觉到已经对那些过失进行了补偿。

他也又找到了施拉梅克。有一次他在郊外遇见了他。贝格尔对于自己能够与他无忧无虑地谈话感到惊讶，他们也谈到了卡尔拉，而且在说到这个名字时他不再感到难过。他心里非常高兴的是，他的走路姿势中渗进了一种自由轻快和无拘无束，这使他挺直了腰板而且富有弹性。生活好像从各个方面激励着他，一切都顺理成章，现在他心中涌起的唯一强烈的要求就是打开尘封的书本，开始学习。他的职业正以灿烂的金光吸引着他。他还想再等几天，等到姑娘完全康复再去尽情享受他的第一次成功，享受梦幻般的、在这些光辉日子里自己时时刻刻都感觉到的乐趣。

贝格尔这两个星期几乎不认识街道了，他只是偶尔从病人的房间急忙跑下楼去办点什么事。当他第一次又慢悠悠地在太阳照得闪闪发光的石块路面上散步时，才完全感觉到了春天。现在，春天清爽芬芳的气息颤动着传遍了节日般灯火辉煌的城市上空。他觉得好像今天第一次看到这座城市，好像它是从朦胧潮湿的云雾中闪光发亮地显现出来。他看到约瑟夫施塔特那些自己一向觉得腐朽和肮脏的古老房子在光彩熠熠的蓝天画出轮廓。他对这座城市突然像对家一样亲切熟悉。他感觉到从宽阔的大街后边遥遥窥视的卡伦山长出了一片嫩绿，像是一声问候。他觉得所有人都容光焕发，有时他甚至觉得从身边走过的女人的目光仿佛是对自己闪烁。也许这就是他内心的光辉在各种事物上的反映？是从昏暗的瞳孔和闪闪发亮的窗户，从微微闪光的街道和在玻璃窗后边苏醒过来的色彩艳丽的花草那里得到的反映？这一切都再不是敌对和陌生地环绕在他周围，而是像成熟的果实那样，展示吉兆，色彩斑斓。这是对很快就要到来的财富和享受的奇妙预感，从周围的万物之中接连不断地奔涌出新的洪流，像卷走波浪一样带走幸福的人。贝格尔完全被这样的幸福感所左右了。

不久以后，他感觉到轻度眩晕。他像醉酒一样，觉得两脚沉重，仿佛有个沉沉的铅制环箍套在头上。突然间他感到体乏无力，像是一种春天的疾病。刚走到环形大道他就不得不坐到长椅上。阳光照在他的面前，照在他的手上，照在他冷得有点打颤的身上。这阳光没有经过稠密树叶的过滤，而是完整的、直射的，具有强烈的威力，使他不得不把眼睛闭起来。喧哗声从石块路面上冲过去了。人群走过去了。但是还有什么迫使他继续紧闭眼睛，纹丝不动，像浇铸的一样坐在粗硬的长椅上。他就这样坐了两个小时，直到天色朦胧、凉气降临的时候，他才振作起来，像个病人那样，艰难地走回家去。

他走过姑娘的房间。他觉得，现在他必须独自一人，清算近几个星期里使自己变了个样子的许多新的经历。他在写字台前坐下来，整理自己的书籍和笔记。他明天就开始学习。

这时候他拿起一本厚厚的没写过字的笔记本，他几乎认不出这个本子了。他到维也纳来的时候，本来是要把它用来记日记的。他总是在等待恋爱经历和重要事件，为的是要值得写到第一页上。他一直在等待，最后当日子变得越来越单调乏味，他就把这笔记本彻底忘掉了。他觉得这是一个预兆，因为现在他的新生活刚刚开始，高居于令人绝望的黑夜之上的群星开始放射出光辉。这本笔记本应该成为记录重要经历的日记本，而且他甚至没有把握地觉得，也许会成为记录爱情经历的日记本。他心里有个声音在说话，仿佛对这个姑娘的喜爱将会成为对一个女人的爱情……

他把灯头拧高，然后取来墨水，黑色的和红色的，取来各种蘸水笔，便开始用许多字母花饰和阿拉伯式的云形图案在笔记本的第一页上绘制但丁的话："Incipit Vita Nuova①"。他从童年时代起就喜爱写美术字，甚至在想要记录下自己的未来和过去时，他也不忘用涂上黑红二色、飞舞飘动的漂亮字体写出这句话："一种新的生活开始了。"这句话应该像血一样闪耀光辉！

现在……他停了下来……一滴溅出的墨水落到了他的手上，形成一个小小的红色圆斑。他想擦掉这个斑点，可是擦不掉。他便蘸水往斑点上抹。红色斑点还是没有褪去……真是奇怪！……他又尝试了一遍，还是白费力气。

这时候突然有个想法闪电一般贯穿了他的全身。他觉得他的血凝结了。这是怎么回事？……兴许是？……

于是他踌躇再三，终于满腹狐疑地把袖子捋了起来。他发觉自

---

① 意大利语，一种新的生活开始了。

己正在抚摸的手变冷了。这只手上也有红色的圆形斑点，一个，两个，三个。他一下子理解了不久前的劳累和精神不振。他现在有了足够的了解。他的太阳穴里开始了更强烈的跳动，他喉咙发紧，浑身发冷，他觉得桌子下边的一双脚像是沉重而陌生的木头。

他踉跄着猛地站起来，带着惊惧的目光从镜子前边走过。不行，不要朝镜子看！什么事也不要干，不要喊叫，不要哭泣，不要抱什么希望，也不要有什么期待，因为这确实是无法改变的。而且这情况也是很自然的：他受到了传染，他患上了猩红热。

猩红热……这时他突然听到好像有人在房间里大声说着医生当时讲的关于儿童疾病和猩红热的话："孩子们征服儿童疾病，而成年人则死于儿童疾病。"

猩红热……死亡……他觉得这些声音掺杂在一起。猩红热——这是一种儿童疾病！这不就是他整个一生的象征吗？他作为一个成年人却患上只属于儿童和童年时代的疾病，而成年人要战胜这种病比儿童更加困难。真奇妙，他忽然懂了！

但是死亡——他心里对它极为反感。要是在三个星期以前，他会多么高兴地去了结自己，会多么高兴、安静和不引人注目地离开既没有人听他说话也没有人对他说话的舞台。可是现在呢？生活为什么这样戏弄他，让诱人的东西在最后的时刻向他显现出来，使得他难于告别呢？为什么偏巧在他又和人们联系起来的时候，在有些人也许会遭受折磨，也许比他本人遭受更多折磨的时候呢？

随后他感到浑身疲惫，一种无声的、不知所措的听天由命。他直愣愣地盯着那些红色的斑点，到最后它们都在他眼前像火星一样跳起舞来。他觉得一切都是乱纷纷的，他只觉得这是一场梦，不管是幸运或是灾难，是喧嚣或是孤寂，是过去或是未来，他再没有什么欲望了。他痛苦地想，在这样时刻里的这样一种安静就是死亡。

只是，他还想去告别。

他走进姑娘的卧房，一眼便看到她安详而又熟悉的面容。他过去不是梦想着这里会有他的什么命运吗？通过这个姑娘，他的命运不是已经变得与想象的完全不同——变成死亡而不是生存了吗？

他用目光深情地抚摩她的面容。他把睡梦中浮现在她嘴角周围的微笑撷取下来，放到自己的嘴唇上。当然，在他走回自己房间的时候，这微笑已经凋落，像一朵枯萎了的鲜花。

他又撕碎了几封信，在便条上写下一个地址。然后他按铃，等候人来。

姑娘的母亲立刻疾步走了过来，她总是匆忙地赶来为她敬若神明的贝格尔做事的。

“我，”他不得不再说一次话，声音不很坚定，“我觉得我的情况不大好。请您给我整理一下床铺，然后叫医生来。如果我的病情严重，请您给我的姐姐发一封电报。这是她的地址。”

两个小时之后，高烧让他倒下了。

他的血液烧得可怕，仿佛尚没活到的时间的全部力量、从来没有消耗过的热情，要在他漫长一生仅剩的两天内把他烧死一样。全楼一片惊惶混乱。姑娘哭着悄悄走了过来，她不敢抬头看人，好像害怕有人会责难自己似的。女房东绝望地跪在前厅的耶稣十字架像前，啜泣着为垂死者祈求生命。施拉梅克也来看望了他好几次，并且用很坚定的信心向大家保证，贝格尔的病情会好起来的。可医生的看法不是这样，于是他们给贝格尔的姐姐拍了电报。

不省人事的人全身灼热，持续了两天，高烧在红色的浪花中把他抛上抛下。他还醒过来一次。他的血液变得平静了。他纹丝不动地躺着，两手无力，眼睑微闭。

然而他很清醒。他觉得房间里一定很明亮，因为眼皮上边像是罩着玫瑰红色的云雾。

他依然纹丝不动。这时候附近的鸟开始啾啾鸣叫起来。最初是小心翼翼地叫，仿佛只是试着参加看看。然后开始了叽叽喳喳，接着又是欢呼，音调高亢，起伏波动。病人细心倾听。他模模糊糊地想起来，现在必定是到了春天。

鸟叫声愈来愈大了，简直是在用欢呼使他痛苦。他觉得鸟巢好像就在床的近旁。尖厉的叫声使他感到刺耳……但是，啊！现在叫声又变得很轻很远了。这鸟一定是落到了一棵树上，是在外边的春天里。歌声越来越低，越来越柔和，像是笛子的声音，又像是一个姑娘的歌声。或许那根本不是一只鸟吧？这不就是姑娘银铃般婉转曲折的美妙歌声吗？

一个姑娘，一个孩子……回忆又迟疑地飘荡起来，触动他的心。慢慢地，他又想起了许多，但不是井然有序的，而是一幅连着一幅的图像从被遗忘的黑暗中浮现出来。姑娘微笑的面孔现在变得隐隐约约，但很甜美，这是那次偷偷的一吻。随后是疾病和母亲、这整幢楼房——经历的圆圈又回去了，他突然明白了，自己是生病躺在这里，也许就要死了。

他睁开沉重的眼皮。没错儿，这就是他的房间。他独自一人待在这里。附近的那只鸟不再鸣叫了。往常滴答滴答急迫走动的摆钟也沉默无声了，是谁忘记给钟上发条了。他没有去注意，又慢慢合上了眼。他的回忆飘回很远的地方。到维也纳来的第一个夜晚，外边秋雨霖霖，他正是坐在这个房间里，在痛苦的孤寂中哭泣。随后与施拉梅克有关的事情，还有其他色彩缤纷的事情，都接踵而至。但这些完全不是真实的……那样陌生……这不太好，但是也不痛苦……一切都这样飞逝而过，飞进巨大的、昏暗的虚弱之中。

这时候他……突然间……听到隔壁的房门关上了，然后是脚步声。他听得出来，是施拉梅克。没错儿，是他的声音。他在和谁说话呢？他的血开始在太阳穴砰砰跳起来……正在隔壁房间里放声大笑的不就是卡尔拉吗？哎呀，这笑声让人多么难受呀！现在她应该安静了！他想休息……沉默……安静。但是不，他们在干什么呢？他听到他们在欢笑。他忽然像是透过玻璃看到了隔壁的房间。施拉梅克站在那里，搂着卡尔拉，正在吻她。她的臀部向后弯，眼睛在笑，像当时那样，完全像当时那样……

他的双手在发烧。隔壁房间里怎么笑得这样疯！这使他痛苦。他们不知道自己就要死在这里了吗？孤独一人，没有朋友。他觉得泪水往上涌，胸中有某种东西沸腾起来。他用两手拍击周围。他们就不能等到自己死去吗？但就在这时……一只靠背椅哗啦一声倒在地板上……他什么都看到了，看到她在怎样躲开施拉梅克。现在他在追她，啊，他是多么粗野、多么有力呀，他抓住她，隔着桌子把她拉了过来……她又跑开了……她在哪里呀？……真的，她藏了起来……他们在跳跃和追逐。房间开始颤动了……现在整个房子不是在轰轰作响？……真的，一切东西都在摇来晃去，空中是一片乱哄哄的喧闹。这些该死的人，他们为什么不珍惜他最后的时间呢……他们还在继续跑动追逐。现在，现在他抓住了她。你这样恐惧和拼命地在尖叫些什么呀？……病人痛苦地高声呻吟起来。现在施拉梅克抓住了她，散开的红头发像血一样洒了下来……现在他扯下了她的外衣……衬衫雪白闪光……她的身体雪白赤裸……他们就这样围着桌子追赶，追过来，追过去，又追过来，又追过去……她怎么只是笑呀！她怎么只是笑呀！……可是现在——这是怎么回事——她穿过墙壁，冲进他的房间，站在他的面前……站在他的床前了……雪白闪光，裸体……或者……

或者——他吃力地睁开沉重的眼皮——或者，现在站在他面前的不就是身穿白色衣裙的姐姐吗？放在他前额上的不就是她那可爱的冰凉的手吗？……

火光又燃烧了两个小时。然后一切都熄灭了。他的姐姐站在床边，还有姑娘和施拉梅克。他所爱的三个人，在与他永诀的时候，合在一起就意味着他的整个一生。他们三个人都一言不发。姑娘在低声啜泣。连这最后的诉说也逐渐止住了。房间里变得异常寂静。三个人全都神色庄严而且痛苦。在这里，除了窗外陌生大城市喧嚣愤怒的声音之外——它不停地滚动，不管人们的死活——什么声音也听不到。

（申文林　译）

# 女仆莱波雷拉

她有一个平民的名字，叫克莱岑莎·安娜·阿罗依佳·冯肯胡伯，今年三十九岁，生在齐勒塔尔的一座小山村里，是个私生子。在她身份证的“特征”一栏里画着一条表示“无”的斜线；但是，如果一定要警官描述她的特征，那么，只要朝那一栏里飞快地瞥一眼就必定会看见这样的附注：像一匹骨骼宽大、精疲力竭的山区瘦马。因为在她那过分下垂的下唇轮廓上，在那张晒得黝黑的又长又尖的鸭蛋脸上，在那忧郁无光的眼神里，特别是在那蓬乱厚密、一绺绺油滋滋地粘在前额的头发上，可以说有一些不可忽视的马的特征。她走路的姿态也令人不禁联想到阿尔卑斯山民的一匹驮马所生的傻骡子那样的耐力，它们总是不分冬夏地迈着同样笨重、迟缓的步子，拉着同样的木制大车，愁闷地沿着山间车路爬上爬下。干完活休息时，克莱岑莎常常胳膊肘稍稍张开一点，把松松地握在一起的长着大骨节的双手闷闷地往膝盖上一放，便出神地坐在那儿打起盹儿来，就像骡马站在马厩里，一切感官似乎都麻木。她身上的一切都是坚硬的、笨拙的、沉重的。她思想迟钝，往往百思不得其解：每一种新思想好像都必须很费劲地经过粗筛子才能一点一滴地进入她的脑海。可是一旦她最终接受了什么新东西，便顽强地、如饥似渴地抓住不放。她从来不读书，既不读报也不读祈祷书；写字也很困难，她在厨房账本上写的歪歪扭扭的字母使人很奇怪地想到她本人那粗笨的遍身凹凸不平的体型，谁都看得出，她的体型连半点女性固有的特点也没有。她的声音像她的骨头、前额、两髋和双手一样硬，这声音虽然有蒂罗尔人重浊的喉音，但听起来总有些发涩——本来这也不足为奇，因为克莱岑莎向来不对任何人说半句无用的话。没有一个人看见她笑过；从这里也可以看出她完全像个动物，因为，也许比丧失了语言还要残忍的是：对上帝无意识的创造物说来，笑这种内心自然流露情感的表现，它们根本就不会。

作为一个私生子，她是社会抚养起来的，十二岁就自己谋生了，曾经在一家客店里当过清洁工，后来她在一家车夫小酒馆里因为干活肯吃苦，像牛一样顽强，被人看中了，便一步登天进了一家像样的旅馆，当了厨师。在那里，她每天清晨五点钟就起床干活，扫地、擦桌子、生火、掸灰、收拾屋子、做饭、发面、揉面、擀面，又是洗又是涮，把锅碗瓢盆弄得劈啪乱响，一直忙到深夜。她从来不休假，除了上教堂做弥撒，从不上街：灶口那一小团火对她说来就是太阳，她一年到头劈的成千上万块木柴就是她的森林。

男人都不搅扰她，也许是因为二十五年的繁重劳动使她丧失了女人的一切特征，也许是因为她执执拗拗、三言两语就回绝了男人的每次亲近。在以乡下女人和未出嫁的姑娘土拨鼠一般的直觉一点一滴积攒起来的金钱里，她找到了唯一的欢乐：这样，到了老年，她也就用不着到救济院里啃别人赏赐的酸面包了。

仅仅是为了钱，这个愚昧的生物三十七岁时第一次离开了故乡蒂罗尔。一位来避暑的职业女经纪人看见她一天到晚都在厨房和客房里操劳不息，就以答应给她双倍的工资作为钓饵，把她带到维也纳去了。在火车里，一路上，克莱岑莎什么东西也不吃，跟谁也不说一句话，始终把那个装着自己全部财产的沉甸甸的稻草筐横放在压得生疼的膝盖上，同路乘客亲切友好地想帮她把筐放在行李架上，她连理都不理，因为在她笨拙得一团糨糊的农民脑子里，对大城市的唯一的概念就是欺骗和盗窃。到了维也纳，最初几天总得有人陪她到市场去才行，因为她害怕车辆，就像牛怕汽车一样。但等她认识了到市场去的四条街就不需要人陪了，她挎着篮子慢腾腾地闷头从家门口走到菜摊，然后就回家，像在以前的灶台前一样在新灶台边扫地、生火、忙这忙那，看不出有什么变化。九点，按照乡下的习惯时间，她上床休息，像牲口似的张着嘴一直睡到第二天早上被闹钟吵醒。谁也不知道她对新的差事满不满意，大概连她自己也不知道，因为她谁也不接近，只是用发音模糊的“好，好”来应答主人的吩咐，或者当她的看法不同时，也只是惊愕地耸一耸肩膀。邻居和家里别的女仆根本不把她放在眼里；那些爱说爱笑的女伴嘲弄人的目光从她冷漠的脸皮上扫过，就像水在光滑的皮革上滑下去一样。只是有一次，一个侍女模仿她的蒂罗尔方言嘲笑她，一步也不放松地捉弄闷声不响的人，她突然从炉灶里扯出一块带火的木柴向吓得嗷嗷直叫的女仆追去。从此以后，大家都躲着这个一脸怒气的女人，谁也不敢再讥笑她了。

但每个星期天，克莱岑莎都穿着满是皱褶、飞了边的裙子，戴着农民的平顶女帽到教堂去。她只在到维也纳后第一次获准外出时，试探着散过步。这是因为她不想坐电车，便小心翼翼地游逛着，一直沿着石头墙穿过一条条使她晕头转向的街道走，竟走到了多瑙河的河湾；在那里，她呆望着这奔腾的江流，觉得有点眼熟，当她转身原路返回时，仍旧老是靠着房子，胆怯地避开大街，又走了回去。这第一次，也是唯一的一次试探性的漫步，显然是使她大失所望了，因为从此以后她再也没有离开过房子，每逢星期天她便坐在窗前，不是做针线活就是空手闲待着。所以，这座大城市并没有给她像老式脚踏水磨一样周而复始的日子带来任何变化，只是现在每到月底落到她那布满皱纹、多处烧伤过、撞得到处都是瘀痕的手里的，是四张而不是两张贬了值的钞票。每次她都长时间地、不信任地察看这些钞票，笨手笨脚地把它们分开来，最后又几乎是温柔地抹平了，然后才跟别的票子合在一起，放到她从乡下带来的黄色小木箱里去。这个粗笨的小钱箱就是她的全部秘密，就是她生活的意义。夜里，她总是把钥匙放在枕头底下；而白天她把钥匙藏在什么地方，全家没有一个人知道。

这种特殊的人的本性就是这样（正如人们提到她时所说的，虽然这种人性只是刚刚相当模糊、隐隐约约地从她的举止言行中显露出来）——但是，也许恰恰需要一个视而不见、听而不闻的人，才能忍痛在年轻的男爵封·弗这个同样极特殊的家里当用人。因为一般说来，那里的仆人只要按照契约规定的雇佣期限做满，就一天也忍受不了那吵闹的环境了。那被激怒的、简直是被逼到了发疯地步的喊声是女主人发出来的。这个埃森城一位殷实工厂主青春已过的女儿，在疗养地认识了年轻的男爵（出身没落贵族，家境窘困），很快就同这漂亮的贵族风度十足的浪荡哥儿结了婚。但是几乎连蜜月还没度完，新婚的女人就不得不承认，她更看重为人可靠和精明强干的父母当初反对如此匆忙成婚是对的。因为抛开无数被隐瞒的债务不谈，不久她便发现：这个很快就变得懒懒散散的丈夫对单身汉的种种娱乐要比对夫妻本分感兴趣得多。他并不是不怀好意，甚至可以说在内心深处像一切放荡的人一样温和，然而照他的人生观来说，那只不过是随随便便、无拘无束而已。他是个漂亮的半骑士式的人物，因而鄙视任何有利可图的投资，就像鄙视那些出身卑微的人狭隘的吝啬心理。他想过轻松愉快的生活，而她却想过莱茵河市民那种正派的、有秩序的家庭生活：这使他感到很不舒服。尽管她很有钱，他还是不得不为每笔较大的开销跟她讨价还价，他那会算计的妻子甚至拒绝满足他想盖赛马厩的最大心愿，于是，他觉得已经没有理由再把这个粗俗的、瘦得皮包骨的北德意志女人当妻子看待了，她那粗野的高腔他听起来是那样的不快。这样一来，如同人们常说的，他便让她坐冷板凳了，虽然没有露出丝毫严酷的表情，他却毅然决然地把这个伤心失望的女人丢在一边不管了。要是她责备他，他就老老实实地听着，而且装出心有同感的样子，但她的这套经一念完，他就把这热情的劝戒连同自己口里喷出的香烟烟雾全都吹得不见踪影，照样毫无约束地干他爱干的事。这种圆滑的表面文章的尊重比任何反抗都使他失望的妻子愤慨。因为面对他这套有教养、不失礼，然而却十分令人讨厌的客客气气的态度，她无可奈何，所以便把堵在心口的愤怒无情地向别处发泄：她对仆人破口大骂，她那本来正当的，但在这里却是无来由的气愤竟一古脑儿倾泻在这些没有过失的人的头上。不可避免的后果是，两年之内她不得不更换使女十六次之多，有一次甚至是在动手打了一架、花了好多赔偿费后才算了结了。

只有克莱岑莎一个人像风雨中拉出租车的马一样，毫不动摇地站在这暴风雨般的骚动之中。她不参与任何一派，不关心任何变化，好像没有发现跟她住一间下房的陌生同伴不断地更换着呼唤用的名字、头发的颜色、身体的气味和言谈举止。因为她自己不跟任何人说话，不注意劈啪山响的关门声，被中断了的午餐，昏昏然、疯癫癫的吵闹。她冷漠地从厨房走到市场，再从市场走回厨房，干她的事：在一墙之隔的地方发生的事，她一概不闻不问。她一天一天地打发着时光，像一个连枷坚持不懈、没有知觉地工作着，在大城市里的两年岁月就这样平平安安地从她身边流逝过去了；她的内心世界没有任何变化，只是小木箱里摞起来的贬值钞票增高了两三厘米，到年底，她用温柔的手指一张一张数完这些钱时，发现离那神奇的一千已经不远了。

但是，偶然事件像金刚钻一样能穿透一切铜墙铁壁，而危险四伏、变幻莫测的命运常常会从完全意料不到的地点为自己开辟一条通向悬崖峭壁的大自然的道路，并震撼它的基础。在克莱岑莎的生活里，偶然事件发生的外部原因就像她本人一样不惹人注意，披着一层外衣：间断了十年以后，国家又心血来潮，要进行一次人口普查，为了精确地填写每个人的情况，向各家各户分发了一张极复杂的登记表。男爵对仆人们那字体难看、仅仅发音正确的书写能力很不放心，他宁愿亲自动手填写表格。为了这件事，他也把她叫到自己房间去了。当问起她的名字、年龄和出生地时，他发现，作为热情的猎手和那个地区一位大老爷的朋友，自己常在阿尔卑斯山的一角打羚羊，而正是她家乡村落里来的一位向导陪了自己两个星期之久。更令人吃惊的是，说来说去，原来这个向导恰巧还是克莱岑莎的舅舅。男爵的兴致上来了，竟因这个偶然的巧合又谈了好一会儿；谈着谈着又想起另一件愉快的事，那就是他当时正好在她当厨娘的旅馆里吃过一顿味道非常好的烤鹿肉——所有这一切都是琐事，但由于偶然机遇而显得格外特别，对克莱岑莎来说简直就像一个奇迹，她在这里第一次见到了一位了解她家乡的人。她站在他面前，脸红红的，心情很激动，笨拙地、受宠若惊地弯下腰去，这时他话题一转，开起玩笑来了，他学着蒂罗尔人的方言，连连问她会不会唱山歌，是不是像男孩子那样顽皮淘气，等等。最后，因为自己心里着实高兴，他便按照农民最亲切的方式，用手掌朝她那硬邦邦的屁股上打了一巴掌，哈哈笑着打发她走了："现在去吧，亲爱的克莱岑莎，看来还得多给你两克朗，因为你是从齐勒塔尔来的。"

无疑，这件事就其本身的含义而言并不是值得注意和冲动的表现。但这五分钟的谈话对这个迟钝的人那鱼一般的潜在感觉的影响，却像把一块石头投进了沼泽地：先是渐渐地、懒懒地形成一些动荡的圆圈，然后这些圆圈就强有力地波动起来，慢慢地到达意识的边缘。这个终日闷声不响的女人，多年后竟然第一次跟这样一个人谈到了她自己，命运超出常规地为她做了这样的安排：偏偏是这第一个跟她谈话的人，这个生活在无情的骚乱之中的人，了解她家乡的山岭，甚至还吃过一次她亲手做的烤鹿肉，而且又像年轻人那样照她屁股上来了那么一巴掌；按照乡间的说法，这一巴掌本是以最简洁的方式向女人进行试探和求婚。虽然克莱岑莎连想都不敢想，现在这位衣着讲究的高贵的先生会真的是以这种方式向她提出类似的要求，但这种肉体上的亲昵举动确实相当有力地震动了她那沉睡的欲念。

这样，由于这次偶然事件的推动，她的内心深处开始出现牵引和运动，一层一层地移动着，到了最后，一种新的感觉先是粗线条地，接着便越来越清楚地显现出来了，好比一条狗活动在周围所有两条腿的人中间，不料有一天，这些人之中的一个竟宣称做它的主人了；从这个时刻起，它就总跟在他身后跑，向这位命运为它安排的上司摇着尾巴或汪汪叫着致意，它对他将心甘情愿地唯命是从，亦步亦趋地追随着他的足迹。跟这种情形完全一样，现在有一种新的东西渗入了克莱岑莎麻木不仁的生活，从前这个范围里只有金钱、市场、灶台、厨房和床铺这五个惯常的概念，没有任何余地；这个新东西要求占有空间，干脆用力把从前的一切都挤到一边去了。她怀着农民那种一旦把什么抓住就死也不肯放手的占有欲，把这个新东西深深地拉进她的肉体，一直拉至她那充满欲念的、混乱而又迟钝的感官里。当然，经过一些时候，这个变化才明显地表现出来：最早的那些迹象一点儿也不显眼，比如，她掸男爵的衣服、刷他的鞋时，总是热情洋溢，分外精心，而把男爵夫人的衣服和鞋帽全都转给了那个收拾屋子的使女去照应；另外，时常可以在过道和前室里见到她，刚刚听到外面门锁啪嗒一响，她就赶忙喜滋滋地迎出去接他的大衣和手杖；伙食上呢，她也加倍上心，甚至特地为了搞到一盘烤鹿肉，不辞辛苦地一路打听去大市场的道路；就是在她那件外罩的衣服上也看得出格外细心的征象。

过了一两周，这种新感觉的苗头才好不容易从她的内心世界里冲出来。大概又过了好几周，第二种感觉从第一种感觉中滋生出来，从不稳定变得内容清楚、意义明确。它只不过是第一种感觉的补充而已：一种对男爵的妻子、对那个可以跟他一起住一起睡一起说话但对他却不像自己那样虔心敬重的女人的仇恨，这种仇恨起初还是模模糊糊的，但慢慢地就变成了不加掩饰地、赤裸裸地流露在外的仇恨。也许是因为她——从前是无意中，现在是更留神地——卷进了那场自己神圣的主人受疯女人无耻凌辱的、叫人难为情的戏里去，也许是因为跟他令人欣慰的亲近相比，那个受北德意志思想束缚的女人傲气十足的疏远让人更觉反感，她总是突然之间便相当倔强地对抗起这个莫名其妙的女人来，并且含着刺人的敌意没完没了地旁敲侧击、恶言恶语。因此，男爵夫人总得至少按两次铃，才能把故意慢腾腾、一脸不愿意的克莱岑莎唤来，而她那高高耸起的肩膀总是一开头就表示要坚决顶牛了。什么差事和嘱托她都沉着脸接受，弄得男爵夫人根本不知道她到底明白了没有；如果为了慎重起见再问一遍，只能看到她不耐烦地点点头，或听到她鄙视地说一声“我听见了”作为回答。要么就是在夫人马上要去看戏、急匆匆地各屋跑来跑去时，一把重要的钥匙忽然不见了，过了半个钟头才意想不到地在角落里找着。夫人的信件和电话，一般她都置之脑后、不理不睬；追问她时，竟一点儿遗憾的表示也没有，只是气哼哼地、生硬地回一句“可巧我忘了”。她并不抬头看她的眼睛，说不定正是怕抑制不住内心的仇恨。

在这段时间里，家里的种种不和总要引出男爵夫妇之间极不愉快的争吵，而夫人之所以一周一周变得更加情绪激动很可能也跟克莱岑莎不自觉的拨弄是非有关。由于漫长的孤独生活而变得神经脆弱，再加上丈夫的冷淡和仆人们可恨的敌意所激起的愤怒，这个备受折磨的女人精神越来越失常了。给她用溴剂和烈性安眠药“维罗那尔”，也毫不见效；后来经过会诊，她过分紧张的神经末梢分裂得更厉害了，无缘无故地就会大哭大闹，歇斯底里地发作一阵子，然而没有一个人对她表示一丝一毫的同情，也看不到任何好心人出面帮助她的迹象；末了，请来的大夫只好建议她到疗养院去休养两个月。这个建议被一向冷漠无情的丈夫无比热心地采纳了，结果弄得夫人又起了疑心；起初极力反对，但最后还是决定去了，让侍女陪伴她，把克莱岑莎一个人留在宽敞的寓所里侍候主人。把高贵的主人托付给自己照顾的消息就像给克莱岑莎打了一针兴奋剂，使她迟钝的感官兴奋起来，像摇动了一只有魔力的瓶子一样，她整个生命的活力似乎都被猛烈地摇得混乱不堪了。这时，一种秘密的、沉在心底的热情浮了上来，她的一举一动全都焕然一新了：神志不清的表现和迟钝的动作突然开始从她那冻僵了的肢体中融化了，消失了；自从这通了电一般的消息出现以来，好像她的关节也灵活了，步子也又快又轻了。她在各间屋子里跑来跑去，在楼梯上跑上跑下，刚刚着手准备旅行，她就主动装好了所有的箱子，亲手抱起来送到车里去。当深夜时分，男爵从火车站回来时，他把手杖和大衣交到干完了活、急忙来迎他的女仆手里，轻松地叹了口气说："总算打发走了！"这时，发生了一件值得注意的事。因为突然之间，在克莱岑莎一向像动物一样从不发笑的多皱的双唇开始用力拉开，伸展出去：嘴变歪了，咧开了，突然从她那痴呆的发光的脸中间现出一丝动物般无所约束地傻笑来。一看到这个情形，男爵惊呆了，对这种使自己极不舒服的亲昵感到很羞愧，于是便一声不响地走进了房间。

但这刹那间的不舒服很快就过去了，翌日，这两个人，主人和女仆，就被一种无声的共同呼吸和快意的无拘无束连在了一起。夫人不在，好像头顶上的一团云消散了似的，整个气氛都换了样：摆脱了束缚的丈夫幸运地免除了不断作解释的义务，头一个晚上就很晚才回到家里，而克莱岑莎默默无言的热心服侍恰好跟夫人能说会道的迎接形成了鲜明的对比。克莱岑莎又满怀激情地投入了日常的劳作，她起得特别早，把一切都刷得闪闪发光，像着了魔似的把门窗把手都擦得锃亮，仿佛变戏法般端上美味佳肴，尤其使男爵惊诧的是，他在头一顿午餐桌上发现她竟专门为自己选出了一套往常只在特别宴会时才从银器橱里取出来用的贵重餐具。通常他并不留心，但现在却没法不注意这个特殊的人小心谨慎、简直是体贴入微的照顾了；他一向心地善良，没有再掩饰满意的心情，他翻动着她做的饭菜，时不时地说一两句亲切的话。而第二天早上，那天是他的命名日，当看到一个做得非常艺术、有自己名字开头大写字母的、撒了糖的圆形大蛋糕时，他纵情大笑着对她说："你会把我宠坏了的，岑莎！要是我夫人回来了的话，上帝保佑，我可怎么办呢?”

还好，他总算在一定程度上对自己约束了那么几天，然后才抛弃了最后一丝顾虑。他从女仆的各种表现看出她不会泄露机密，便又像单身汉那样开始在寓所里过起舒舒服服的日子来。

妻子走后，他单独生活的第四天，男爵把克莱岑莎喊去，没作详细地说明，只是漫不经心地吩咐她晚上准备好一顿两个人的夜餐冷食就可以去睡觉了，其余一切都由他自己去办。她没有抬头看他，也没有眨一眨眼，很难猜透这些话的本意是不是印入了她的大脑。但是，她对他的本来意图理解得多么好，他很快就又高兴又惊奇地发觉了，因为当他看完歌剧、带着娇小的歌剧院女学生深夜归来时，不仅发现桌子整理得非常雅致、点缀着鲜花，而且看到卧室里旁边那张床也铺上了，真叫人喜欢得不得了，绸睡衣和他夫人的拖鞋也早早地准备下了。挣脱了枷锁的丈夫不免觉得这个女人如此心领神会的加意照顾真是有点好笑。这样，在这个忠实可靠的知情人面前，一切障碍便自行瓦解了。早上他拉铃唤她来，让她帮自己娇滴滴的小宝贝穿衣服；于是，两人之间的默契便完全建立起来了。

在这些日子里，克莱岑莎还得到了一个新的名字。那位活泼可爱的年轻女演员，她正在学爱尔维拉女士的一段唱腔，总喜欢嬉皮笑脸地管她的情人叫唐璜，有一次她嘿嘿地笑着对他说：“把你的莱波雷拉①叫进来吧!”这个名字使他很开心，那是因为他老是那

① 莫扎特的歌剧《唐璜》中的主人公唐璜有一名得力男仆名叫莱波雷洛（Leporello）。此处，女演员戏称男爵的女仆克莱岑莎为莱波雷拉（Leporella）。

么怪声怪气地模仿这个枯瘦的蒂罗尔女人。于是，从此以后，他就只喊她莱波雷拉了。克莱岑莎头一回听到这个名字时呆立在那里，觉得很奇怪，但后来却喜欢上它好听的声音，虽然名字的意思她一点儿也不了解。她兴高采烈地把这次重新命名看作是一次加封贵族称号：每当那个浪荡哥儿这样喊她的时候，她那薄薄的嘴唇就咧开来，露出一大排褐色的马一般的牙齿，显出低声下气的样子，活像一条狗摇着尾巴挤到跟前去听候高贵可爱的主人的吩咐。

这个名字起先不过是一段供人取乐的插曲，但通过灵机一动的巧妙构词，未来的歌剧女主角用它给这个奇特的女人披上了一件真正神奇而合体的外衣。因为跟达·蓬特[①]笔下那个共享欢乐的同谋莱波雷拉相似，这个不懂爱情的僵化了的老处女对主人的寻花问柳同样感到一种异常自豪的快乐。难道她的快乐只是因为每天早上发现极端可恨的夫人的床时而被这个、时而被那个年轻的身体滚得乱糟糟的，留下通奸的痕迹，或者说是因为她的感官也麻酥酥地接受了一次秘密的共同享乐——不管怎么说，这个极虔诚极冷漠的老处女表现出尽心为主人的风流韵事服务的热情。她那操劳过度的、由于几十年的劳动而失去性要求的身体，早就不存在什么对性冲动的压抑了，几天以后她就眯缝着眼睛目送第二个，接着便是第三个女人走进了寝室，她高兴拉这个皮条，因此心里舒舒服服的，觉得很温暖：像泡菜汁一样，对色情气氛的了解和那刺激性感的香水味影

① 达·蓬特（1749—1838），意大利作家，曾为莫扎特写作歌剧脚本《费加罗的婚礼》《唐璜》等。

响了她沉睡的感官。克莱岑莎真的变成了莱波雷拉，像那个快活的小伙子一样好动、活泼、有朝气；仿佛被难耐的共同享乐激起的不断上涨的热情驱赶着一般，在她身上出现了各种小动作、狡猾的行为和对琐事的盘算，出现了某些偷听、好奇、窥伺和鲁莽的行为。她在门边窃听，从锁孔偷看，又搜查房间又翻床，刚刚嗅到一件新猎获物，就像有被古怪的感情冲动驱使着在楼梯上跑上跑下。慢慢地，这种苏醒状态，这种好奇的、想看新鲜事儿的心理，使她脱离了先前那种像裹了一层木头外壳似的昏睡状态，变成一个有生气的人。使周围的人个个感到诧异的是，她突然善于跟人交往了，她跟女仆们一起聊天，粗言粗语地跟邮差开玩笑，开始插进去跟女店员喋喋不休地说长道短。一天晚上，院子里的灯都熄了，女仆们听到对过房间那扇以往早已静默了的窗里有人在低声哼着奇特的歌：克莱岑莎在笨拙地操着半高的粗糙的嗓音唱一支阿尔卑斯山里人的歌，就像那些深山牧女夜间在草场上的哼唱一样。那单调的歌是用完全破碎了的声音颠颤出来的，因为嘴唇不灵活而走了调；但是可以肯定，那声音十分动人，而且充满异乡的情调。自童年时代以来，克莱岑莎还是头一回又试着开口唱歌，而在那从与世隔绝的岁月的黑暗里猛力向光明升起的结结巴巴的歌声中，确实隐藏着一些扣人心弦的情感。

对于这个爱慕他的女人心中的种种奇妙变化，男爵作为不自觉的引发者看到的比谁都少，因为有谁回身去看过自己的影子呢？你知道它总是尾随在后，跟着你的脚步一声不响地走，有时为了满足你还没有意识到的愿望快步赶到前面去，但是，你对它一言一行的观察，对从这种异常变化中来的那个大写的“我”的认识，又是多么少啊！男爵没有发现克莱岑莎的变化，他只觉察到了她愿意伺候自己，完全是默不作声的、令人信赖的，甚至可以说是肯牺牲一切的。正是这样的默不作声，在一切二人独处的场合也保持着心照不宣的距离，使他感到格外愉快；有时，他像抚爱一条狗似的随便跟她说上几句贴心话儿，隔三岔五地也跟她开开玩笑，大大方方地拧一下她的耳垂，送给她一张钞票或戏票——对他说来这些都是小意思，是他无意中从背心衣袋里掏出来的，但对她却成了珍贵的纪念品，她怀着崇敬的心情把这些东西放在那只小木箱里保存起来。慢慢地，他养成了习惯，老是当着她的面自言自语地考虑事儿，甚至把一些难办的事交给她去办——他对她的信任越大，她便越感谢他，越热心地服侍他。在她身上逐渐显露出一种奇异的侦察、寻找和感觉的本能，像狩猎般探察他的一切愿望，甚至把事情办在这些愿望表现出来之前；她的整个生命、追求和愿望仿佛离开了自己的肉体，转移到了他的肉体里去；对一切她都用他的眼光来观察，用他的耳朵来倾听，出于一种近乎罪恶的热情，她跟他分享着他的一切喜悦和偷情的欢乐。每当一个新的女性跨进门来，她都显得很愉快，但又带着失望的神情，好像忍受着意料之中的侮辱；如果他晚上不带情人回来，那么，她从前昏睡的思想就会像先前只用两只手工作一样，敏捷地活动起来，眼里一闪一闪地射出新的敏锐的光来。这个人本来像一匹终日奔走、劳累过度的驮马，现在她醒来了，但变得沉闷、孤僻、又狡猾又危险，整天冥思苦想，随时准备玩弄阴谋诡计。

有一天，男爵回来得比平常早，走到过道里时他惊奇地停住了脚步：那怪声怪气的哧哧的嬉闹和哈哈的笑声真的是从一向寂然无声的厨房里发出来的吗？而克莱岑莎，两手斜拽着围裙擦来擦去，从半开的门里蹭出来，显得很大胆，同时又很尴尬。“请原谅，尊贵的先生，”她不安地瞅着地面说，“糕点铺掌柜的女儿在屋里……一个漂亮的姑娘……她早就想跟您认识认识了。”男爵吃惊地抬起头来看了她一眼，不知怎样表态才好：是对她这厚颜无耻的亲热举动表示气愤呢，还是对她好意诱人上钩的行为表示感兴趣？最后还是男人的好奇心占了上风，他说：“叫她来让我看看吧！”

这少女是一位非常美丽的十六岁的金发女郎。莱波雷拉好说歹说劝她过来，并且一再心急地向前推着她，她才红着脸走出门来，但一来到这位讲究的先生面前就又笨拙地转过身去了，实际上，她在对面的店铺里常常怀着半是孩子气的倾慕心情观察他。男爵发现她很美，便请她到他屋里去一起喝茶。姑娘不知道可以不可以接受邀请，便回过身去找克莱岑莎；但她已经趁人不注意赶忙跑到厨房里去了。这样一来，被诱进艳遇的少女无可奈何，只好红着脸，好奇地接受了危险的邀请。

大自然的变化总是缓慢的：虽然反常和荒唐的热情在这个思想僵化、感觉迟钝的生物体内唤起了某种精神活动，但克莱岑莎这种新学会的褊狭的思想活动仍然超不出眼前的范围，好像一直离不开动物那短视的本能一样：她像着了魔似的沉湎在痴情中，百般殷勤地服侍着她盲目迷恋的先生，竟把不在家的夫人忘得一干二净。因此，觉醒便显得更惊人了：男爵愁眉不展，一脸怒气，手里拿着一封信，走进来关照她把屋子收拾停当，因为夫人明天就要从疗养院回来了；克莱岑莎脸色煞白，吓得目瞪口呆，一动不动地站在那里，这消息好比一把钢刀捅进了她的心窝。她只是呆呆地，呆呆地瞪着眼睛出神，仿佛什么也没有听懂。这一声霹雳使她的脸像被撕裂了似的，显得那样的不可名状，那样的吓人，男爵觉得有必要用一句亲切的话来安慰安慰她，他说："我看得出，你也很不高兴，岑莎。可又有什么办法呢。"

于是，她那呆滞的脸上又有了一点生气。一阵剧烈的痉挛从内心深处出现了，好像从五脏六腑中升上来一样，慢慢地给刚才还苍白的脸颊染上了一层暗红色。有一种东西，好像被心脏激烈的跳动抽出来似的，非常缓慢地涌了上来，把咽喉挤压得不停地颤抖。最后，它终于经过喉头，从咬紧的牙关瓮声瓮气地冲了出来："也许……也许……会有办法的。"

这句话像一声致命的枪击，好不容易说了出来。克莱岑莎扭歪的面孔上同时现出恶狠狠、阴森森的坚决神情，男爵吓得一哆嗦，不由惊诧地向后倒退了一步。但克莱岑莎又转过身去，开始抽风般气哼哼地擦她的小铜臼，好像故意要把手指弄断似的乱戳。

随着夫人的归来，家里又起了风波：一扇扇门被摔得劈啪直响，像一阵穿堂风无情地从各个房间呼啸而过，把寻欢作乐的安逸气氛从房子里横扫出去。也许是因为邻居多嘴多舌地给她写了信，她已经知道了丈夫怎样滥施家长的威权，干了些有失体统的事，或者在迎接她时，他那神经质的显而易见的心绪不佳惹恼了她——不管怎么说，两个月的疗养似乎对她那紧张得近乎分裂的神经疗效很小——因为现在，恐吓和歇斯底里的大吵大闹代替了过去无来由的哭喊和抽搐。他们的关系一天天坏下去。好几个星期之久，男爵都以历来行之有效的彬彬有礼的态度勇敢地对抗夫人的谴责；直到她拿离婚和给她父母写信来要挟时，他才温和地支吾搪塞了几句。但正是这种毫无作用、冷漠无情的态度促使他那悲伤的、被秘密的敌意包围着的夫人越来越深地陷进越来越容易冲动的心境中。

克莱岑莎完全龟缩到往日的沉默里去了。但这沉默已经变成进攻性和危险性的了。女主人到家时，她执意留在厨房，最后她被叫了出去，却仍然没有问候返回家来的夫人。她倔强地端着肩膀，像木头似的站在那里，粗暴地回答着一切问题，结果暴躁的女主人很快就掉过脸去不理她了，但克莱岑莎却用一种特有的目光把淤积在心的全部仇恨向着一无所知的女主人背后发泄了出去。她觉得自己贪求的东西由于夫人的归来被非法地偷走了，热情服侍男爵所享受到的欢乐也被剥夺了，她又被推回到厨房和灶台边，那个亲切的名字“莱波雷拉”也被取缔了。因为男爵需要特别留神，不能在夫人面前表示出半点对克莱岑莎的好感。但有时，当他因为恼人的大吵大闹觉得累了，需要某种安慰，想透一透气的时候，就悄悄地跑到厨房里去找她，他在一个硬木凳上坐下，脱口说道：“我实在忍受不下去了。”

被自己奉若神明的先生到她身边来，以便从过度紧张的处境中寻求解脱，这是莱波雷拉最愉快的时刻。她从来都不敢回答或安慰他一句话；她坐在那里默默地想着自己的心事，只是有时用一种表示细心倾听的目光，又怜悯又痛苦地朝这位变成了奴隶的神看上一眼，这种无言的同情使他感到很舒畅。但过一会儿，当他离开厨房，她便勃然大怒，马上皱起眉头，手愤怒地重重地拍打着没有抵抗能力的猪肉，劈里啪啦地刷洗盘碗刀叉，发泄愤怒。

夫人归来后越来越郁闷的气氛终于酿成了一场风暴：在一次阴森可怖的吵闹中，男爵最后实在忍无可忍，蓦地摆脱了小学生般恭顺、冷淡的态度，一跃而起，把门啪嚓一摔走了出去。“现在我真是够了！”他怒气冲冲地喊着，震得每间屋子的窗玻璃都颤巍巍地铮铮作响。还在盛怒未消、满脸涨得通红的时候，他就跑出来，进了厨房，冲着像一张拉满的弓似的发抖的克莱岑莎说：“马上去把我的箱子和猎枪拿来，我要打一个星期猎。在这个活地狱里，就是魔鬼也一天都忍受不下去：非得彻底了结不可了。”

克莱岑莎兴奋地瞧着他：现在，他又是她的主人了。于是，格格地响起了粗野的笑声：“先生您是对的，是非得彻底了结不可了。”她满腔热忱，匆匆忙忙地走进一个个房间，飞快地从柜子里和桌子上抓着一切必备的东西。这个野人的每根神经都因情绪过分激动而不停地颤抖。然后，她便亲自把箱子和猎枪扛下去，放在车子里。但当他想找一句话对她的热心照料表示感谢时，目光却吓得缩了回去。因为在她那皱褶重叠的嘴唇上又出现了咧着大嘴的恶意的笑容，他一见她这样笑总不免大吃一惊；他一见她这样偷偷看自己，便不由得想起一匹马在准备跳跃时那蜷身勾腿的姿态。但这时，她已经又俯下身来，亲昵得超出了主仆的界限，用沙哑的声音悄悄地说：“先生您一路保重，我会料理好一切的。”

三天以后，一封紧急电报把男爵从打猎的地方叫了回来。在火车站上迎接他的是他的表兄。第一眼，心神不宁的男爵就看出一定是发生了什么不幸的事，因为表兄的目光躲躲闪闪的，有些失常。刚听了几句事先斟酌好的话，他便知道了：原来是人们早上发现自己的妻子死在了床上，整个房间都充满了煤气味儿。表兄告诉他，遗憾的是已经排除了工作疏忽发生事故的可能，因为现在是五月份，煤气炉早就不用了，自杀的意图也看得很清楚：不幸的死者夜里服了烈性安眠药“维罗那尔”。此外，那天晚上只有厨娘克莱岑莎一个人在家，据她说，她听见不幸的死者夜里还到前厅去过，显然是故意把关得好好的煤气罐打开了。根据这个陈述，陪同前来的法医也就宣布了排除任何事故的可能性，确认属于自杀。

男爵浑身哆嗦起来。当表兄提到克莱岑莎的证词时，他觉得手上的血液都突然变冷了：一个令人不快的讨厌想法像一阵恶心从他心里直往上涌。但他尽力把这种不断增长的恼人感觉压了下去，任凭表兄把自己带回家里。尸体已经抬走了，亲友脸色阴沉地坐在会客室里：他们的吊唁冷若刀光。他们以一种告发的口吻说，必须强调指出，这件“丑闻”已经掩盖不住了，因为早上女仆就尖叫着“夫人她自杀了”从楼上跌跌撞撞地跑了出去。他们还说，已经安排了一场不兴师动众的葬礼——寒气逼人的刀光又冲着他来了——因为遗憾的是种种传言早就引起了社会上的好奇心，实在令人不快。死气沉沉的男爵心神不定地听着，不由自主地抬头朝那扇通往卧室的紧闭着的门望了一眼，又胆怯地把目光收了回来。一个念头在他心中不停地痛苦地翻腾着，他想要理出个头绪来，但这些空泛的、充满敌意的言语弄得他精神无法集中。亲友们悲痛地、唠唠叨叨地说着话，又围着他站了半个小时，才陆续道别离去。只有他一个人留在那间空荡荡的半明半暗的屋子里，像挨了一记闷棍似的，浑身打颤，头痛腿软。

这时，有人敲了敲门。他吓得跳了起来，喊道："进来！"话音未落，背后就传来了迟疑的脚步声，他很熟悉的沉重、缓慢、拖沓的脚步声。一阵恐惧突然向他袭来：他感到颈项好像被螺栓固定在那里似的僵直了，同时感到皮肤上有一股颤动不停的寒气从太阳穴一直流到膝盖。他想转过身去，但肌肉不听使唤。他就这样停在屋中间，浑身发抖，一言不发，两手僵直地垂着，同时又明确地意识到，这样罪犯似的站在那里毕竟显得太怯懦。但他使出了全身的气力也无济于事：周身的肌肉就是不听话。这时，从他身后传来了说话的声音，那语调十分镇静，讲的是最不动听、最枯燥的话题："我只是想问一问，先生您是在家里还是到外面去吃饭。"男爵颤抖得越来越凶，现在那股寒气已经进入了他的胸腔。他匆匆地张了三次嘴，终于憋出这么一句话："不，我现在什么也不吃。"于是那脚步声便拖拖沓沓地离开了房间。他没有勇气转过身去。他突然僵在那里了：一种厌恶感，或者说一阵痉挛摇动着他全身。他不禁猛地一动，直对着门跳了过去，哆哆嗦嗦地扭了一下门锁，心想：这样一来，那脚步，那像鬼一样跟在他身后的可恨的脚步，就再也不会来到他身边了。然后，他跌坐在单人沙发上，想把那自己本不想触动，但却像蜗牛般一再冷丝丝、黏滋滋地在他心里向上爬的念头压下去。可是，被压抑的念头仍是塞满了他的大脑，它是那样的不可抗御，那样的粘住不放，那样的令人厌恶；在整个不眠的夜里和以后的多少个小时，包括身穿黑衣送葬、默默站在棺材前的时刻，这个念头都一直伴随着他。

送葬后的第一天，男爵就匆匆离开了这座城市：现在，他觉得所有人的面孔都是令人难以忍受的，在同情之外全是奇怪的观察和痛苦的审讯（也许这只是他的感觉）。就是那些死的物件也在愤怒地控诉：只要他不由自主地去拧门把手，住宅里，特别是仿佛还被那难闻的煤气味儿附着的卧室里的每件家具，都在向外驱赶他。但他醒里梦里最无法忍受的可怕情形却是自己往日信赖的那个女人满不在乎和冷漠无情的态度，她在空荡荡的屋子里走来走去，好像什么事情都没有发生一样。自从表兄在火车站提到她的名字时起，每次见到她，他都发抖。刚一听到她的脚步声，他便六神无主，想要逃避：他再也不愿见到，再也不能忍受这拖沓的、不在意的脚步声和这冷冰冰的、缄口不言的镇静了。他只要一想到她，一想到她那刺耳的声音、浓密的头发、阴郁的动物般残忍而又无知觉的本性，厌恶感便涌上心头，而在他的愤怒中也包含着对自己的愤怒，因为他没有力量像扯断一根绳索般勇猛地挣脱这勒在脖子上的无形的枷锁。他只看到了这样一条出路：逃避。他一句话也没对她说，悄悄地装好了箱子，只留下了一张字迹潦草的纸条，说他到凯伦特恩的朋友那儿去了。

男爵整个夏天都不在。有一次，为了清理遗产，他被火急地叫回了维也纳，但也宁肯秘密地归来，住在旅馆里，根本没让那个一直坐在家里静候他的讨厌女人知道半点音信。克莱岑莎一点儿也不知道他在城里，因为她跟谁都不说话。她无所事事，像猫头鹰一样阴沉，终日呆呆地坐在厨房里。现在，上教堂也不像从前一周一次了，而是一周两次；吩咐她差事、跟她结算账目，都是经过男爵的代理人：关于男爵本人，她丝毫消息也听不到。他不给她写一个字，也不托人向她转达一句话。她就这样一声不响地坐在那里等着，她的脸变得更严峻、更憔悴了，她的动作又像木墩子一样笨重了，她就这样望眼欲穿地等待着，在神秘的死水一潭般的处境里度过了好多个星期。

但到了秋天，有一些紧急的事非办不可，男爵不能再继续休息下去了，他不得不回到家来。刚到门口他就停住脚步，迟疑不前了。在亲密的朋友周围度过了两个月的时光，许多事他几乎都忘却了，但现在，当他亲身迎着他的恶魔——可能就是自己的同谋——走去时，他又深切地感到了那种令人作呕的、压抑心胸的抽搐。他上楼时越走越慢，每上一个梯阶，就感到有一只看不见的手向他的喉咙抓来。最后，他只好拿出最大的毅力强迫自己僵硬的手指把钥匙插在锁孔里转动。

刚刚听到钥匙在锁孔里咔啦一响，克莱岑莎便欣喜若狂地从厨房里跑了出去。当她看见他时，她脸色苍白地站了一会儿，接着就好像不由自主似的俯下身去把他放在地上的手提包拿了起来。但她忘了说一句问候的话。他也一句话没有讲。她默默地把手提包提到他的屋里，男爵也默默地跟着她走了进去。他望着窗外，默默地等她离开房间，然后就赶快拧了一下门锁。

这便是她在几个月之后对他的第一次迎接。

克莱岑莎在等待着。男爵同样在等待着，看那种一见她就出现的厌恶的恐怖感会不会离去。但情况并没有好转。还没见到她，仅仅听见她的脚步声从走廊里传来，他心中便不禁一颤，很不舒服。早餐他动也没动，一句话也不对她说就早早地匆忙离家，在外面一直待到深夜，仅仅是为了避免跟她见面。需要吩咐她做的那两三件事，他也总是背过脸去才同她说的。他觉得跟这个恶魔呼吸同一个房间里的空气，简直能把人憋死。

这当儿，克莱岑莎整天默不作声地坐在她的矮板凳上。她不再给自己做饭了。她什么东西也吃不下去，她任何人都回避。她一味坐在那里，像一只意识到自己做了错事、被痛打过的狗一样，带着胆怯的目光等待着主人的第一声呼哨。她那迟钝的头脑并不十分明白发生了什么事，只知道她的主人，她的神，在躲避她，不想要她了；只有这件事沉重地压在她的心上。

男爵归来的第三天，门铃响了。一位白发苍苍、仪表端庄的男人，脸刮得光光的，手里提着一只箱子站在门前。克莱岑莎想把他赶走，但这个闯入者却坚持说自己是新来的仆人，说是先生要他十点钟来，让她给通禀一声。克莱岑莎的脸色变得像石灰一样白，她站了一会儿，张开的手指停在了空中。尔后，这只手便像一只被射死的鸟一样突然落了下来。“你自己进去吧！”她气恼地对呆立在那里的人说，转身走进厨房，哐的一声关上了门。

这个仆人留了下来。从这一天起，主人就不需要再直接跟她说话了，对她的一切吩咐都是通过庄重的老管家。家里发生的事她一概不知，一切都像波浪越过岩石一样无情地越过她向前流去。

这种恼人的处境持续了两个星期，使她像得了一场大病一样虚弱下去。她的脸变得棱角格外分明，两鬓的头发也忽然白了许多。她的动作变得笨如顽石。她像一块木墩似的几乎总是默默地坐在矮板凳上，脑子空空地凝视着空空的窗户；但她要是干活的话，就像突然发起怒来，把什么都摔得噼啪乱响。

两个星期以后，老管家特地到主人屋里来了一次。他安安静静地等待了一会儿，男爵看出他是想跟自己说什么特别的事情，他已经向自己告过一状了，用轻蔑的语气说，他对那个“蒂罗尔笨蛋”，那个阴郁的女人很不满，建议解雇她。但不知怎么，这触到了男爵的痛处，男爵起初对他的建议似乎充耳不闻。那回，他鞠了一躬就走了，而这一回他却顽固地坚持自己的意见，脸上现出羞惭，甚至窘迫的表情来，最后他结结巴巴地说，尊贵的先生不要认为他太可笑……但是……他只能，他只能说……他怕她。这个沉默的阴险的女人令人无法忍受，男爵老爷根本不明白在他家里留着一个多么危险的人。

受到警告的男爵不由得警觉起来。男爵问他对这件事怎么想，又想对此说些什么？这时老管家总算拐弯抹角地说出了看法：很肯定的东西他现在固然说不出来，但他总有那么一个感觉，就是这个人是一只愤怒的野兽，很容易伤人。比如昨天，他想要让她做件事，刚转过身去跟她打了个照面，不料竟遇到了那样一种目光，当然对一瞥目光你是说不出多少名堂来的，但他觉得她好像要跳过来用手卡住自己的脖子似的。所以现在他怕她，怕得连她做的饭都不敢碰了。“男爵大人根本不知道，”他这样结束自己的话，“这是一个多么危险的人。她一句话也不说，她什么表示也没有，但我敢说，她说不定会杀人的。”男爵突然吃惊地向控告者望了一眼。莫非他听到了什么？是谁暗中挑起了这种猜疑呢？他觉得手指颤抖起来，急忙把香烟放下，免得它在手中抖来抖去暴露出自己情绪的激动。但老管家的脸是毫无恶意的——不，他什么也不可能知道。男爵踌躇了一下。他紧张地思索了片刻，突然想到了自己隐秘的愿望，于是坚决地说：“还是稍等一等。但是，要是她再对你粗暴无礼的话，就直接辞退她好了，就说是我的意思。”

老管家鞠了一躬，走了。男爵如释重负，向椅背一靠。每当想到那个神秘而危险的人，他都会整日闷闷不乐。他考虑，最好是自己不在家的时候，也许到过圣诞节的时候再辞退她。想到那期待之中的解脱，他心里十分愉快。是啊，这样是再好不过的，到圣诞节的时候，我不在家，他会更坚定。

但是第二天，他吃过饭刚刚走进房间，就听见有人敲门。他心不在焉地从报纸上抬起目光，不满地说：“进来！”于是，拖拖沓沓地传来了那一直萦绕在他睡梦中的沉重可恨的脚步声。好像死人的头颅般脸色惨白，一张死板的面孔在那瘦削的黑色身影上面不停地晃动，男爵不禁大吃一惊。当他见到内心受尽折磨的女人那小心翼翼的脚步恭顺地停在地毯边上时，恐惧中混进了某种同情的成分。为了掩饰自己的精神恍惚，他竭力装出诚心诚意的样子。“喏，究竟怎么了，克莱岑莎？”他问。但话一出口，听起来就不像预想的那样和蔼可亲；跟他的意愿相反，提这个问题的语调竟显得那样冷淡，那样心烦。

克莱岑莎纹丝未动。她呆呆地望着地毯。最后，就像用脚把什么障碍物踢开了似的，她终于说话了：“管家说不用我了。他说是先生您要解雇我。”

男爵痛苦地站起身来。事情来得这么快，真是出乎意料。因此，他结结巴巴地兜起圈子来，说事情并没有那么严重，要她尽力跟老管家和睦相处，照他说来，这类偶然发生的不和是很多的。

但克莱岑莎仍然站在那里，两肩耸得高高的，目不转睛地望着地毯，她像公牛般极其固执地低着头，对他那些客套话只当耳边风，单单等着一句话。但这句话却一直没有出现。男爵很快就厌倦不得不在一个用人面前扮演说客这个不光彩的角色了。等他终于因疲倦而住了声，克莱岑莎依然是那样倔强，那样缄默。过了一会，她才勉强冒出这么一句话：“我只是想知道，是不是男爵大人亲自嘱咐过安东，让他解雇我。”

她说的这句话，听起来真是又严厉，又倔强，又辛辣。听她这么一问，男爵好像心上被撞击了一下似的，每根神经都受了强烈的刺激。难道这是威胁吗？她是不是在向自己挑战呢？突然之间，他心中的一切怯懦、同情都飞到了九霄云外；长时间充塞他胸膛的所有仇恨和厌恶，连同想要彻底了结这件事的愿望，像火焰一般喷发出来。他的语声也忽然全部变了调，他以在部里养成的那种大胆处理公务的精神肯定地说：是，是，一点儿不错，事实上他是给了管家处理一切家务的权力。他本人倒希望她好，也愿意设法撤销解雇的决定；但是，如果她今后还要执意对管家采取不友好的态度，那么，当然了，他也就不得不舍弃她的效劳了。

他奋然集聚起全部的毅力，决心不因任何隐晦的暗示或强求的言辞而畏葸不前，说到最后，他瞪了一眼那个被误认为来威胁自己的女人，坚定地望着她。

但克莱岑莎现在胆怯地从地板上抬起的目光，只不过是一只受了致命伤的动物的目光而已，这只动物刚好看到一群猎犬从它眼前的树丛中蹿了出来。“我很感谢……”她用相当微弱的声音说“我就走……我不愿意再给先生您添麻烦……”

她没有回头再看一眼，只是垂着双肩，拖着僵直、笨重的步子，一步一步慢慢地走出门去。

晚上，男爵看完歌剧回来，伸手去取放在写字台上新到的信件时，发现那里摆着一个陌生的四方形的东西。点着了灯，他才看出那是一只农民做的小木箱。箱子没有锁，里边整整齐齐地放着他从前送给克莱岑莎的全部小物件：从狩猎地寄来的几张明信片，两张戏票，一枚银戒指，她那一整叠长方形的钞票，中间还夹着一张快照；这张照片是二十年前在蒂罗尔拍摄的，很明显，她当时有点怕镁光灯，那双眼睛含着一种中了冷箭和被痛打过的神情，在痴呆地望着什么，跟她离别前几个小时的眼神一模一样。

男爵茫然若失地把小木箱推到一边，走出去问老管家，克莱岑莎的这些东西怎么会放在了自己的写字台上。管家立刻亲自去找他的仇敌，想要责问她。但是，不管是在厨房里，还是在别的房间，都找不到克莱岑莎。第二天，警察报告：有一个大约四十岁的女人从多瑙河河湾的桥上跳河自杀了。这时，主仆二人也就不必继续查问莱波雷拉逃到哪里去了。

（关惠文　译）

**图书在版编目(CIP)数据**

艾利卡·埃瓦尔德之恋/(奥)斯特凡·茨威格著;
高中甫等译. —上海: 上海译文出版社,2016.10(2024.2重印)
(茨威格作品集)
ISBN 978-7-5327-7313-8

Ⅰ.①艾…　Ⅱ.①斯…　②高…　Ⅲ.①中篇小说—小说集—奥地利—现代②短篇小说—小说集—奥地利—现代
Ⅳ.①I521.45

中国版本图书馆CIP数据核字(2016)第155139号

**Stefan Zweig**
**Die Liebe der Erika Ewald**

艾利卡·埃瓦尔德之恋
Die Liebe der Erika Ewald

Stefan Zweig
斯特凡·茨威格　著
高中甫　等　译

出版统筹　赵武平
责任编辑　李月敏　张　鑫
装帧设计　尚燕平

上海译文出版社有限公司出版、发行
网址: www.yiwen.com.cn
201101 上海市闵行区号景路159弄B座
上海市崇明县裕安印刷厂印刷

开本890×1240　1/32　印张8.5　插页2　字数160,000
2016年10月第1版　2024年2月第2次印刷

ISBN 978-7-5327-7313-8/I·4456
定价: 39.00元